隨機死亡

凌小靈——著

金車・島田荘司
推理小說獎
決選入圍作品

島田莊司——講評、
玉田誠——導讀

關於【金車・島田莊司推理小說獎】

華文世界近年來掀起了一股推理小說的閱讀風潮，大量日本、歐美的推理作品被譯介出版，也深受讀者喜愛。金車教育基金會為了鼓勵華文推理創作、發掘年輕一代深具潛力的推理作家，加深一般大眾對推理文學的討論與重視，獲得日本本格派推理大師島田莊司首肯，舉辦兩年一屆【金車・島田莊司推理小說獎】。

誠如島田老師的期待：「向來以日本人才為中心推理小說文學領域，勢必交棒給華文的才能之士，我可以感覺到這個時代已經來臨！」期盼透過這個獎項讓更多人投入推理文學之創作，帶給讀者嶄新的閱讀時代。

這項跨國合作的小說獎已邁入第七屆，在島田先生和皇冠文化集團支持下，將致力華文推理創作推廣到世界各個角落，讓此一獎項不僅是華文推理界的重要指標，更是亞洲推理文壇的空前盛事，期盼未來華文推理作家能躍上世界推理文壇。

【導讀】

島田獎史上風格最搶眼的作品

（本文涉及部分情節設定，請自行斟酌閱讀）

日本推理評論家／玉田誠

本作在這次入選的三部作品中，以特異的風格，堪稱是最為搶眼的一部作品。被困在「機關塔」這座詭異建築內的人們，眼前出現機關魔女卡莉。以她提示的規則當線索，他們在機關塔的各樓層挑戰解謎，賭上性命試著要逃離此地——這是它的故事大綱，乍看會讓人聯想到電影《異次元殺陣》（Cube），或是米澤穗信的推理小說《算計》，不過，這個仿效死亡遊戲的故事結構中，投注了許多熱中於本格推理小說遊戲的各種機關。

在這樣的作風和展開下，有誰能倖存呢？讀者應該會對這點感興趣吧。然而，本作並非只著墨在這一點上，登場人物們為了生還而持續在各樓層解謎的過程中，謎團逐漸明朗，多重層次的「誰是兇手」，別具巧思。

本作同樣也是一部讓人對於是否該詳細說明其內容感到猶豫再三的作品，這方面我不能詳細說明，不過，在各個樓層對參加者提示的謎題，與不時會插入的機關塔外的故事逐漸產生連結，在這樣的展開背後，靜靜的潛藏著機關魔女的企圖以及她的真面目，想必會讓讀者為之瞠目。

本作的作風，與腳踏實地，重視寫實主義的本格推理小說可是大相逕庭，讓人聯想到昔日的梅菲斯特獎的眾多作品。看得出作者從中大量吸收日本新本格乃至於現代本格的各種技法，將它們納為己用的軌跡。

而當作支線插入故事中的「機關塔外的故事」，作為一個優質的短篇推理故事，它也無比巧妙。與風格特異的機關塔內極具遊戲性的展開所形成的對比，令人拍案叫絕。隨著故事進行，這些支線與故事主軸就此呈現出緊密的關聯，解開某個失落環節的關鍵就此逐漸浮現。而一面俯瞰故事全體，一面在支線的細部上安排伏筆的構成，也如同精密的機械一般。

大量投入本格推理小說的機關，同時窮究極致與特異風格，本作與其說是本格，不如說已變身成堪稱「破格」的故事，成為島田獎歷代入選作品中，風格最為搶眼的一部作品。

如果你是對通俗的本格推理小說早已看膩的讀者，本作的特異風格與破格，應該會讓你樂在其中。可說是愛好者非看不可的一本書。

Contents

機關塔之前的故事：自殺

目擊者與殺人者同罪。

從踏上第一級臺階開始，這句話就在她的腦海中慢慢成形。當她邁著沉重的步伐，頂著暴雨爬上天橋時，這個結論已如洞窟裡的野獸一般盤踞在大腦中了。

目擊者與殺人者同罪。

她輕聲念叨著，同時，將身體靠在了天橋的邊緣，遙望著遠處路面上橘黃色的光團由遠及近。殺人者終有一天被逮捕，受到法律的制裁，或是被懷有復仇之心的人牢牢記住，死於他人的刀下。但那些無動於衷的目擊者們呢？他們又有誰來制裁？

擔心自身的安危，害怕被人報復，因此不敢上前……如此自保的心態當然能理解，誰也沒有理由去譴責這類人。

可同樣的理由卻不能用在那幾個人的身上。

他們雖是目擊者，卻犯下了與殺人者同樣的罪。

她仰望著漆黑的夜空，任由雨水打進自己的眼眶裡，感受著如針刺般的痛苦。而被雨水打濕的視野中，數個名字一一顯現出來。

那是她調查得出的人——都是些與殺人者無異的罪人。

她想復仇，想要將這些人悉數殺害，但她又屈服於自己的道德觀，知道在這個世界上，某些事是有底線的，是做為人類的她絕對無法觸碰的。

如果我不受人類的束縛就好了，如果我能跳出這個世界的法則就好了，如果……

氣憤、懊惱、自責……種種情感滙聚在一起，最終組合成了一種名為失望的情感。

對那些罪人的失望，對這個世界的失望，對自己的失望。

所以，她才會站在這裡。

時間已經不多了，剛好一輛重型車正趁著沒有車的空檔高速朝著天橋的方向駛來。

沒有絲毫猶豫，緊貼著欄杆的身體向前傾倒，一旦跨過了某個界限，重心便脫離了支撐，帶著整個身體向地面墜去。

——如果我能跳出人類的世界，去制裁那些罪人就好了。

這是她最後的願望。

剎那間，鮮血四濺，引來天橋上幾位路人的尖叫聲在虛空之中迴盪。

她自殺了。

第零階層：魔女的規則

1

那是一個陰沉的雨天。

起初只是零星的幾滴，可不到幾秒的時間，就成了傾盆的大雨。

少年在雨中奔跑著，到了最近的圖書館才終於有了個躲雨的地方。他懊悔不已地捏著校服上衣的一角，但又覺得這麼做無濟於事，只好放下手，充滿擔憂地望著外面的雨幕。

他想起這節課是自己最討厭的音樂課。

其他班教音樂的都是年輕的大姐姐，唯有他們班是一個自視甚高的中年禿頭大叔。那個大叔操著大家都聽不懂的口音，平時也沒見他彈過琴，每次都是放個視頻了事，完全看不出他和「音樂」二字究竟有何關聯。

上週的課上，他還和這個禿頂大叔起了矛盾，被趕出了教室。那個老師甚至放出狠話，讓他別再出現在音樂課上。

既然如此，他就乾脆不去了。就算禿頂問起，就說自己身體不舒服去了醫務室。

此舉被同班的一個同學嘲諷了一番。他說這種行為就好像日本的青春文學裡，不願上課的女學生會藉口身體不適躲進保健室裡一樣。

這番話裡的諷刺意味少年也聽出來了，可他絲毫不在意。因為一來自己是被禿頂「趕」出去的，並非是自己不想去上課，二來是自己也不是真的要去醫務室，只是四處閒逛罷了。

可沒想到在操場上漫步的時候，卻遭遇了大暴雨，淋濕了身子。這下說不定真的要去醫務室了。

透過灰色的雨幕，教學樓的影子依稀可見。少年想著，既然一路從操場跑到這邊，不如再加把勁，衝回教室算了。

有了想法，便立刻付諸行動，這也是少年的行為原則。

他一路小跑著，總算是跑到了教學樓前的一片小庭院。因為藝術節的緣故，庭院裡擺著幾道白色的牆壁，上面掛著學生們的字畫和活動的照片。不過平時也不會有學生會在這裡欣賞吧。

正因為有此想法，所以當少年注意到有位少女佇立在庭院中時，心裡不由得驚了一下。

他在教學樓的天台下方停下，回望著庭院中那位微仰著頭凝視著字畫的少女。明明是一些稱不上好看的字畫，她的嘴角處卻有一抹若有若無的微笑。

少女的肌膚呈現出一種病態的白。穿著白色無袖連衣裙，撐著乳白色雨傘的她，就好像整個人都與牆壁融為了一體。

少年呆呆地望著少女的方向，腦子裡跳出了某個聽來的傳聞。

——隔壁班有個不用穿校服的女生。

——據說是她的爸媽沒有給她買。

——因為她可能活不了多久了。

——就連來上學這件事，也是為了滿足她的願望。

莫非眼前的這位少女，就是那個被病魔宣判了死刑的女生？

像是注意到了身後有人一般，少女收回了目光，隨即轉身，朝著圖書館的方向走去了。少年目送著她的背影，直到她消失在了拐角處。

少女身上的憂鬱氣質，讓少年想起了某部電視劇裡的女主角小雨。巧的是，現在剛好是個雨天。

抱著玩笑般的心態，少年在心底為她取了個外號——小雨。

2

「快醒醒！求你了快醒醒！」

女子的聲音灌入他的耳朵裡，將他的意識一點點拉回到了現實中。

他睜開了眼。第一個進入視野的，是那張再熟悉不過的臉。

她明明長得不算漂亮，也不太會化妝，唯一的優點就只是五官端正了，說起話來像是在撒嬌一樣，沒有涵養也沒有氣質。自己嚮往的女孩子明明不是這個類型的，可為什麼眼前這人卻最終成了自己的未婚妻呢？

唐繼和在抱怨之中逐漸蘇醒過來。

「怎麼了，小雨？」

唐繼和一邊揉著自己的後腦，一邊活動著僵硬的身子，從地上坐起身來。他注意到自己正躺在地上，這絕對不是正常的情況。

「小雨？」女子略顯狐疑地問道，「你之前從沒這麼叫過我。」

「啊，那是我第一次見到你的時候給你起的外號，還沒跟你說過呢。」

他輕描淡寫地就將這個話題一筆帶過。而對方似乎也接受了這個說法。

她的名字是秦雨雯，是唐繼和名義上的未婚妻，兩人將於今年年底舉行婚禮。除此之外，兩人就再沒有更深入的關係了。

不，或許是有的。只是唐繼和不想兩人之間存在這樣的間接關係罷了。因為這麼做只會讓他想起某個人，想起一段痛苦的回憶罷了。既然這份關係的存在如此礙事，不如就乾脆忘了它，坦然地接受兩人是未婚夫婦的關係好了。

「米米，」秦雨雯親昵地叫著未婚夫的外號，「不知道發生了什麼事，我醒來之後就在電梯裡面了！怎麼辦啊……」

聽秦雨雯說起之後，唐繼和才察覺他們倆現在所處的地方是電梯的轎廂。

這個四方形的空間除了一面牆壁是電梯門之外，另外三面都是白色與棕色組成的內壁，白色與棕色的交界處各有一個長條的扶手。另外在電梯上方的毛玻璃罩內裝著白色的節能燈，這就是整個電梯轎廂唯一的光線來源了。

這是怎麼回事呢？

唐繼和追溯著之前的記憶——

今天是他求婚的日子。他大清早就將秦雨雯從家裡約了出來，然後一起去遊樂場玩。最後兩人一起乘車到了早已預約好的酒店，在頂層的旋轉餐廳相對而坐。在夜景最美的那個瞬間，他遞出了戒指……

到這裡為止的記憶尚且清晰，可是在那之後又發生了什麼呢？為什麼現在他們被困在了電梯裡？

「這是酒店的電梯嗎？去按鈴叫服務生過來吧？我記得面板上應該有——」

唐繼和乾脆站了起來，比起慌亂，還是冷靜地觀察現在的處境，尋找可能的解決方法比較好。

他走到了電梯面板前，本意是想尋找求救鈴。求救鈴雖然是找到了，但有一處異樣吸引了他的目光，唐繼和不解地看著最上面的電子顯示幕，上面標著的數字居然是「0」。

這個世界上絕沒有第零層。

是電梯壞了嗎？還是——

「米米，我有點害怕，該不會是有人故意……」

「怎麼可能呢。」

他下意識地反駁道。但很快他也發覺了，這種情況不太像是會自然發生的。

難道是有人偷襲了他們，然後將兩人放進了電梯裡？可是這麼做的目的是什麼呢？將他們兩個困住又有什麼好處呢？

「總之，先試試看能不能出去吧。」

哪怕是最渺茫的希望，也要親身嘗試一下，這是唐繼和的行事準則。

他伸手去按開門的按鈕。

門緩緩地打開了，可是唐繼和的手卻還沒按下按鈕。

這扇門不是他打開的。

兩人幾乎同時撲到了門邊上，可是門後卻是如監獄般的鐵柵欄，將外面的世界分割成了一塊塊長方形。

唐繼和示意秦雨雯後退，然後一個人抓住了鐵欄杆。他試著前後晃了幾下，卻完全沒有鬆動的跡象，看來是沒有突破的可能了。

確認無法逃脫後，他很快就放棄了，轉而趁此機會觀察外面的情況。

外面似乎是個圓形的空間。中央有個巨大的圓柱體擋著，因此看不到對面的情形，左右兩端似乎也有相同的電梯轎廂。由於視線所限，所以沒辦法確認其他轎廂裡面的情況，但他猜測那些轎廂裡應該也是有人的。

也就是說，在圓的四個方向上均有一個電梯轎廂，而在圓心處有一座高大的用途不明的圓柱體。

這也是有預謀的嗎？唐繼和覺得有些難以解釋。

他試圖在視線所及的區域內再尋找些有價值的線索，但四周都是雪白的牆壁，根本看不出有什麼問題。

這時候，中央的圓柱體的體壁變得透明起來，一名戴著華麗禮帽，身著貴婦人的洋裝和棕底黑色豎條紋長襪的女性在圓柱體內部現身。她的衣著上充滿了齒輪的元素——從帽子、到洋裝的花紋，再到襪子的襪沿——使得她的穿著充滿了蒸汽時代的氣息。

看著眼前的這一幕，唐繼和有種現實崩塌的感覺。

貴婦人心滿意足地環顧了一圈，同時以高傲的語調做了自我介紹。

「大家好，初次見面，我是機關魔女・卡莉（カラクリの魔女・カーリー），請多關照。在接下去的時間裡，希望大家能在這座機關塔內玩得盡興。」

她的視線最後落到了唐繼和的方向，並朝著這裡行了一禮，帶著嘲弄般的微笑。

3

機關魔女・卡莉起身，像是在看圈養的寵物一般掃視著眾人。

難以理解，難以接受，可是這超自然的一幕就在他們的眼前發生了！

「是玩笑吧！這不是真的吧！米米——」

秦雨雯拉扯著唐繼和的褲腳。可比起想要逃避現實的未婚妻，唐繼和反而冷靜地接受了。

這一幕就是現實，此刻沒必要去懷疑了。那麼下一步該思考的，就是在此基礎上如何離開這裡。

「你囚禁我們的目的是什麼呢？」

唐繼和開口問道。他覺得搞清楚魔女的目的更為重要，因為離開的方法常常藏在目的之中。作為遊戲規則的一環，魔女遲早會介紹的，但由他的口中問出來，至少有種目前的事態還在掌握中的安心感。

「哦？有個急性子還沒等我介紹完就提問了。」魔女轉向唐繼和這邊，露出了狡黠的微笑，「不過也好，還是讓我們快點切入正題吧。」

唐繼和的手不自覺地抓緊了鐵欄杆。他的注意力都集中到了魔女的身上，就連秦雨雯還拉著他的褲腳都沒有察覺。

「古往今來，在封閉的空間裡聚集若干個人，這麼做的理由會有哪些呢？或者換句話說，我把你們八個帶進來的理由，難道只是讓你們相親相愛地聊天，等時間到了就讓你們獲得自由嗎？當然是不可能的！自由與生命都是要靠自己去爭取的！

你們本來會被拋棄到荒島上，讓你們自己去找武器，然後自相殘殺，直到最後的一個人獲得活下去的機會！

你們本來會被赤身裸體地丟到野外的山上，在兇猛的野獸面前慌忙逃竄，沐浴著同伴的鮮血才能離開！

你們本來會被關在一座洋館裡，然後讓你們在猜疑與恐懼中一個個喪命，直到最後一個人因精神崩潰而自殺！

但幸運的是，我並沒有選擇這些方案，而是將你們放在了這座機關塔裡。」

魔女停頓片刻，似乎是在享受著大家的反應。

可唐繼和卻一句話都說不出。他終於注意到了秦雨雯在自己的腳邊發抖，似乎很害怕的樣子。於是他蹲下身子，將未婚妻摟進了懷裡。

「要問原因，也很簡單，因為我已經厭煩了。

「我已經厭倦互相殘殺的劇情了。

「因此從現在開始，我要求你們合作，共同解開機關塔裡的謎題，一層一層地往上爬。

「但光是這樣豈不是太無趣了？和相親相愛地聊天又有什麼區別？

「於是我規定，每當你們通過一個階層，我都會在你們之中隨機挑選一個人，賜予他死亡。

「當最後只有一位倖存者時，他就獲得了生命與自由。

「如何？這是何等寬容與平等的規則！還不快點感謝機關魔女．卡莉的仁慈！」

也就是說，如果在場的人有八個，那麼每爬上一個階層，就會有一個人被魔女選中而死去，直到最後一個人。

唐繼和感覺到懷中的未婚妻的身體在微微顫抖。

她是在害怕嗎？

這是當然的。

以他對秦雨雯的了解，她絕對不怕自己會死，而是害怕兩人會分開。

「哦？好像有個沒教養的女孩在說著一些沒教養的話。」魔女愜意地說道，轉而看向右邊的電梯，「還請你收斂一點吧。要是現在用光了力氣，一會兒可就麻煩了。」

接著，魔女轉向了左側。

「這邊已經準備好了，希望我快點說出規則。比起某個只會跺腳罵人的偵探，還是這位更加明智。

「現在，我就來公佈機關塔內的規則。機關塔內的一切都絕對遵循本規則，這是魔女最後的善舉了，請感恩戴德地收下吧。」

第一，不能破壞房間。

第二，不能奪取或破壞非任務需要的物品。

第三，每當通過一個階層時，魔女會按照某個原則隨機選擇一人賜予他死亡。

第四，所有出現在這裡的人物，只有本體與一件附屬品。本體是指肉體的成分與肉體之外必要的衣物，附屬品是指參與者最想要的物品。

第五，機關塔內絕不會有任何傷害目的的道具。

第六，每一階層都有解謎房間與處刑房間。在完成解謎房間的謎題後，就能抵達處刑房間，站到相應的位置就能啟動處刑，並打開前往下一階層的通道。

「全都記下了嗎？請務必要記住哦，這會對你們的解謎相當有利的。

「好了，開場白有些太長了，差不多該正式開場了吧？期待你們的表現。」

魔女的手中憑空出現了一柄手杖。輕輕一揮，便有一道棕色的光芒閃過。

唐繼和覺得自己的意識漸漸模糊起來，就像是被什麼東西吸走了一樣。

忽然間，他想起來了。

那一天，他和未婚妻進了賓館。在他們互相解開了對方的衣服，一起躺倒在床上準備交合的時候，腦子裡開始混沌起來，接著就什麼也記不得了。

現在的感覺，就和那時候一模一樣。

唐繼和努力睜著眼睛，想要將魔女的形象牢牢地記在眼睛裡。可是他做不到。很快，他就和其他人一樣，整個墜入了深沉的黑暗中。

第一階層：暴風雪山莊中的殺人魔

1

少女看著房門上方的LOCK字樣。

整個圓形的房間，僅有一扇門與外界相通。她握住門把手，輕輕地推了一下。憑著手上的力道，少女判斷這扇門是被複雜的鎖給牢牢固定住了——並非是正常意義上的鎖，而是類似於機關之類的裝置。

這位初中生模樣的少女身著黑色蕾絲邊長裙，黑色長筒襪和棕色皮靴，紮著雙馬尾，頭髮上還別了一個黑色小禮帽，胸前抱著半身大小的棕色熊玩偶。和表面看上去的嬌弱模樣不一樣，她的一舉一動中都充滿了堅決的意志。

她很清楚自己正在幹什麼，以及需要幹什麼。

在確認了房門無法被打開後，她背靠著房門轉過身來，將整個房間的佈局盡收眼底。打開房門的鑰匙，應該就在這間房間裡。

房間的正中央是一張玻璃桌子，以及繞了桌子一圈的六張單人沙發。

一個中年男人正頹廢地癱倒在上面。從他的臉上，少女讀出了無奈與困惑的情緒。

他大概是想不通自己為何會被選中吧。明明自己過著無欲無求的平靜生活，卻被莫名其妙地抓了進來，剝奪了正常生活的權利。或許現在他正為自己的遭遇打抱不平呢。

少女相信自己的判斷力，尤其是對於這樣一個不會隱藏自己心思的人。

她回到沙發旁，一邊審視著這六張沙發，一邊試圖和這個頹廢的中年男人搭話。她確信魔女不會在規則上說謊，因此確認合作夥伴是非常重要的事。在尋找謎題和線索之前，最好先認識一下和自己關在一起的搭檔。

「大叔，你不會還在想著『為什麼偏偏輪到我』這樣的話吧？」

少女漫不經心地說道，似乎對這個問題的答案沒有絲毫興趣。

大叔所坐的沙發靠背上，有個「兄」字。

這或許是個值得注意的地方，她悄悄地記下了。

「換做是別人也不能接受吧？我對謎題沒有興趣，只想老老實實地過自己的生活。」他用左手摸著下巴上的鬍鬚，隨後嫌惡似地甩了甩手，「倒是你，那麼快就接受了這種沒道理的事。」

「這就是人生啊。」少女歎了口氣，「人生就是由不少意外構成的。」

「別在我面前用這種大徹大悟的口氣說話，我可是經歷了大難才活下來的人，人生是什麼樣的，生命是什麼樣的，這種事只有經歷了大是大非才能體會到，你這個小孩子懂什麼？別以為書上或是電影裡看來的東西就是真理。人生可遠比你想像的要來得複雜！」

「我已經十四歲了，而且我思考的東西正是來源於自己的人生，而非那些虛構作品。從這層意義上，我們是一樣的。」

少女直起身子，確認了中央的六張沙發上分別標有不同的稱謂——父、母、兄、弟、姐、妹。每張沙發下似乎都藏有什麼機關，但僅用手無法觸及。顯然，需要借用某樣道具才行。

「我們換個話題吧。」

少女覺得一開始就產生分歧是個不好的開端，於是閒聊似地說起了現在的處境。

「談到封閉空間內的連續死亡，大叔有什麼瞭解嗎？」

「我不懂這個。我那時候可沒讀過這種書。」

「也是。」

少女趴在地上，似乎在尋找沙發下的縫隙。

「那我換種問法好了。大叔覺得在以下四種情景中，哪種與我們現在的情況最符合呢？」

她站起身來，確認沙發底下沒有暗藏機關。

「第一，是大逃殺型。封閉空間內的眾人持有武器互相殺害。

「第二，是暴風雪山莊型。封閉空間內的眾人中有一個是對其他人持有殺意的兇手，並將其他人悉數殺害。

「第三，是殺人魔型。封閉空間內有一個游離於眾人之外的殺人魔，神不知鬼不覺地將被困住的羔羊們一個個殺害。

「第四，是求生型。封閉空間內的眾人要在絕境中求生存，他們互幫互助，卻仍然有人倒下。」

標有「妹」字的沙發旁有個不引人注意的小按鈕。少女試了試，卻發現需要有特殊形狀的工具才能與上面的紋路契合。也就是說徒手是無法旋轉它的。

「第四種吧……和我們現在所處的情形很像。」

大叔遲疑了一會兒才給出答案，而且很不情願。

「你是說，魔女將我們困在這裡只是為了看絕境中誕生出的人性光輝？不會，不可能是這樣。」

少女的聲音很平淡，聽不出其中的嘲諷意味，

除了玻璃桌子和沙發外，房間內只剩下一個前檯了，可前檯上什麼也沒有，也不像是藏有

機關的樣子。

但任何道具都應該有存在的意義。既然如此，那麼前檯唯一的作用可能就在於上面的字。

——塞西爾國際大酒店。

這是個真實存在的酒店名字。

「大逃殺型與暴風雪山莊型也不符合，因為規則已經限定，我們沒有互相傷害的機會。那麼剩下的就只有第三種了，也就是殺人魔型。

「游離於我們八人之外的魔女正是那個殺人魔，逼迫我們不得不往上爬，每到一個階段都會挑一個人賜死，讓剩下的人在惴惴不安之餘又不得不繼續魔女的遊戲。

「但我覺得，魔女不會是殺人魔。」

少女抬起頭來，視野的一角出現了一把塑膠刀。

塑膠刀被牢牢地綁在了天花板上。但仔細看的話，會發現四周有些細縫，刀尖所指的方向上還有個類似鎖孔的圓形陰影，或許那東西是可以用鑰匙打開的。

「你兜了一個圈子，究竟想說什麼？」

「我想說的只有一件事哦。雖然我們的處境很像是殺人魔型，但實際上，說不定混有暴風雪山莊型在裡面。大叔你過來一下。」

被叫到的大叔不情願地離開沙發，來到了前檯的底下。此刻少女已經踩到了前檯的桌子上，一手抱著玩偶一手正極力往上伸去，她是在測量和塑膠刀的距離。

「你快點上來吧，我踩著你的肩膀上去。看到那個塑膠刀了嗎？」

少女彎下身子在大叔的身旁指著上空。

「那把刀應該是被綁住了。魔女的要求是不能破壞必須的道具以外的東西，繩子應該也算在其中。不過現在我搆不到它。如果能站在你的肩膀上，應該會恰好碰到。這一定也在魔女的計算中吧。」

大叔嘿咻一聲勉強爬上了前檯，在蹲下身子等著少女踩上去的時候，他難得地抱怨道：「還有，別一直大叔大叔地叫，我也是有名字的。」

「哦？我看你沒有自我介紹的打算。」

「我的名字是崔安昌。你呢？」

沒有回應。就在他想要抬頭看看的時候，少女踩上了他的左肩。

「怎麼樣，可以嗎？右邊也試試看……哎，踩上去了，可以嗎？」

「這種程度沒有問題。那我站起來了。」

「好。」少女開玩笑似地說道，「別想著抬頭看女生的裙底哦。」

像是自己的尊嚴被踐踏了一般，崔安昌不高興地反駁了幾句。少女微微一笑，權當自己沒有聽到。

當然，以這種方式轉移話題也是少女故意為之。

她當然有著正常的名字——何琨瑤。

除了某些人會在意之外，這個名字不再有更多的意義。可她就是不願意向別人透露自己的姓名，就算是熟人也一樣。

「繼續說吧，你剛才那番話是什麼意思？第二型和第三型有什麼區別嗎？」

此刻，何琨瑤的手剛好碰到了塑膠刀。她仔細摸索了一番之後，覺得是個不難解的結，但因為結比較小，所以可能會耗點時間才能解開。

「有哦。是推理小說與驚悚小說的區別。前者的兇手往往具有理性，明確地知道自己想要殺誰，應該怎樣殺；而後者的兇手則更偏向無差別殺人，手段上也充斥著血腥與暴力。

「大叔你明白機關是什麼吧？類似於機械。通過複雜的原理，可以實現機械的自動化。也就是說，整個機關塔是一個大型的機械。一旦遊戲正式開始，我們就會沿著這條道路一直往下走，最終輸出魔女想要的結果——儘管表面上看我們擁有自己的主觀意志。」

「怎麼可能。這種事誰能做得到？」

崔安昌嗤之以鼻。

「人類不行，但魔女可以。」

解開了。

何琨瑤的心中沒有大功告成的喜悅，只有一種理所當然的感覺。

「魔女曾說過，她會按照某個原則隨機挑選一個人賜死，我不懷疑這句話的真實性，但我懷疑的是，看似隨機的背後，是否有非隨機性的存在？也就是說，那個原則究竟是什麼？這也是機關塔內的一個謎。」

何琨瑤從崔安昌的肩膀上下來，同時繼續發表她的見解。

「而設置如此龐大的機械，這就說明魔女絕非是冷血的殺人魔，她是抱持著某種信念，有著明確的目標與手段，才將我們困在這裡的。換句話說，這是一次暴風雪山莊內發生的殺人事件，是魔女對我們執行的謀殺，儘管她游離在我們之外。」

她拉扯著塑膠刀，確認線長只能拉到沙發處，不能再往外了。這意味著，塑膠刀需要捅破的對象，一定就在那六張沙發之間。

「看起來你還是沒法相信？」

「我不知道自己該相信什麼。」

「沒關係，很快你就能理解了。這就是我剛才說的那些廢話的論證。」何琨瑤說著，將手中的塑膠刀刺進了**標有「母」字**的沙發坐墊。

2

謎題破解的結果卻讓崔安昌有些困惑，他環顧四周，確信不再有更多的線索了。

在少女取出了沙發坐墊裡的鑰匙後，兩人再次站到了前檯上，打開了上面的擋板。可是往上的通道卻是空的——折疊梯掛在半空中，而且標識著「梯子」的按鈕就在折疊梯的對面。

按鈕該如何觸發呢？

房間裡沒有任何棍子類的物品，除了塑膠刀之外也沒有其他工具。崔安昌提議把刀子扔到按鈕上，可被少女直接否決了。

「沒辦法，我們已經什麼都做不到了，不如坐下來休息一會兒。」

比起有些焦慮的崔安昌，少女的反應可謂是鎮定自若。

「可這樣下去破解不了謎題的話，我們不就困死在這裡了嗎？」

「沒事，還會有人來的。」少女指了指另一扇鎖上的房門，「我們目前破解的謎題和那扇門完全無關，因此可以推測，那扇門應該是從對面打開的。換句話說，應該會有人通過那扇門到這邊來。照這個思路來看，說不定這個房間就是終點。」

少女的話有著奇怪的魔力，讓原本有些焦躁的崔安昌也安下心來等待著。

第一階層：偵探和她的助手

1

魏雙雙做了個夢。

在夢裡，她正在接受記者們的採訪。那些煩人的記者一個勁地問她相關的細節，都快把她給煩死了。

「都別吵了。」

她的聲音穿透了整個會場。

「接下來就請大家聽我說。所謂魔女殺人，不過是一個極其簡單的詭計，或許連三歲小孩都騙不了。可不知為何，當時在場的嫌疑人們也好，還是那些笨蛋警官也好，居然一個都沒有看出兇手所使用的詭計！」

全場一片譁然，快門的喀嚓聲此起彼伏。

「兇手利用的詭計實際非常簡單，她將所有人都召集到了一座機關塔內，並讓他們破解她的謎題——」

奇怪，我在說什麼呢？魏雙雙有點糊塗了。

機關塔、謎題、魔女……

「啊！」

魏雙雙從夢中驚醒。

她直起身子，空氣中彷彿還飄浮著會場裡的菸味。環顧四周之後，她發現自己竟然身處賓館的房間裡。

沒錯，是賓館的房間。和傳統的房間不同，這裡的房間是圓形的，一張雙人床擺在了房間中央。兩旁各有一個小小的床頭櫃。稍遠一些的地方是兩扇窗簾，將背後的東西遮得嚴嚴實實。此外，在床腳處的正對面，是一扇看似普通的木門。奇怪的是，這扇門總給人一種機械感，門框上還有一塊小螢幕顯示出 LOCK 的字樣。

還有一個女孩站在了那扇門前。剛才在電梯裡醒來的時候，她也是這樣滿臉微笑地看著自己。

「你醒啦？」

女孩一頭黑色的長髮，穿著單薄的長袖連衣裙。她明明長相清秀，周身的氣質卻極為普通。沒錯，就是普通。無論優劣都能給人以強烈的印象，但是普通卻不會。也正因為如此，這個女孩的氣場非常弱，根本不能引起別人的注意。魏雙雙應該聽她介紹過自己的名字，可現在就是想不起來了。

看她這麼笑嘻嘻的樣子，魏雙雙心中升起了一股無名之火。

「你是沒有記性嗎？還是說你媽媽沒有教過你做人的禮儀？」

「我的媽媽應該教過我哦。」

對了，在電梯裡的時候她說自己失去了所有的記憶。

這難道也是她如此不引人注目的原因嗎？

「那你可能沒有媽媽。」

這句話中包含的滿滿惡意，不管是誰都能聽出來吧。

「雖然我不會生氣啦，但我覺得你還是注意一下說話風格比較好，因為說不定會有其他人生氣哦。」

「又來了，難道你就不知道對地位更高的人說話要用『您』這個字嗎？」

「嗯，我懂的。」女孩子歪著頭，「可是……為什麼呢？」

這種明知故問的態度讓魏雙雙氣不打一處來，她乾脆用穿著鞋子的腳踩在了床單上，俯視著那個長髮女孩。

「你是故意的嗎？看看我的這身衣服，還有我的這張臉，難道你就什麼都想不起來？」

說著，她還拍了拍自己柔嫩的臉蛋。

駝色雙排扣過膝風衣，馴鹿帽，還有菸斗。那張清秀的臉還擺脫不了一絲稚嫩，年齡看上去也只是高中生大小。

如何？可不是每個高中生都能上新聞的。看到這張臉總該想得起來吧？

然而……

「不認識呢。」

「你——」魏雙雙的笑容立刻崩潰，「笨蛋，蠢貨，你平時不看新聞都在做些什麼？前一陣的九重島傳說殺人事件聽說過嗎？那起案子就是我破的！還有，當時轟動一時的中國版開膛手傑克事件總該知道吧？是個人都知道的吧！我在那起案子裡的貢獻有多大你知道嗎？雖然最後我把功勞都讓給了警方，因為我不想張揚自己的事蹟。可是如果沒有我，警方可就要陷入死胡同了！」

長髮女孩依舊掛著和善的微笑。

「我覺得比起這些，眼下的困境更重要哦。」

「那有什麼。讓我出場不是分分鐘就能解決了。」

不過女孩的話好歹是有了效果，魏雙雙總算是安靜下來了。

「你給我記好了，我的名字是魏雙雙，是中國首屈一指的名偵探。現在把你找到的有用資訊全部告訴我吧，無論多微小的事都可以。」

「我的名字是淩幽幽。不過……您不來幫忙嗎？」

淩幽幽很聽話地將稱呼改成了「您」，也不知魏雙雙是否對此滿意。

魏雙雙輕蔑地冷笑了一下，同時將沒有菸的菸斗放到了嘴邊。

「我？哼。這種過家家一般的謎題怎麼輪得到我出場。而且你有見過哪個偵探會像那些笨蛋員警一樣一絲不苟地調查現場的？他們只會注意一些有價值的東西。至於無價值的勞動，就應該交給警方和助手去做。助手還愣著幹什麼？快說啊。」

雖然魏雙雙氣勢淩人的態度可能會威嚇到一些人，但這招對於淩幽幽無效。後者之所以會遵從她的指示乖乖地總結陳詞，不過是她的大腦告訴她，現在是介紹謎面的時候了。

「首先，房門是鎖著的，而且有一個鑰匙孔。

「其次，是那面大窗戶。大窗戶整個被兩條深色的簾子遮住了，而且上下兩端還有中間的地方都被扣子扣在了一起，無法拉動。

「接著，是兩個床頭櫃，下面的抽屜都是假的，應該只是做出了抽屜的外觀。左邊的床頭櫃上有一臺固定電話，而且無法搬動。下方的抽屜處還有一條細縫。右邊的抽屜暫時沒有發現，不過對這個結論暫時存疑。」

「很不錯嘛。」魏雙雙稱讚道，「這才是配得上我的助手。還有什麼地方沒找過嗎？」

淩幽幽指著那張床說道：「因為您坐在上面，所以我沒辦法檢查哦。」

即便如此，魏雙雙也絲毫沒有要幫忙的意思。她從床上下來，轉而到了左邊的床頭櫃邊上。

她試著拎起了話筒，裡面卻沒有任何聲音，就像是對面有個黑洞一般吸走了所有的聲音。

此時，淩幽幽正盡心盡責地檢查床的每一個角落，並在數分鐘後得出了沒有問題的結論。最後，她還是來到了右邊的床頭櫃前。

「我還是覺得這個地方有問題呢。什麼東西都沒有也太可疑了，您覺得呢？」

「這有什麼，說不定是干擾項。」

魏雙雙說著，正在嘗試以暴力的方式打開兩道窗簾。

她試著用手扒開扣子，又想辦法拉扯窗簾。每次她都是用盡了全力，使得整張臉都扭曲了，雙手也變得通紅，就算她做出了這樣的努力，還是沒辦法將窗簾移開。

這時候，她聽到了身後傳來了啪嗒的聲響，就像是盒子的搭扣被打開時所發出的聲音。回過頭去，只見淩幽幽向上抬起了床頭櫃的頂板，露出了裡面的空間。

「咦？這是什麼呢？」

還沒等她仔細確認，魏雙雙就隔著床將淩幽幽手中的東西搶了過來。

「別看！這種東西助手有什麼資格看？」

淩幽幽只是繼續保持著微笑。

藏在床頭櫃裡的東西不過是一封信件，信件的末端還有塞西爾國際大酒店的標誌。魏雙雙扭頭看了眼床頭的位置，果然上面也有同樣的標誌。

信上的內容只有簡短的一段話。

這是一幅被詛咒的畫。

所有看到這幅畫的人都遭遇了不幸。

先是那個畫家，在作畫的時候被人從身後割喉而死。

接著，是那對恩愛的夫妻，丈夫突然性情大變，用錘子砸死了妻子後，丈夫也在畫前劃破了自己的喉嚨。

想必下一個就輪到我了吧？

啊，要說理由，我也是再清楚不過了。

這幅畫有種非同尋常的魔力。

它描繪了人類淒慘的死亡，以及絕境中的無奈與絕望。這位畫家的手似乎有種魔力，將死描繪得栩栩如生，讓死亡本身獲得了生命力！

這就是那個畫家慘死的原因吧！

這就是那個丈夫殘殺了妻子後自殺的原因吧！

這也是我馬上就要命赴黃泉的原因吧！

我想盡快把這幅畫轉手交給別人，我想你就是一個合適的對象。

我才不管你在不在意詛咒，我只想在喪命之前賣掉這幅畫，讓那可怕的詛咒滾出我的家！

我在塞西爾國際大酒店的13樓1314房等你。

沒有落款。

魏雙雙很快便注意到了信中提到的關鍵資訊。結合這間房間裡的奇怪擺設，她很快得出了一個事實。

「哎？裡面還有個按鈕呢。」

隨著清脆的聲音，扣住窗簾的所有扣子全部打開了，與此同時，固定電話的下方也有什麼東西彈了出來。

「幹得不錯嘛，終於有點助手的樣子了。」

不顧身後飄來的傻笑聲，魏雙雙猛地掀開了窗簾。

果然，在那之後根本就不是什麼窗子，而是一幅巨大的畫。

2

這幅畫裝在了塞西爾國際大酒店的專用金邊畫框內。第一眼看過去，一條血跡從左上橫貫畫布至右下，甚至劃出了畫框外，因而非常醒目。

此外，畫面的數個地方也都有不同程度的血跡。

正如信上所說，這幅畫已經讓許多人都丟掉了他們的性命。

不過在魏雙雙看來，所謂詛咒根本就是無稽之談。這個世界上的詛咒只有一樣——那就是人性。古往今來，多少兇殺是本不該發生的悲劇呢？造成這些悲劇的原因，無非就是人性罷了。

這不過是一幅普通的畫，甚至可以說只是三流的水準。

畫的背景是一處叢林，左邊有一條長長的懸崖，而懸崖的上部和下部的通路居然在右邊的某處巧妙地結合在了一起，就好像是在同一個平面上。

這是典型的錯覺畫吧，將若干個場景拼湊在了一起，從而形成了一幅亦真亦幻的視覺作品。

接下去就是最主要的部分，也就是畫的內容了。

首先，是標註了數字1的地方。

一個人倒在了左側懸崖的底部，鮮紅的血跡遮蓋了他的身體，一旁還有一個裝得滿滿的大背包，另外還有一塊指南針摔落在地。雖然這地方還只是線稿沒有上色，但已經可以想見此處會是怎樣的景象了。
接著，是標註了數字2的地方。
那是在畫面的中間靠左上方的地方，幾匹身軀龐大的灰狼正在互相拉扯人類的屍骸，場面之殘忍甚至讓人分不清那血跡究竟是畫內的還是畫外的。在他的身旁還有一個背包，不過包裡似乎沒什麼東西。
隨後，是標註了數字3的地方。
那是在畫面中央偏右，幾匹豺狼正美味地享用著某人的屍骸。因為屍體恰巧被畫外正面噴濺的血痕擋住的關係，所以看不清楚死者背上的傷口，這恐怕也是魔女故意為之。
最後，是標註了數字4的地方。
此處是畫面的右側，一個人俯身倒在了路邊上。屍身周圍的點點紅色彷彿是為其獻上的一首鮮血的詠歎調。
魏雙雙離開了畫面前，轉而看向固定電話的方向。
一張硬卡片彈了出來，上面列印著這個謎題的提示。

請將各數字按照其對應的死亡順序排列，並撥打這個號碼，我在這裡等你。
注意：只有一次機會。

這是在挑釁嗎？魏雙雙不屑地冷笑著。
沒想到魔女也只有這種程度的水準罷了。如此謎題，我不到一秒就解開了。
魏雙雙滿懷自信地想道。

第一階層：求婚的記憶

1

第二次醒來時，唐繼和已經不像先前那樣茫然了。他知道這是遊戲開始的標誌，也知道自己必須要加入這場由魔女精心策劃的遊戲。

如果是人類設下的陷阱，那倒還有餘力去想想有沒有漏洞。但既然是魔女搞的鬼，那麼去想漏洞也沒有用了，不如將所有的注意力都放在如何攻破謎題上。

隨機死亡……也就是說這是一場關乎生死的賭博。願賭服輸，即使我不巧被選中也沒有什麼怨言，唐繼和心想。

他這一生都是在一次次的賭博中度過的，再賭一次大的也未嘗不可。再說了，雖然沒有什麼道理可言，可他有種直覺——這次他不會輸。

首先是確認自己的位置，一看便知是廁所。

狹小的空間內只有一臺抽水馬桶和一旁的捲筒紙巾。捲筒紙巾只是裝飾，既無法轉動也無法從上面撕下紙巾來。

無疑，馬桶是最需要調查的位置。

唐繼和毫不猶豫地掀開了馬桶蓋。果然，一個球形的門把手正沉在清水中。

他將把手撈起來端詳了一番。這無疑就是廁所的門把手。可是，自己身處廁所內部，為什麼需要外部的門把手呢？

如此考慮著，他蹲下身子往外看去，下面的縫隙中可以清楚地看到一根拖把卡在了外面的門把手上。雖然手能伸出去一點距離，但根本碰不到拖把的位置，更別提將拖把踢開了。

幾乎是一瞬間，他想明白了這個謎題的結構。

就像是為了印證他的判斷，一旁的牆壁對面傳來了未婚妻秦雨雯的聲音。

「這裡是哪裡……啊！」

秦雨雯發出一聲短促的尖叫聲，隨即是驚慌的求救。

「米米，米米！你在哪裡！這裡是哪裡啊？快來救我啊！」

秦雨雯幾乎是哭喊著說出這段話的。

「我就在你的隔壁，聽到了嗎？」

或許是聽到了唐繼和敲打牆壁的聲音，秦雨雯稍微安靜了下來。她的聲音也聽上去安心了不少。

「啊，米米！米米我們現在該怎麼辦？我被困在廁所裡面了，打不開……完全打不開，怎麼辦啊！」

「冷靜下來，現在先冷靜。」

唐繼和知道移開拖把的道具一定在隔壁的隔間裡，而自己手上的門把手也是打開隔壁隔間的道具。因此當下最要緊的事是讓秦雨雯快點找到那件道具。

「文文，不用慌，冷靜，冷靜。想成是密室逃脫就行了。我們之前不是玩過很多次密室逃脫嗎？對，想像成是普通的遊戲就行了。我們獲得了招待券，免費來玩密室逃脫，這麼想就可以了。」

「密室逃脫，密室逃脫……」

秦雨雯反覆念叨著，就像是在吟誦什麼魔法的咒語一樣。不過看那個機關魔女的樣子，似乎完全不需要咒語就能釋放魔法。
對面傳來了聲音，表明秦雨雯開始了行動。起初唐繼和還很樂觀地想應該很快就能找到的，然而事實的發展卻並不如他所願。
「不行啊，找不到啊！」她幾乎是要哭出聲來。
以此為開端，她的抱怨接二連三地傳到了唐繼和這邊。
——啊，好髒啊，為什麼我要做這些啊。
——為什麼人家會在這種地方啊。
——我想回家，我想回家，我不要留在這裡。
——什麼都找不到啊，真的會有東西嗎？
漸漸地，唐繼和也失去了耐心，他忍不住在心中大罵起來。
在這種緊急的時候你能不能放下你的大小姐架子？一直以來都是如此。因為是有錢人家的二女兒，所以從小嬌生慣養，不管是爺爺，還是父母，或是那個前不久去世的姐姐，他們每個人都慣著她。一直以來過慣了茶來伸手飯來張口的日子，連思考的功能都變得遲鈍了嗎？一遇到問題就只會甩給別人，完全沒有自己要解決的想法。做事也一點都不果斷，總等著他人來做決定，就好像這樣就能撇清自己的責任。而且這人還任性，不管是什麼東西，只要她想要就一定要弄到手，哪怕麻煩那些寵愛她的親戚們也一定要弄到手。這就是秦家的千金大小姐秦雨雯！而她居然是唐繼和的未婚妻！事情為什麼會變成這樣？
好在唐繼和不是那種衝動的人。他立刻讓自己發怒的腦子冷卻下來，以秦雨雯並不可靠為前提冷靜地思考下一步的方針。
遇到任何變故都能保持冷靜或許也是他的一個絕活。

「文文，聽我說，接下去你先站在原地不要動，按照我的話做。」
「好。我……我站著了。」
「首先，檢查四周的牆壁和門板，看看有沒有異常。每一塊都仔細檢查一下，不要慌，我們有的是時間。」
「好……好的。」
沒有異常。
接著是馬桶內部和捲筒紙巾，都沒有發現異常。
然後是上面的燈罩，沒有異常。
最後的地板也沒有異常。
就在唐繼和疑惑之時，他發現自己犯了個極其幼稚的錯誤。
「文文，把馬桶後面的蓋子搬起來，看看水箱裡有沒有什麼東西。」
「我……我搬不動。」
「你可以的，相信自己。」
對面傳來一陣摩擦聲，看來是秦雨雯在竭盡全力搬動那個蓋子。
「裡面有什麼東西嗎？」
「沒有……啊，這邊的顏色有點奇怪……是一塊四個角都很鈍的鐵片。」
鐵片？
唐繼和一下就明白了鐵片的用途，於是趕緊讓他的未婚妻把鐵片從縫隙中遞過來。
他蹲下身子，看到對面的白色運動鞋和牛仔褲褲腳左右移動了幾下後，腳尖轉向了唐繼和的方向。她蹲下了身子，兩人瞬間對上了眼。

看到未婚夫的臉，秦雨雯破涕為笑。

真是個蠢女人。唐繼和很想這麼發牢騷，但當下還是不這麼做比較好。

於是他也笑了。

從秦雨雯手中接過鐵片後，唐繼和用它推開了拖把，離開了隔間，並將門把手安裝在了隔壁的隔間門上。很快，門便打開了，兩人終於重逢。

可這並不意味著謎題的結束。

洗手間裡放著一尊雕塑，怎麼看都很顯眼，而且洗手間的門依舊無法打開。與此同時，有些違和的廣播提示音響起了。

2

廣播的內容讓唐繼和和秦雨雯兩人都啞口無言。

那是一個女孩子的聲音，聽起來還很稚嫩的樣子，或許還是初高中生。

她狂妄的口氣使勁嘲諷著廁所中的那個人形的雕塑（說是雕塑應該不為過，因為從外表來看，就是一尊石膏像）。

——你不是很想進女廁所來嗎？你不是很想偷窺女生的秘密嗎？那就快進來啊！今天就滿足你的願望！

隨即是一陣哄笑聲。

——還有什麼願望呢？讓我看看你的筆記本……啊，想和我上床。你在想什麼呢！

雕塑的右臉上顯出一片紅色。

——跳過跳過。啊，這裡，想喝美少女撒的尿。大家聽聽，這傢伙想喝別人的尿！

又是一陣哄笑聲。

——好，今天就滿足你的願望。

廣播到此為止。而那個雕塑此刻也張大了嘴，以非常渴望的眼神瞪視著虛空。

「這是什麼啊，完全不可理喻。」

秦雨雯會這麼想也能理解，這段對話實在太過異常，就連唐繼和也無法馬上理解。

不過他倒是理解了另外一件事。

「這個謎題可能需要你來解。」

「我？」

「沒錯。」唐繼和帶著秦雨雯走到一旁洗手臺上的一大瓶礦泉水前，「如果把這些都喝下去的話，說不定就能解開機關。」

秦雨雯的臉唰地變紅了。

「等等，你是說……不行不行，我怎麼可能做這種事。不行不行，你是在開玩笑對吧？為什麼男的不行呢？你也可以吧？」

相較之下，唐繼和可謂是萬分冷靜。

「廣播內容暗示了由女性在雕塑的嘴巴裡撒尿。因此，我覺得由你來更為安全。」

秦雨雯拚命地搖著頭，但看著唐繼和堅決的表情，她還是放棄了抵抗。

「你先喝著，一會兒你準備好的時候，我就回到隔間裡，捂上耳朵。等你好了，再來敲隔間的門。」

沒有迴旋的餘地了。秦雨雯只好按著自己怦怦直跳的心臟，一口接一口地喝著水瓶裡的水。不知喝了多久後，唐繼和看到她的身子半蹲了下來。

「我進去了。」

唐繼和按照計畫，回到了隔間裡。

完成的信號似乎很快就來了，和之前的等待時間相比根本不值一提。

那個仰面的男性雕塑滿足地低下了頭，真是讓人噁心的一幕。

為了掩蓋自己通紅的臉龐，秦雨雯率先推開了洗手間的門。

門外，居然是再正常不過的旋轉餐廳的景象。玻璃外側，是一片繁華的夜景，就好像他們此刻走出了機關塔，回到了日常生活中一般。

3

所謂的夜景，自然是假的。

理論上來說，只要採集圖像後投射到螢幕上就能再現現實的景象，但在這個過程中因為模數轉換的緣故往往會失去一些東西，這也是為何數字和實景會有如此大的差別。可如果在投射過程中能百分百地保持原樣呢？如此一來，不就能讓假的東西變得和真的一樣嗎？

或許有人會笑，說這不可能，因為沒有人類能辦到。但切記，魔女就能辦到。

「真難想像，我們還能坐在這裡。」

秦雨雯的話將唐繼和漫無邊際的遐想收了回來。

「是啊，我甚至都不知道該不該感謝魔女了。」

此刻，兩人正坐在二人桌的兩側，一同眺望著夜景。地板在緩緩地轉動，而一側是單調的牆壁。它會將兩人帶去哪裡呢？唐繼和也不知道，但他的直覺告訴他，很可能是這個房間的出口。

不過，讓秦雨雯感歎的原因不止於此。

「米米你看，這個桌布，還有那邊的花。桌角號都是一樣的。當時你跟我說選了20號，因為是『愛你』的意思。」

啊，是那個拙劣的情話啊。唐繼和苦笑道，他只是隨口說的，沒想到會被秦雨雯牢牢地記住。

「米米，這裡就是塞西爾國際大酒店的旋轉餐廳，也是你向我求婚的地方。」

唐繼和想起了剛才在廁所裡想到的話。

——而且這人還任性，不管是什麼東西，只要她想要就一定要弄到手。

「幾個小時前……啊，說不定是幾天前了。在我們被抓來這裡之前，你就是在這張桌子上向我表白的。還送了我這個。」

——小雨。

唐繼和的腦海中無緣無故地想起了那個人的外號。

秦雨雯將戒指的盒子掏了出來，擺在了桌子上。

「魔女說我們都會帶一樣最重要的東西進來。這就是我最重要的東西了吧。你就是我的一切，我也就是你的一切。我到現在都還記得你對我說的那些情話。」

都是些拙劣的謊話罷了。

——這些不都是你希望我說的嗎？秦雨雯！

唐繼和真想這樣對著她的臉吶喊。

——**我是你姐姐的未婚夫**啊，不是你的未婚夫！求你不要再糾纏我了，秦雨雯！如果你的姐姐秦雨霏還活著該多好！

秦雨雯顯然聽不到唐繼和的心聲，只是端起那枚小小的戒指，呆呆地傻笑著。

第一階層：死亡順序之謎

1

「這種程度的謎題，我不到一秒就解開了。」

魏雙雙自信滿滿的樣子讓淩幽幽倍感意外，後者看了眼那幅古怪的畫，又看了眼叼著菸斗的名偵探，以她的頭腦一時半會兒還沒法理解其中的聯繫。

「你是說……你已經解開謎題了？」

「要用『您』來稱呼我。」

說著，那只菸斗重重地敲在了淩幽幽的頭上。

「哎呀，好痛。」

「看你還沒理解，我就好心為你解釋一下。你可要記住了，要是放在平時，可都是那些無能員警來求我解答的。能聽到我的推理，你應該高興地歡呼才對。」

在她自吹自擂的同時，淩幽幽的臉已經快貼到了畫布上。

「還是看不出來呢，請您為我解釋一下吧。」

「這才對嘛。」

魏雙雙舒舒服服地坐在了賓館的床上，開始了她引以為傲的推理。

「這個謎題的目標是排列出畫中四個人物的死亡順序，不過是個簡單的推理題罷了。

「首先，最值得注意的是畫面最右邊的那個人。他是死在路邊的，對吧？因此他不是這場旅途的開始，就是這場旅途的結束。

「那麼有可能是開始嗎？不，不可能。試想一下，如果旅行的同伴在旅途開始前就倒在路邊的話，無論如何都會救他吧，那麼旅途就會中止，後面的事件就不會發生了。就算一行人繼續前進，至少不會像畫中這樣讓他倒在路邊。

「那麼難道是結束？這確實是最有可能的。試想一下如果其他同伴全部在路途中死去的話，那麼最後一位成員堅持到了路邊卻因體力不支而倒下是完全有可能的。」

也不知是聽沒聽懂，凌幽幽只是一味地點頭。

「那麼問題就在於，他們為何遇難了。一般來說，這類探險隊伍總是會做好萬全的準備吧？那麼又是遭遇了什麼，使得他們一個個死去了呢？

「看到地上的指南針時，我便明白了真相。

「他們在叢林裡遇難的原因，是因為其中一個攜帶著探險工具的人員跌下了懸崖，因此導致了其餘人無法取回探險道具，進而導致其餘三人迷失在森林之中。因此，最左側的這個人是事件的源頭，他一定是第一個死的。」

凌幽幽終於有了反應。

「是哦，原來是這樣啊。」她從畫的一邊走到另一邊，手指在畫布上輕輕地滑動著，「１是第一位，４是第四位，那麼問題就在於２和３的順序了？」

「沒錯，不過這個問題太簡單了，只要有點生物知識的人都知道答案。大型肉食動物捕獵並享用食物，然後再輪到小型食肉或食腐動物，這是自然界的規則，因此３一定在２之前！

「因此，最終的答案是１３２４，一定是這樣沒錯！」

「哇！真厲害呢！」

凌幽幽轉過身來，由衷佩服似地鼓起了掌。

2

「別說這些沒用的話了。讓你跟著我真是累贅，明明我一個人就能解了。」

魏雙雙這麼說著，拿起了話筒，準備撥出１３２４這串解謎得出的號碼。

只有一次機會的警告特意標出了紅色，可魏雙雙堅信自己推理出的就是唯一的解答。

可是——

「不過，您是怎麼知道他們是一個隊伍的呢？」

「嗯？」

大概是沒料到被認定是蠢貨的傢伙會提問，魏雙雙小小地驚了一下。

「不是一眼就看出來了嗎？」

凌幽幽沒有回答，而是問出了另一個問題。

「可是……還有個奇怪的地方。剛才您是默認他們立刻死亡了吧？可是在無法驗屍的情況下，沒有足夠的證據能證明他們是當場死亡哦，說不定1、2、3三個人中有人撐到了最後呢。」

這種挑刺的感覺讓魏雙雙勃然大怒，她把手頭的菸斗扔了出去，正中凌幽幽的額頭。

「好痛。」

「你這種蠢貨還想對我的推理發表什麼意見？早了幾千年吧？這些問題都不是問題，純粹是魔女自己沒有出好題目，你質問我有什麼用？我哪知道這些細節是怎麼回事。」

「我沒有在質問……」凌幽幽抱著頭帶著哭腔說道，「我也不能像您一樣推理出一個答案來……不過，真的很奇怪嘛。」
她退到畫框的一邊，指著畫布中央的血跡。
「您看，畫布上出現的所有屍體身上，都被**畫布外的血跡**覆蓋住了哦。」
「混蛋，這又有什麼——」
忽然間，一道靈光閃過魏雙雙的腦海。她情不自禁地站了起來，兩隻眼睛緊緊地瞪著畫布。她發覺了其中不對的地方，以及魔女深深的惡意。一想到自己差點落入魔女的陷阱之中，不由得冷汗直冒。
當然，她小心地隱藏了自己的失態，只是裝作不在意的樣子，回頭重新拿起了話筒。
「巧合罷了。」
她嘴上那麼說，實際上心中已經有了新的答案。

3

1324不是謎題的答案。
關於畫布中的死亡順序，根本就沒有任何提示，因此這是一個沒辦法解答的問題，或者說，真正的問題不是畫布中的死亡順序。
而是**畫布外的**。
所有的屍體身上都貼了一張數字，而所有的屍體身上都被畫布外的血跡覆蓋了。也就是說，屍體不過是障眼法，真正的謎題是——排列出**那些血跡所代表的被害人**的死亡順序。
首先是畫家。

因為左下角是唯一沒有畫完的地方，因此當時畫家一定在那裡作畫。而那附近的血跡只有一處。因此，數字1對應的血跡一定是第一位遇害的畫家的血。

然後最容易判斷的是貫穿了畫布，甚至延伸到畫框外的這條血跡。畫框上標著塞西爾國際大酒店的名字，因此一定是在1314號房等待買家的那個神秘人的血，也就是死亡順序的最末位。

至於其中的兩個，對應著丈夫殺死了妻子隨後自殺的事件。從畫布右側的噴濺狀血跡來看，應該是屍體倒在地上時用錘子擊打所致，因此這部分的血跡是妻子留下的。

那麼自然，中央的那大片血跡是丈夫在畫布前割喉自殺所致。

因此，真正的死亡順序是——1432。

魏雙雙一邊注意著淩幽幽沒有過來，一邊飛快地撥出了號碼。很快，電話接通了，對面傳來了一個毫無感情的男性聲音。

「該輪到我了。」

然後，電話裡就沒了聲音。

就這樣？當魏雙雙看著聽筒感到不解的時候，背後的淩幽幽突然歡呼起來。

「哇！答對了！」

魏雙雙回頭看去，看到那幅畫作的正中央裂開了一道垂直於地面的縫，縫隙正在不斷擴大，但以那速度，要等上好幾個小時才能完全展開。

而讓淩幽幽高興的不是這幅畫。

是那扇門上的螢幕從 LOCK 的狀態變成了 UNLOCK。

也就是說，她們倆成功地突破了這個房間。

「不愧是偵探啊，剛才我提出來的問題現在想想，也真是愚蠢呢。」

「哼，你這種蠢貨，以後就別自說自話地發表意見了，老老實實跟我走就可以了。」

偵探的尊嚴讓魏雙雙不願意承認自己的失敗，也更不願意將破解謎題的關鍵這一寶座讓給一無所知的淩幽幽。

接下來要小心一點才行。魏雙雙如此想著，對魔女的存在也不敢那麼輕視了。

第一階層：密室殺人

1

旋轉餐廳在一扇獨特的房門前停了下來。

這扇門不像是普通的木門一般單薄，房門上裝滿了各式各樣奇怪的管道和齒輪。此外，在正上方的位置還有一面電子螢幕，上面標著紅色的 LOCK 字樣。

「鎖著嗎？可是這裡已經沒有線索了……」

秦雨雯說著，慌忙地往身後看去，只能看到一路延伸過來的單調的牆壁。

唐繼和明白這一點，而且他相信，謎題應該在廁所裡就已經解決了。他試著伸出手去抓住門把，結果僅是一瞬間的工夫，紅色的 LOCK 就變成了綠色的 UNLOCK。

「文文別找了，門已經開了。」

他拉開門，卻發覺裡面是一片濃稠的黑暗，什麼也看不見。

「你先別進來，我去看看。」

他踏進了黑色的空間裡，借著身後的光芒四處摸索著。空間比想像中還要大，對面的牆壁似乎融入了黑暗之中。

忽然間，光芒的界限慢慢縮小，速度逐漸加快。唐繼和很快就明白了其中的緣由，他回過頭去，卻見秦雨雯也跟了進來，而房門在他們的身上緩緩關上。

「喂——別進來去擋著門！」

「嗯？你說什麼？」

就在秦雨雯不知所措的時候，房門砰地關上了，無情的上鎖聲似乎宣告著他們的退路已經被封死了。

「你——我現在還沒找到出口在哪裡，你那麼急著進來幹什麼？」

「我……我不敢一個人，我想和米米在一起！」

原本冷靜的心正逐漸變得浮躁。平日裡秦雨雯的這種不過腦子的行為還能讓他接受，但此時此刻，唐繼和在魔女的機關塔裡想盡辦法求生的時候，秦雨雯居然還是這副模樣，讓人不知道該說什麼好。

不過一味地指責對於解決問題毫無幫助，唐繼和強忍著怒意，繼續在四周的牆壁上摸索著。牆壁都沒有問題，完全看不出異狀。於是他回到中央，思考著究竟是哪裡出了問題，會不會有什麼線索遺留了，又或者這就是魔女的陷阱？

沒有結果的思考同樣沒有幫助，唐繼和還是決定用自己的雙手去確認。他再次檢查四周的牆壁，這次總算是摸到了對面的門把手。

奇怪，剛剛明明沒有發現門把手，難道是因為太心急所以漏了嗎？

唐繼和一邊想著，一邊推開了門。明亮的光線刺得他們睜不開眼。

「文文，一會兒你聽我說的去檢查——」

他的話還沒說完，就先注意到了房間裡的異狀。

兩人先後進入房間，關上背後的房門，聽著清脆的上鎖聲由背後傳來。

這是一個圓形的房間，房間的左邊是一樣的上鎖的房門，而房間裡只有一張擺在中央的桌子，一邊的壁爐，以及——

「文文，你去看壁爐。」

「好……好——」

秦雨雯一邊膽戰心驚地瞄著那個東西，一邊飛快地跑向了對面的壁爐。

唐繼和在那個東西前半蹲下來，凝視著那雙毫無生氣的眼睛。

在桌子旁躺著**一具屍體**。

那是一個大概三十歲上下的女性，死後的她身體大了一倍，但與書上所說的巨人觀不同，更像是整個身體從內部膨隆出來一般。此外，屍體有明顯的肢解痕跡，而各個屍塊又被縫合了起來，或許屍體膨隆就和這一處理有關。而在屍體的腹部，有一條很深的傷口，不知道是由什麼造成的。

此外，屍體的右手上裝著一只戒指，因而手指的形狀變得更加畸形了。

之前魔女說過，一共有八人參加機關塔的遊戲，如果一共分成四隊的話，應該是兩兩一對才對。

萬一其中一組是一人，另一組是三人呢？

之前第零階層的時候，他們由於視角的關係剛好看不到其他電梯內的情況。莫非這也是魔女的誤導嗎？八人並非兩兩一組，而是**不均等地**分配……

可這不能解決問題！

因為這個房間的兩扇房門都被鎖上了，而房間內部僅有一座壁爐和一張桌子。那座壁爐從遠處看就知道是裝飾，讓秦雨雯去看只是確認一下罷了。

而眼前的這具屍體，顯然是被人殺死的。

也就是說——

可是這怎麼可能呢？

兇手殺死了這個房間裡的人，可是兩扇房門都處於上鎖狀態，屋子裡又完全沒有能隱藏起來的地方，**兇手是怎麼離開**的呢？

2

面對此等異常的情況，唐繼和反倒是冷靜了下來。他思索著現階段的目標是破解謎題並進入下一個房間，而這裡的密室殺人完全是一次突發事件。因此最佳的解決方案是不去管屍體和兇手，將目光放在如何打開另一扇門的門鎖上。

「文文，壁爐那邊真的什麼都沒有嗎？」

「沒有，壁爐上什麼都沒有，不過這裡有張紙條說此處是放撥火棍的地方，但是我哪裡都沒有看到撥火棍。」

難道說撥火棍會是解開謎題的關鍵？

可是一道謎題的成立要有謎面和道具，其中謎面是整個謎題的基礎。現在連謎面是什麼都不知道，這個謎題也就根本不成立了。

然而這邊也什麼都沒有發現，桌子也只是普通的木桌罷了，完全沒有看到隱藏的機關。

也就是說，他們可能卡在了這一關。

忽然間，唐繼和聽到身後有解鎖的啪嗒聲響起，本能地回過身去做出防備的姿態。

他們來時的那扇門上的 LOCK 又變為了 UNLOCK，過了幾秒後，房門打開，從裡面出來了兩位少女。

走在前面的是個穿著駝色雙排扣過膝風衣和獵鹿帽，手持菸斗的偵探少女，跟在她後面的，是個正用好奇的目光打量四周的小個女生。

這個人有點眼熟，或許是——

唐繼和這麼想著時，偵探少女像是碰到熟人一般笑著，拿著菸斗的手對他們倆指指點點。

「原來是你們啊，真沒想到會在這裡碰到你們。怎麼？你們也被魔女選中啦？這下倒好，完全不用我親自出馬。」

秦雨雯的臉一下子扭曲了，她恨不得立馬衝上去抓起這個女孩的衣服，幸好在那之前被唐繼和攔下來了。

他不知道這兩人之間究竟有什麼矛盾，不過當前的問題焦點在如何離開這個房間。既然是偵探的話，或許能幫上什麼忙吧。

「我們在解決這個房間的謎題，不過遇上了點問題——」

沒等他說完，偵探少女就像是小孩見到了玩具一樣兩眼放光，繞過兩人的面前來到了屍體旁，欣喜地叫出了聲：「這……這是屍體吧？」

「沒錯，雖然沒找到兇手，但是——」

「而且，兩扇門都是關閉狀態，也就是說——」

看上去，這位少女根本就沒打算聽其他人說話。

唐繼和到了另一位少女的面前，悄聲問道：「這個人究竟是誰？」

然而回答這個問題的卻是他的未婚妻秦雨雯。

「你忘記了嗎？之前一直纏著我們倆的那條狗。」

「狗？」

「她的名字是魏雙雙。」小個女生說道，「她自稱是偵探，但因為我失憶了所以不記得她是誰，說不定很有名呢。啊，對了，我的名字是淩幽幽。」

唐繼和在自己的記憶裡搜尋這個名字的相關記憶，但完全沒有印象。

「我是唐繼和，這是我的未婚妻秦雨雯。」

互相介紹的環節被不遠處的聲音強行打斷了。

「喂，助手，你還記得我們出來時的景象嗎？」

「啊，我還記得哦，」她小跑著來到偵探的身邊，「我們解開了死亡順序的謎題，然後房門解鎖，我們就——」

「別說這些沒用的，關鍵是我們在旋轉餐廳那裡看到的門是鎖上的還是沒鎖上的。」

「啊，好像是……沒鎖的吧？我記得是綠色的 UNLOCK。」

這不是當然的嗎？唐繼和心想，因為那裡的謎題被他們倆解開了。

可偵探少女魏雙雙對這個結論相當高興。

「這就對了。也就是說，兩扇門都是處於上鎖狀態。每一組都開始破解謎題的話，其他房間的人要來這個房間殺人後肢解再縫合是絕對來不及的，也就是說兇手就是原來在這裡的人！

「死者的同伴出於某個原因不打算破解魔女的謎題，而是殺死同伴後巧妙地躲了起來。如果是破解過一次的謎題，房門就一直會是 UNLOCK 的狀態，而房門是單向的，因此也無法從這裡回到旋轉餐廳的房間。」

沒錯，在唐繼和他們進入這裡之後，房門就立刻成了 LOCK 的狀態。

「也就是說，這是一起完全的**密室殺人**！」

雖然早已有了預感，但這句話仍具有一定的威懾力。

而她的下一句話，更是讓人忍不住露出驚訝的表情。

「而且，我已經解開了密室殺人的真相！」

3

靠著這句話，魏雙雙輕易地掌控了場面。對此，她非常滿意，因為這才是偵探所應該有的風範。

「首先，我認為密室的分類根本毫無用處。無論怎麼分類，都會有所遺漏，這是因為密室並不是簡單的幾條劃分就能區別開的！

「因此我的看法是，密室確實是有分類的，但密室的分類應該是一張表格，通過幾個一般疑問句的是與否來逐步確定密室是哪種類別，進而就能很輕鬆地看穿其中的真相。

「我正是通過這樣的思考，解開了這起密室殺人。」

她叼著菸斗，從屍體旁離開，犀利的目光逐個掃過眾人。

「第一個問題，這個密室是否是真正的密室。

「一般情況下，這個問題很難回答，但這裡不同。」

她取下嘴巴上的菸斗，直指顯示著 LOCK 的房門。

「這裡的房門是否上鎖是由魔女來保證的，而這間房間兩邊的房門全部都處於 LOCK 的狀態，因此可以說明，這間密室是一個**真正的密室**。」

事實就是如此，因此沒有任何人提出反駁，因為沒人能反駁魔女的設定。

「第二個問題，兇手是否還在房間裡。」

「當然不在，」提出意見的是唐繼和，「因為這裡根本就沒有別人。」

這也是自然的看法。對於不了解偵探，不了解推理小說，也不了解密室殺人的人而言，自然不會知道這個世界上有多少人用了多少種的誤導來讓人以為兇手不存在。

可機關塔的密室殺人不適用於這種情況。

「別忘了我剛才說的話。房門的上鎖狀態是被確認的，不能往回走，而本房間的謎題沒有解答因而無法進入下一個房間，因此這兩扇門都是被封鎖的。由此導出的結論是，**兇手就在這個房間內！**」

秦雨雯下意識地回過頭去警惕地注意著四周的動靜。這也難怪，因為在場的明明只有他們四個人而已，根本看不到其他人。

唐繼和也曾想過會不會是人數分佈不均的緣故，但這樣雖然可以解釋密室之謎，卻無法解釋誰是兇手。

「我們四個自然都不是兇手，因為我們沒有足夠的時間做到這一切。其次，這個房間的佈置也非常簡單，只有壁爐和桌子，完全沒有能藏人的空間。

「但真的是這樣嗎？

「我們不能忘記，在這個現場，還有一樣東西可以藏人，那就是——**屍體！**」

魏雙雙的這番推理帶來了預想中的效果，有人深信不疑，有人則覺得難以置信，但又找不到反駁的依據。就算有，魏雙雙也有足夠的證據能解釋這些疑點。

「沒錯，屍體能藏人。為什麼屍體會膨隆一倍？因為裡面有一個人！為什麼屍體的腹部會有一道傷口？因為這是兇手的呼吸孔！」

「可是正常人怎麼能藏進屍體裡面呢？」

「像我們這樣的大人當然不行，但是小孩就可以。」

「你說小孩……」秦雨雯難以置信地喃喃道。

「沒錯，**兇手是個小孩**。」

兇手居然是個小孩，這是在場的所有人都沒有料到的。而魏雙雙滿足於自己的推理能起到這樣的效果——也應該是這樣的效果——隨後，她才得意洋洋地解釋下去。

「其實這裡也有伏線。還記得在電梯裡的時候吧？因為角度的關係，我們恰好**看不到**其他電梯轎廂裡的場景，這就是魔女設下的詭計，為了讓我們不知道其他人的身分！但實際上，我們之中有一個小孩！」

沒有比這更符合現狀的推理了吧？真是絕妙的解答！

4

「可是……」

過了許久之後，淩幽幽才小心地開了口，隨後果不其然被魏雙雙打斷了。

「你又想說什麼？這次總沒問題了吧？」

被如此兇惡的目光盯著，淩幽幽的臉一下就白了。她連忙揮手辯解。

「不是這樣的，對於推理沒有任何疑問。只是……」

她後退一步，伸手指著桌子上方的天花板。

「那裡是不是有什麼東西啊？」

「嗯？」

魏雙雙湊過去瞇起眼睛，視線在天花板上仔細地搜索著。找了一圈之後終於發覺了淩幽幽所說的奇怪的地方。

的確，雖然那個東西的顏色和四周相近，也看不出什麼痕跡，但是隱約可以察覺到似乎是個按鈕。一開始的時候根本不會發現，可一旦被指出之後，這個按鈕便越看越明顯了。

「而且這裡也有個問題沒有解決。」

比起淩幽幽無心的提醒，秦雨雯的態度更像是在拆臺。

「壁爐上明明有個提示說這裡會有撥火棍的，可是怎麼也找不到。」

按鈕……撥火棍……

難道說——

隱藏的真相在魏雙雙的腦中漸漸成形。察覺到其中的惡意後，魏雙雙氣得忍不住跺起了腳。

第一階層：分歧與統一

1

最先注意到房門由LOCK變為UNLOCK的是崔安昌，他目不轉睛地盯著那個方向，心想著進來的會是怎樣的人。

「真慢啊。」何琨瑤不緊不慢地說道，抱著半身大的熊玩偶悠然起立，面朝著緩緩開啟的房門與之後魚貫而入的四人。

她不知道的是，崔安昌在聽到這句話後不快地瞪著她的背影。何琨瑤的這副什麼都盡在掌握中的態度讓他很是惱火，尤其是他們之間相差了幾十年的年齡，按理說她只是個乳臭未乾的小丫頭罷了。

何琨瑤自然沒有發覺崔安昌的心思，她的全部注意力都放在了其中一個出場的女孩子身上，這身愚蠢的偵探打扮，只可能是那個人——魏雙雙。

沒想到自己的仇人居然也出現在了機關塔裡，這難道也是魔女的陰謀之一？何琨瑤想著。

不管怎麼樣，從見到魏雙雙的那一刻起，何琨瑤就決定了無論如何也不能簡簡單單地放過她。這個蠻橫的偵探對自己的所作所為，何琨瑤是永遠也不會忘記的。

不過魏雙雙沒有認出何琨瑤來。她只是氣沖沖地過來，挑了個標有「姐」的沙發坐下，隨後便一語不發地生著悶氣。

其餘三人也跟在她的身後，在她的四周分別找了「妹」、「兄」、「弟」三張沙發坐了下來。

自然，被割開的「母」的沙發已經在何琨瑤本人的身下了。

「發生什麼了？難道是中了魔女的陷阱？」何琨瑤明知故問。

魏雙雙繼續沉默著。見她沒有說話的意思，而其餘兩位女生也沒有開口的想法，於是就由在場唯一的男性——唐繼和來回答了。

「說是圈套也算是圈套吧。是這樣的，在上一個房間裡，我們遇到了密室殺人。」

說到密室殺人時，唐繼和別有深意地將目光放在了魏雙雙的身上。

故事從唐繼和與秦雨雯進入房間開始——當然開頭是簡短的自我介紹——兩人發現了中年女性的屍體後，又有兩人出現了，她們就是偵探魏雙雙和她的同伴淩幽幽。

魏雙雙調查現場後，很快就得出了密室殺人的結論，並給出了解答——兇手是一個小孩，殺人後躲進了屍體裡。

「可是淩幽幽發現天花板上有個隱藏的按鈕，文文她也發現壁爐旁應該還有一個撥火棍才對。於是我們爬到了桌子上，採用疊羅漢的方式，讓文文去按那個按鈕，結果——」

結果，一塊天花板凸了出來，其中一端緩緩降下落到地面上，從而形成了一道階梯。而階梯落下的位置，恰好就在屍體的不遠處。

「然後，我們就在上面的廚房裡發現了那個傢伙，是個髒兮兮的胖子，躲在角落裡玩遊戲機。我們讓他下來他不肯，最後只好我們自己過來了。

「屍體上不是有個很深的傷口嗎？其實是一個類似卡槽的結構。撥火棍一端也有類似的東西，這就相當於鑰匙，可以戳進去旋轉。接著屍體就炸開了，從肢體的斷端處可以看到裡面的機械和齒輪。撥火棍戳中的這一塊屍塊下就有一把鑰匙，但是拿不出來。所以最後我們是拿屍塊去開門的。」

說到這裡，唐繼和豎起拇指朝身後的房門那裡揮了揮。

「我們也問過那個胖子是怎麼回事，可他死也不說，只是用很詭異的目光瞧著我們。不過根據撥火棍上的東西，我大致能還原當時的場景——」

唐繼和正想說下去的時候，何琨瑤開口了。她語氣平淡地接著說了下去，就好像這只是一件不值一提的小事。

「恐怕從一開始，八人中就有一個人是屍體吧。雖然參加者是八人，但真正進入遊戲的**只有七人**。這是魔女玩的把戲，第零階層的電梯裡我們無法看到對方轎廂裡的場景就是這個原因。

「而和屍體在一起的這個胖子，大概是個很孤僻的人吧？壁爐旁的撥火棍上應該纏著一條紙帶，上面寫著提示，用這個去戳按鈕就可以打開一個隱藏的區域，在那裡他可以不受打擾地做他喜歡做的事。

「於是胖子這麼做了，階梯落下的同時屍體也滾了下來。不過胖子毫不在意，他上到隱藏空間裡，還原了天花板後藏在裡面玩遊戲。事件經過大致如此，沒錯吧？」

何琨瑤說的如此詳細，就好像她親眼見過一樣。一時之間甚至都沒有人搭話，大家——除了魏雙雙之外——都只是看著她。

「啊，是的。還原天花板的也是一個按鈕，在上方的隱藏空間裡。」

「所以，這才是真正的謎題。利用參加者來隱藏謎題所需要的道具，利用參加者來製造房間的謎題，並利用參加者，來製造謎題的誤導。」

何琨瑤每說一次「參加者」，就故意強調似地提高了聲調。在場的所有人都明白所謂的「參加者」指的是誰。

第一次，魏雙雙對何琨瑤的話產生了反應。她先是意識到了什麼，隨後眼裡彷彿是噴出了火一般。但她還能克制住自己，沒有當場發怒。

何琨瑤繼續說了下去，她故意看著魏雙雙，故意用嘲諷一般的口氣說道：

「魔女知道有個自視甚高的偵探在這裡，因而特意安排好時間差，讓偵探在適當的時間出現在那個房間裡，給所有人一個誤導——因為在偵探的世界觀裡，是不可能存在有隱藏房間的密室殺人的，尤其是對不成熟的偵探而言更是如此。」

魏雙雙的怒氣終於到了臨界點，「不成熟的偵探」一詞更是成了爆發點。只見她猛地站了起來，恨不得馬上要伸手去抓住何琨瑤。幸好在她有所行動前被身旁的唐繼和按了回去，不然兩人之間肯定會爆發肢體上的衝突。

「你是不是看我不爽？是不是每句話都想要諷刺我？這裡哪有你發言的權利？破解真相永遠都是偵探的權利，你這種小角色根本不配有，你就應該馬上去死——」

「你——」

「但這不是事實嗎？事實就是，某個自稱偵探的人中了魔女的陷阱，還不願意承認。」

「好啦好啦，」崔安昌適時地起到了調解員的角色，「這件事都已經過去了。小姑娘你也是的，就不能少說兩句嗎？」

「說話這麼難聽會被第一個殺掉的。」

魏雙雙抓住機會一般趁機進攻，可何琨瑤也不甘下風。

「要論說話難聽的程度，我和你應該不分伯仲吧？」

然而這句話之後，魏雙雙卻沒有立即回答。在沉默了數秒之後，魏雙雙才想起了什麼似地，指著她的臉說道：「等等，我肯定在哪裡見過你。這張醜女的臉，還有這種死了爹媽一樣的語氣，我絕對在哪裡見過你……」

「這邊的情況怎麼樣呢？」

唐繼和問話的對象是崔安昌。他無視了兩位女生之間的戰爭，試圖將話題進一步推進。

「這邊，我們只差最後一個謎題沒有解開了。」

崔安昌往前檯那邊走，唐繼和、秦雨雯也跟了上去。何琨瑤與魏雙雙兩人也暫時放下了矛盾，先後往前檯走去。

「真高啊，那個按鈕根本按不到吧？」

「用上個房間的撥火棍試試？」

「那也搆不到吧？這大概有三四層樓高呢。還有別的道具可以用嗎？」

「沒有吧。要不疊羅漢上去？」

「不可能吧。就算可以，我們六個……再加上那個不願出面的傢伙，也搆不到啊。」

「而且現在也回不去。」

確實，前往上一個房間的門已經回到了 LOCK 的狀態。

這時候，何琨瑤發話了，依舊是那種淡漠的語氣，彷彿一切都是順理成章的事。

「這個謎題我已經解開了，所以現在討論這個沒有意義。」

何琨瑤這麼說著，環視了所有人後，鄭重地提出了一個問題。

「魔女說這是一個團結合作的遊戲，雖然難保不會在某些地方耍花樣，但至少現在看來就是如此。而且大家可能察覺到了，我們所經過的每一個機關都恰好以我們這些人剛好可以通過為標準設計的，也就是說，我們必須要齊心協力才行。所以我們第一個要解決的問題就是，大家必須都有往前進的動力。」

「事到如今怎麼還在說這個。」魏雙雙嗤笑道。

然而就像是和她過不去一般，崔安昌舉起了左手。

「說實話我有點擔心。」崔安昌說這話的時候很沒有氣勢，「因為我擔心如果第一個抽中我的話該怎麼辦。我不知道死亡是怎樣的體驗，但我至少知道，我想活著，而且我必須要活下去，我的命不只是我自己的，所以我絕對不能死。所以我……我真的很不安。」

「哈啊？你在說什麼？」

魏雙雙衝到了他的跟前，恨不得給他的下巴來上一拳，但她只是叼著菸斗，以質問般的氣勢瞪著他的眼睛。

「你已經活得夠久了吧？就算死了又能怎麼樣？有什麼好怕的？」

見崔安昌不說話，她又轉身看向其餘的四人。

「你們呢？你們怎麼看？」

「我都可以哦。」

淩幽幽的回答是團隊投票時最禁忌的答案，尤其還是在當前環境下。

「你的大腦真的沒問題嗎？」

「我的話……」唐繼和一邊沉思著，一邊謹慎地挑選著用詞，「如果這是人類設下的局，那還有尋找漏洞的可能。但既然對手是魔女，我認為投機取巧是沒有勝算的。因此最好的方法是按照魔女的遊戲規則走。」

他也的確是這麼做的。

「你就不怕自己被抽中嗎？」崔安昌神情黯淡地問道。

「如果自己被抽中了，就權當是運氣不好。這也是規則的一個部分。」

「米米怎麼選，我就怎麼選！」

接著，話題回到了魏雙雙自己的身上。

「我就這麼直說了吧。這個機關塔一定有什麼秘密等著我們去揭開，而最後負責揭開真相的一定是偵探，因此我一定會活到最後，我有這種自信。」

一旁傳來冷笑聲，那是何琨瑤的笑聲。這聲音引來了魏雙雙充滿怒意的目光，而前者則是迎著她的目光說道：「我也不介意自己會不會被抽中。反正人的生命就是那樣脆弱，和身分無關。」

同意前進的聲音越來越多，淩幽幽似乎發覺了這一點，高興地舉起手來。

「那我也贊同！」

於是，所有人的目光又最終回到了崔安昌的身上。

他只好無奈地搖了搖頭。

「既然你們都這麼說，那我也沒有什麼反對意見了。確實，如果留在這裡也是死路一條，那還不如往上走，至少能有一線生機。」

然而他的話顯然沒有底氣。

「既然這裡的六人都同意了，那就沒有問題了。」

雖然沒有人提議，但最終還是由何琨瑤進行主持。

「接下來，我就來說明這個最後謎題的解答吧。這其實是個非常單純的謎，之前我還只是懷疑，但現在聽了你們說的經歷後，我終於確信之前的猜想是正確的了。」

「那麼首先，能請偵探來說一下大致的行動經過嗎？你和那位淩幽幽是唯二經過了所有房間的人吧？」

這種被牽制的感覺讓魏雙雙覺得很不痛快，因此她乾脆無視了何琨瑤的提問。淩幽幽見狀，懷著不知從哪裡來的使命感鄭重地說道。

「呃……是這樣的。我和偵探醒了過來，然後穿過房間門到隔壁的旋轉餐廳。轉了一圈後到了一扇房門前，打開房門就到了隔壁的……那個是什麼來著？」

「下面的是偽裝，上面的隱藏空間才是真正的房間，大概是廚房。」唐繼和幫忙解釋道。

「啊，沒錯，是這樣的。接著我們就破解了謎題，最後就到這裡來了。」

她的話雖然簡單但也完整，魏雙雙也沒有想補充的地方——就算有她也不會說的。

「剛才你說了『隔壁』這個詞對吧，為什麼？」

「哎？這不是很自然的事嗎？」

像是得到了滿意的回答一般，何琨瑤沒有再問下去了。

「不知道大家有沒有注意到，這個機關塔的設計非常巧妙，絕不會有任何多餘的地方，因此每一處設計都有它的意義。就比如房門。

「剛才聽了這位唐繼和先生的描述，他們進入下一間房間時需要打開兩扇房門，這是為什麼呢？為什麼房間之間的轉換不能單靠一扇房門，而需要兩扇呢？

「答案非常理所當然，因為只有一扇的話，只要打開門就能完成場景的轉換，這顯然不是魔女希望看到的。因此，我們可以得到結論，魔女設計兩扇門的目的，就是為了隱藏其中的**場景轉換**過程。」

唐繼和露出了頓悟一般的神情。

「是**電梯**吧？」

何琨瑤只是簡單地點頭。

「沒錯，這就是這個謎題的答案。」她用空下的右手指了指上方的空洞，「三四層樓的高度，不剛好是我們四個房間疊加起來的高度嗎？也就是說，我們這四個房間並不在同一個平面上，每一次場景轉換，都會往下移動到下一個樓層。」

「可是我們完全沒有感受到電梯的移動啊……」

秦雨雯的疑惑也是理所當然的。

「平時坐電梯的時候，也不會特別地感覺到電梯的移動吧？至於失重感與超重感也有個體的差異，有的電梯在乘上去的時候就完全沒有失重感。」

「那如果碰到牆壁的話，不就暴露了嗎？」

「不會，我想有兩種可能。第一，在感應到電梯裡的人觸碰到牆壁的時候，電梯就會停下；第二，在電梯與牆壁之間，還有一層假的牆壁，在抵達目的地的時候，再橫向移動，讓門把手出現在牆壁上。至於是用門把手撞開一部分牆壁，還是有什麼機關在操控，就不得而知了。」

下一個提問的是崔安昌。

「你這麼說的話就是要回去了，可是——」

他本想說回去的門已經鎖住了，可他們回頭看去時，原本顯示 LOCK 的門卻已經成了 UNLOCK。

「是聽到了我們的話嗎？這也太可怕了吧？」
「誰知道呢。」
何琨瑤雖然表面看起來平靜，但實際上內心也吃了一驚。
「那麼，選誰去好呢？」淩幽幽歪著頭說道，「我們回去的話就要一層層地爬上電梯吧？」
「我不行。」崔安昌搶先說道。
「我也不行。」抱著小熊玩偶的何琨瑤也搖頭。
「這種事自然不可能讓偵探來做吧？」
剩下的只有唐繼和、秦雨雯和淩幽幽三人了。
「既然大家都不願意，」唐繼和站起身來，「那就我去好了。」
「我也一起！」秦雨雯也連忙站了起來，貼到了唐繼和的身邊。
「你們放心吧，我們會去最初的房間按下那個按鈕，然後再把那個胖子帶過來的。」

4

望著兩人離開的背影，魏雙雙愉快地笑了起來。
「怎麼笑得那麼開心？是因為看著別人去幹活，自己卻可以在這裡享樂？」
「你沒資格說我，醜女。」
何琨瑤不再說話了，但也沒有顯出因此而受傷的神情。
「我在笑的是那兩個人。他們居然是馬上就要結婚的夫妻，真是難以想像。」
崔安昌有些不解。

「有那麼奇怪嗎？他們兩個看起來很恩愛啊。」

「恩愛？虧你還活了那麼久。他們兩個哪裡像是恩愛的樣子？我就這麼直說了吧，秦雨雯可是從她姐姐的手上把唐繼和搶走的！而且——」

——還是在她姐姐遇害的不久之後。

機關塔之外的故事：雨中謎案

1

下午兩點半

秦國強佈滿皺紋的臉上冒著冷汗。他伸手去拿口袋裡的手帕，擦了擦汗，腦子裡還在想著剛才的那通電話。

——這幾年來的恩怨是時候清算一下了，你等著，今晚必有血光之災。

從他搶了本家的財產到異地發展，再到建立起自己的商業帝國，秦國強接過不少這類恐嚇電話，所以他心裡也清楚，什麼樣的恐嚇是最有威脅的。那些說得狠的，大吵大鬧的，往往是發洩一通就沒事了，這類人只是嘴上說得可怕，卻不會有什麼行動。

真正可怕的，是那些平淡地說出威脅的人。這些人往往都壓抑著內心的憤怒，而且這種憤怒很可能會化為一種切實的惡意，甚至付諸於行動。

他沒法無視這通電話。

這時，有人在外面敲響了書房門，將他的思緒從那通恐嚇電話上拉了回來。

來者是他的兒子秦家俊，應該是來和他聊晚宴的事。

秦家俊是個沒什麼主見的人，凡事都要經過別人的引導才能做出判斷。說得好聽是謹慎，說得不好聽就是沒有責任感，總想著讓別人來替自己承擔選擇的責任。別人家裡能否容忍這樣的人秦國強不知道，但他知道在自己家裡，並不需要這樣沒有主見的人。

這個家，必須要交給秦雨霏才行。
秦國強一邊想著，一邊應了聲。
門隨即被推開了。
「爸，常先生已經到了，美玲已經去接他了。」
「哦，一會兒帶他上到書房來吧。」
如果只是來吩咐一句，那麼他現在就可以走了。
可秦家俊仍然站在原地。
「還有什麼事？」
「關於晚宴的菜譜，我列了一張表，您來看一下——」
「這種事讓那個小丫頭去解決，不要來找我！」
眼看著秦國強就要發怒了，秦家俊趕忙灰頭土臉地退出去了。

2

下午三點
「這些都是普通的裝飾，沒什麼好看的。」
喬美玲漫不經心地說著，實際上心裡卻在暗喜。這個鄉下來的老傢伙，一定沒有看過這麼華麗的飾品吧？
為了錢和地位而嫁給一個自己不喜歡的男人，這有什麼錯？
這個世界上所有人都擁有追求幸福的權利。對於喬美玲而言，這個世界上最幸福的事莫過於住在一間大宅裡，享受著僕人的侍奉，揮霍著無數的金錢，走在公司裡會被員工們畢恭畢敬地尊稱為夫人，偶爾也會帶幾個沒見識的窮人欣賞一下他們無比羨慕卻又永遠也得不到的金碧輝煌之物，多麼美妙的生活啊！

遲早有一天，喬美玲要將這個家緊緊地握在自己的手裡。

思緒又飄到別的地方去了，於是她趕緊將心思收了回來，轉而向這位老傢伙介紹臺子上的一個花紋優美的長頸花瓶，隨後又帶著他去了餐廳。

常翠安一踏入餐廳，就被各類華麗的裝飾和價格不菲的畫作所吸引。其中最大的一幅畫掛在餐桌的尾端所對的牆壁上，內容關於戰爭與死亡。這個主題太過沉重，似乎不適合出現在這裡。

他在畫像面前止步，眼神中透露出一絲興奮。

「太好了，這幅畫實在是太好了。」

「這是爸花了大價錢買回來的，不錯吧。」

就算是平淡的語氣也掩蓋不了喬美玲心中的喜悅。沒有一個客人在進入餐廳時不為這幅畫所傾倒，沒有一個客人在這幅畫面前說不出讚美之詞。聽著客人們的稱讚，喬美玲覺得就好像是自己受到了讚揚一般。

因為所有的一切，都是她替秦家操辦的。

從裝修到裝飾，公司裡裡外外的各種事務，家庭裡的或大或小的安排，全部都經由她手，所有的一切都被她整理得井井有條，足以對得起秦家的名聲。

所以明面上這家的主人姓秦，可實際上呢？這裡是她喬美玲的天下，現在是，將來也會是，遲早會是。

喬美玲適時地將常翠安的目光從畫像上引開。這是他們家專屬的東西，不允許外人多看哪怕一秒。

「該逛的都逛完了，我這就送您去房間休息吧，小丫頭應該已經幫您把行李搬過去了。」
「啊，沒關係，告訴我我自己去就好了。還有秦老現在哪裡呢？我想早點去見他。」
「爸下午一直在書房裡，想去直接去就行了。那我就不送了，希望您這兩天住得愉快。」
喬美玲伸出左手，常翠安也理會了她的意思，兩人鄭重地握了握手。

3

下午三點半
唐繼和敲門的時候，秦雨霏正坐在梳妝檯前，精心地梳著額前的劉海。
「請進來吧。」
就算知道來者是自己的未婚夫，秦雨霏依然故作冷靜地用了敬語。這並非是她刻意保持距離的表現，正相反，她此刻正淺淺地笑著，看起來非常幸福。
「我從小琪那邊拿了今晚的菜單，我們一起去買吧。」
小琪是秦家的女僕，秦雨霏的爸媽都習慣稱她為「小丫頭」，但秦雨霏覺得這種稱呼並不妥當，所以一直拒絕這個稱呼——她曾私下這麼和唐繼和解釋過。
「那小琪呢？」
「小琪她還要打掃衛生吧。」
「好，我準備一下就去。」
說完，秦雨霏離開了梳妝檯，繞到衣櫃前拿出了一個小包。小包是她自己做的，包的一角還繡著一隻小黃雀，給人清新的感覺，和她本人的氣質完全一致。
「哥哥也在呢。」

門口傳來一個清脆的聲音，唐繼和不用想都知道那人是秦雨霏的妹妹秦雨雯。和端莊賢淑的姐姐不同，妹妹完完全全就是個嬌生慣養的產物，又任性又有脾氣，但實際上讓她做事卻一樣也做不好。

「姐姐在裡面吧？剛才爸來找我，說房間裡的燈壞了。一會兒你們去超市能順便買個燈泡嗎？」

秦雨霏從房間裡探出頭來，她想了一陣後回覆道：「倉庫裡應該有備用的燈泡，我先去拿回來吧。」

說著，她放下了包，毫不慌亂地快步走出了房間。

於是就剩下唐繼和和秦雨雯兩人了。唐繼和知道這個妹妹對自己的態度有點奇怪，他並不想單獨和她留在一起，所以他拿過秦雨霏留下的小包，連忙跟了上去。

4

下午四點

下雨了。

趙子琪望著灰色的天空不禁皺眉。

剛才她在打掃房間的時候，無意中將書房窗口旁的一臺硯給摔下去了。幸好只是掉進了花壇裡，應該不至於摔壞，稍微擦一擦應該看不出來吧。雖然這臺硯是老爺花了大價錢買回來的，但也沒看他多麼寶貝這個東西，就算裂了條縫應該也看不出來。

所以趙子琪才會趕緊下來，準備從後門繞去花壇那邊把硯拿回來。

可是沒想到剛一出門，灰色的天空就飄起了零星的雨點。雨點越來越大，越來越密，不用想就知道馬上就要下大雨了。

出了後門就是一片泥地，這樣會把自己的鞋子給弄濕的，然而老爺家卻沒有給她留一雙出門用的鞋子。

沒有辦法，就像以往想要經過後門去外面一樣，她熟練地打開了鞋櫃，從幾雙共用的運動鞋中挑出了最小的一雙穿上了。這雙鞋只有二小姐能穿，而二小姐基本不會出門，所以到現在都沒有人發現她在用老爺家的鞋子。

如果被發現的話，可能會被直接開除吧。趙子琪在心底開著玩笑。

5

下午四點半

因為家裡的女僕要打掃房間的關係，秦國強和常翠安一起來到了旁邊的會客廳。兩人在長沙發上坐下，雖然秦國強要比對方年長十多歲，可做為主人，他還是細心地為對方準備好了點心與茶——儘管這些應該是那個女僕做的事。

「家裡的這個女僕整天就想著偷懶，而且不動腦筋，這茶應該她來倒才對。」

「不用了不用了，我只是來聊聊而已，不用準備那麼多。」

可秦國強還是執意將茶倒好後，才回到了座位上。

「這還是老家第一次有人來找我，真是讓我感動得快要掉眼淚了。當初我為了實現自己的野心，偷了老家的錢，覺得自己一定會被老家的人記恨吧，就一次也沒回去過。」

「哪有的事呢。」常翠安連忙擺手，「起初老家的人確實很生氣，但看到您在外面生意做得那麼好，現在可都盼著您回去呢。」

聞言，秦國強忍不住冷哼一聲。

「這幫老傢伙還是一樣啊。對了，老姚怎麼樣了？」

「身體好著哪，他也正想著您哪。」

「也就老姚還算是和我交好吧，這幾十年也真是辛苦他了。」

人到了一定的年紀就會開始念舊，秦國強也是如此。他問了常翠安不少和老家有關的問題，雖然還想再問下去，但看對方疲憊的表情，最終還是作罷了。

「看你眼皮都快要合上了，一定是累壞了吧？」

「可不是嘛，坐了一整天的火車，感覺腰都直不起來了。」

看上去也的確是如此。

既然如此，秦國強也不好意思再留著人家，只好說晚餐後再聊。

「那我先回房間睡一覺吧，失陪了。」

說罷，常翠安拖著疲憊的身子離開了會客廳。

6

下午五點

唐繼和帶著兩個大袋子來到了廚房，剛好趙子琪正坐在小凳子上發呆，他便將東西都交到了趙子琪的手上。

「我把東西都買回來了，你再對照著清單點一遍吧。」他一邊說著，一邊從裡面翻出了一個方盒子，「這個是爸讓我們買的燈泡，一會兒我去給他。」

「好的，先放這邊吧，我馬上就做。」

說是「馬上就做」，可趙子琪還是坐在原位，不緊不慢地打了個呵欠。要不是唐繼和一直在看著她，可能她要過好幾分鐘才會動起來。因為被逼迫著不得不提前幹活，這讓她看起來有些煩躁。

「對了，小雨還沒回來嗎？」

「小雨……大小姐不是和您一起去倉庫了嗎？我之前還看到你們一起去倉庫呢。」

「是啊，我們是去拿燈泡的，可是翻來覆去沒找到，我說時間來不及了不如再買一個，可她偏說倉庫裡就有，所以只好我一個人去了。她還沒從倉庫裡回來嗎？」

趙子琪搖搖頭，表示自己沒有興趣。

明明她和秦雨霏的年齡相差不大，一個是大小姐一個卻是侍奉人的女僕，這種差距讓她有些嫉妒，所以她從不關注兩位小姐的去向。

「真是怪了。」唐繼和嘟囔了一句。

這時，秦家的二小姐出現了，她悄悄靠到唐繼和的身後，從後面一把抱住了他。

「你做什麼啊？」

「嘿嘿，你怎麼猜到是我而不是我姐？」

「因為小雨不會做這種事。」

「來我房間吧，我有事情想請教一下你。」

沒頭沒腦地丟下這句話後，秦雨雯就把唐繼和給拉走了。

秦雨雯在家裡的其他成員面前都能克制住自己，到了趙子琪面前卻當她不存在一樣，毫無顧慮地暴露她對未來姐夫的思慕之情。

「真讓人火大。」

7

下午五點半

在進門之前，秦家俊就知道自己要面對妻子的怒火了。她每次生氣的時候都會把他叫到北邊的書房或會客廳裡，因為在這裡吵架並不會影響到南邊的臥室。

和往常一樣，他根本不知道妻子為什麼生氣。

推開會客廳的門，秦家俊看到妻子正在窗口抽著菸，而外面的雨已經停了。

「親愛的，怎麼了？」

喬美玲沒有說話，只是左手托著右手的手肘，右手夾著香菸，故意不去看他，而是望著窗外。被雨水沖刷過的泥地上，幾乎看不出一點痕跡。

「下個月就要辦小雨的婚禮了吧？怎麼樣了？」

「還能怎麼樣？該做的都做好了。」

一看到妻子的臉色起了變化，秦家俊就知道自己踩中了地雷。

「什麼叫都辦好了？請帖呢？你都發到哪裡去了？你以為我們包了那麼大一個會場就只是家庭聚會嗎？還有，婚禮前後的儀式呢？雙方父母都要來的吧？」

「因為唐繼和他爸媽都死了，所以我就想——」

「你怎麼那麼蠢啊？人家父母死了就可以省了嗎？還有，當天的儀式每個步驟，所有人應該在哪裡做什麼事，伴娘和伴郎有哪些任務都要交代好，收到喜錢由誰來記賬……明明事情有那麼多，你卻像個沒事人一樣整天閒逛，不知道都在做些什麼！我當初怎麼會跟你在一起的。」

「親愛的，我只是……」

「好了，我不想聽你解釋，今天是爸的七十大壽，我也不想和你吵架。明天開始我再好好把整個婚禮的流程過一遍，我再也不會相信你能做好哪怕一件事了。」

丟下這句話，喬美玲逕直離開了房間。

自己的丈夫是個貨真價實的窩囊廢，喬美玲再度確認了這個事實。

雖然很惱火，但是她也樂得如此。自己的丈夫越是沒用，自己能掌握這個家的可能性就越大。現在最大的問題就只剩下一個，那就是主人的歡心。

秦家的主人秦國強是個很看重實力的人，但同時又是個老頑固，堅信著血脈之類的愚昧傳統，硬是要個兒子。可惜生了兩個都是女兒，秦雨霏文靜禮貌，秦雨雯任性撒潑，兩人都不足以支撐這個家。

秦家的血脈都如此沒用，按理說結論應該顯而易見了，可是秦國強這個老頑固，卻硬要在矮子裡選高的，執意要在秦雨霏結婚之後把整個家都交到她的手上。

這可怎麼行！這樣的一個不諳世事的小姑娘能懂什麼！一直以來撐起這個家的，不都是她喬美玲嗎？

喬美玲暗下決心，為了正式將這個家收入囊中，她必須要快點行動了。

8

下午六點

六點開始，秦國強就坐到了餐廳裡自己的位置上，這是他一直以來的習慣。

十多分鐘後，秦家俊和喬美玲出現了。沒過多久，唐繼和也出現了。四人一起有說有笑，其樂融融，這也是平常家裡的氛圍。雖然秦國強常常因自己家的和睦而自滿，但他不知道的是，在和睦的表面下，諸多暗流正在湧動著。

快到二十分的時候，趙子琪按照預定開始端冷菜。當初定好的晚餐開始的時間是六點三十，她也跟客人招呼好了。

接著又過了五分鐘，還是沒有人出現。

「常先生還沒下來啊，去叫一下吧。」

「還有小雨和她妹妹，麻煩了。」唐繼和說道。

為什麼這種事也要我去做啊！你們這些有錢人都沒有腿的嗎？就算心裡有很多抱怨，趙子琪還是一聲不響地極不情願地接受了。

可就在這時——

啪的一聲，所有的燈光都消失了。

在突如其來的黑暗中，所有人只能靠聲音來判斷大家的情況。

「怎麼停電了？」

「電閘在後門旁邊的房間裡，誰去開一下。」

「我去開。」

秦家俊衝出了餐廳門，同時又有兩人進來了。

「怎麼了？」

「雯雯，你見到小雨了嗎？」

提問的是唐繼和，他的聲音聽起來有點焦慮。

「沒呢，她沒下來嗎？」

忽然間，電燈又亮了起來，應該是秦家俊又打開了電閘。

然而在大家的眼睛適應了耀眼的燈光後，所有人都被對面畫像上的字給嚇到了。

喬美玲捂著嘴巴，趙子琪跪倒在地，唐繼和從座位上起身，而秦國強則是瞪大了眼睛。

那惡毒的詛咒深深地刺入了秦國強的視網膜中。

在停電的這段時間裡，正對著餐桌的那幅畫上被紅色的噴漆噴上了四個大字。

——血債血償。

「這……這是怎麼回事！」喬美玲發出了悲鳴。

秦家俊衝回了餐廳，手裡還拿著一卷細線和一塊石頭。

「爸，這是什麼，我在電閘那邊找到的……爸，怎麼了？」

秦國強捂著心口，突然的衝擊讓他受到了劇烈的驚嚇。他擰著眉毛，飛快地掃視著眾人，然後用他最大的嗓音吼道：「人呢？小雨人呢？」

所有人都把目光放到了秦雨雯的身上。

「剛才你不是說見到小雨了嗎？」

「我不這麼說你會來我房間嗎？」

說完後秦雨雯馬上就感到了後悔，於是她有些委屈地補了句「我再回房間看看」，飛快地跑出了餐廳。

喬美玲也坐不住了，她一副快哭出來的樣子，說她也去找找看。

「我最後一次見到她是在倉庫，難道說——」唐繼和的臉色突然蒼白起來，他二話不說直接衝出了餐廳，喬美玲和秦家俊對視一眼後也連忙跑了出去。

「小丫頭，快，快帶我過去！」

秦國強奮力站起身來，在趙子琪的幫忙下快步朝外走去。在經過常翠安的身旁時，一直沒有作聲的他也一起跟了上去。

於是一行人三三兩兩地離開玄關，穿著拖鞋就跑了出去。最先到倉庫門口的喬美玲，在打開倉庫門之後就已經癱倒在了地上，在她丈夫的懷中泣不成聲，看到這一幕的秦國強，心裡已經有了不祥的預感。

可當他站到倉庫的門口時，眼前的場景比自己想像的還要殘忍。

秦雨霏的雙手雙腳都被倉庫裡的麻繩綁了起來，瘦小的身軀上挨了不下十餘刀，深紅色的鮮血在她的身下向外蔓延開來，成了一個小血泊。一旁還有一張倒在地上的椅子，上面的血跡更是觸目驚心。

「姐……姐姐？」秦雨雯不知何時也來到了倉庫門口，除了這聲呼喚外，她再也說不出一句話來。

「是……是誰殺了小雨啊，我的寶貝女兒啊……她下個月就要結婚了啊。」

喬美玲的哭聲在狹小的倉庫裡迴盪著，而秦家俊將她緊緊地抱在懷裡，雖然沒有流下淚水，但他神經質一般撫摸著妻子的動作也同樣表現出了他內心的震驚與悲傷。

有人從他們的身旁走過，那是唐繼和。他踏過血泊，跪倒在秦雨霏的身旁。

「對不起，對不起……如果我……」

他沒有說下去，只是俯身抱住了她的遺骸，親吻她已經冰冷的臉龐。

「爸，爸！」

另一場騷動開始了。

秦國強捂著胸口倒在了門口，而看到這一幕的秦家俊暫且把妻子交給趙子琪照顧，自己則衝到了秦國強的身旁扶住了他的身體。

「快去叫救護車，快！還有員警，快點！爸，爸再堅持一會兒……」

花了幾十年的時間才建起秦家的主人，因一場命案而在一天之內就這麼倒下了。作為秦家主人秦國強的故事，這個結局可能太過殘酷了。

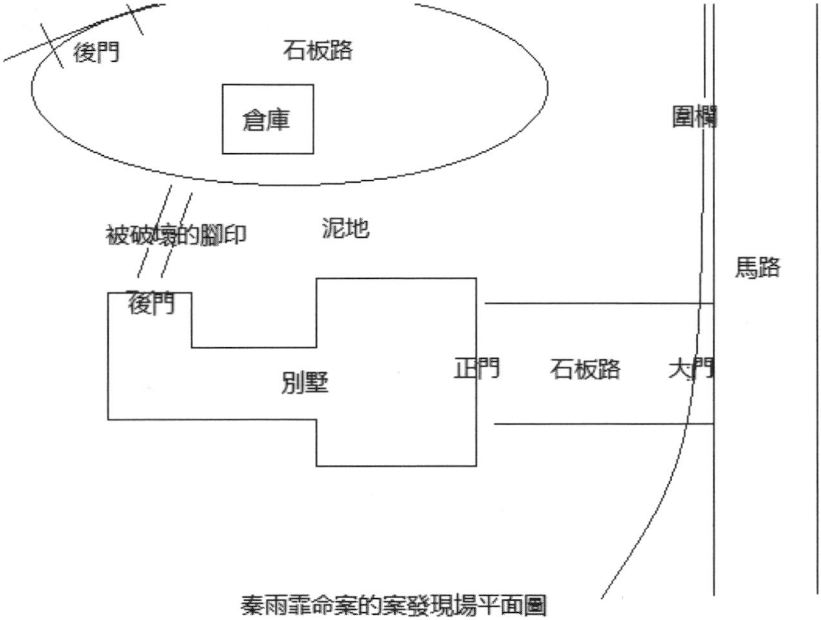

秦雨霏命案的案發現場平面圖

第一階層：述說愛意

1

遇到秦雨霏完全是一次偶然。

「哎，你是唐繼和吧？」

對方是一個二十歲左右的同齡女性，留著齊劉海，穿著典雅樸素的白色連衣裙，兩手提著一個手工縫製的小包。

「我是隔壁班的秦雨霏，還記得我嗎？」

唐繼和就連自己班的同學都記不清，怎麼會記得隔壁班的人呢？而且他也對和同學敘舊這件事沒有任何興趣。

可看著對方有些興奮的臉，他也不好意思用冷淡的語氣回絕她。更關鍵的是，他從秦雨霏身上感受到一種必然性。就好像上天對他說「你要找的那個人就是她」。

找到高中同學的秦雨霏含蓄地笑了起來，她拉著唐繼和，問他願不願意找個地方聊聊天。

唐繼和覺得眼前的女孩應該是個很內向很文靜的人，很難想像她會這樣拉著自己的手，自顧自地說這麼多話。要是往常的話唐繼和是絕對不會答應的，但唯獨今天，他對眼前的女孩產生了一些興趣。

於是兩人一起去了附近一家速食店。秦雨霏挑了個靠裡的位置，什麼也沒有點，只是放下了手頭的包，和唐繼和面對面地看著。

因為是對方拉自己來的，所以唐繼和一時也找不到什麼話題，只是尷尬地看著對方。秦雨霏注意到了來自唐繼和的目光，羞赧地移開了視線。

唐繼和覺得自己的初印象沒有錯，對方就是個內斂的女孩，只是出於什麼目的才會這樣和自己坐到一起。哪怕是為了問出她的目的，唐繼和也要主動一點才行。

於是他主動說起了高中時候的事。以此為開端，秦雨霏也斷斷續續地說起一些過去的事。聊得久了，兩人的話才逐漸流利起來，聊天的內容也不止於高中，而是擴展到了人生觀與戀愛觀。

也不知是巧合還是秦雨霏有意為之，最後話題落到了戀愛上。以此為鋪墊，她有些害羞地說出了這次聊天真正的目的。

秦雨霏從高中開始，就喜歡唐繼和了。

兩人直到畢業也沒有什麼聯繫，所以最後她也沒有表白。

「今天能碰上你我覺得真是太巧了，或許這就是上天的安排吧。我好像聽到神明在跟我說，『我把你喜歡的那個人送到你面前了』。」

那麼唐繼和聽到的上天的聲音，是否也是因秦雨霏的願望而誕生的呢？

這次聊天兩人雖然沒有確立戀人的關係，但是互換了聯繫方式之後，秦雨霏經常會主動邀請唐繼和一起出來逛街，每次唐繼和也都會答應。到了後來，唐繼和也會主動去邀請秦雨霏了。

兩人會一起逛街，一起看電影，但這並非是秦雨霏最喜歡的活動。

後來唐繼和才知道，秦雨霏最想去的其實是圖書館。

在圖書館裡捧一本書，找個舒服的位置坐下來細細品讀。對於秦雨霏來說這才是至高無上的享受。

這也難怪，因為秦雨霏就是個不折不扣的文學少女。

可惜與她相反，唐繼和對書沒有任何興趣。他將書比喻成迷宮，一旦走到裡面就會迷路，他沒有心思走出迷宮，最後就會變成坐在原地打瞌睡。

當時秦雨霏是怎麼回答的呢？

她只是笑著，說在迷宮裡尋找出口是一種樂趣，在原地睡覺也是一種樂趣吧。

真是意味不明。

不過在圖書館的這些時光，無論秦雨霏還是唐繼和都很享受就是了。

當秦雨霏第一次告訴唐繼和，自己是秦家的女兒，是大家口中的「富三代」時，唐繼和也是第一次受到了驚嚇。在他還沒緩過神來的時候，秦雨霏就把他帶回了家，自豪地向家人宣告說這是她的未婚夫。

認識秦雨雯，正是在唐繼和第一次進入秦家的時候。

當時她還是個高中生，升上了高三，學業的壓力很重。雖然唐繼和並非是高等院校畢業，但也比高中結束就不再讀的姐姐要看起來更好一些。於是唐繼和便被她拉到了房間裡，輔導其學習。

起初唐繼和並沒覺得有什麼奇怪的。可在他越來越頻繁地進入秦家後，他發覺自己每次來的時候，秦雨雯都會找藉口和自己獨處，有時候甚至發出了在秦家之外見面的請求。

一起去書店看看有什麼輔導書可以買吧？

一起去看看那所大學怎麼樣吧？

下週的週末可以去圖書館幫我檢查作業嗎？

這週四的校慶日能來我們學校宣傳一下你的大學嗎？

最後一週了我們一起去吃個飯，就當是報酬吧？

因為每次都是以學業為藉口，而且唐繼和和秦雨霏的結合幾乎是板上釘釘的事，所以就連秦雨霏本人也毫不在意。

可唐繼和還是在一次次的接觸中確認了，秦雨雯對自己抱有特殊的情愫。

在秦雨霏遇害之後，秦雨雯向她爸爸宣告了自己喜歡唐繼和的事實。秦國強生前很喜歡這個女婿，甚至在私下裡說希望把這個家的一切都以秦雨霏的名義交給他。所以聽到女兒這麼說之後，秦家俊二話不說就答應了。

秦家俊一定很高興吧。因為他沒有做主的意志，也沒有識人的慧眼，既然唐繼和這個被他爸爸看中的人還願意留在家裡，那就再好不過了。他可以不動腦子地就把這件事完美解決了。

於是秦雨雯得逞了，她得到了一直以來夢寐以求的對象。

唐繼和從秦雨霏的未婚夫，變成了秦雨雯的未婚夫。

2

「把手給我，我拉你上來。」

連著爬了兩部電梯後，兩人已經變得非常默契了。這個機關或許也是安排好的，因為在他們反向進入電梯時，上面的頂板就自動收起來了。唯一需要做的，就只是爬上去而已——而且還是在電梯間的天花板上有繩梯降下來的情況下。

如果給四個房間依次編號的話，唐繼和和秦雨雯最先醒來的房間應該是2號，密室房間是

3號，大家會合的房間是4號。而眼前這間房間就是他們未曾踏入過的1號房間了。

「這不是我們訂的賓館房間嗎？」

秦雨雯突然的發言讓唐繼和有些困惑，他還在觀察著從中一分為二的那幅畫，以及下方留出的一個通道。

「我們沒來過這個房間吧？」

「我當然知道。我的意思是，這裡就像那晚我們住的賓館房間一樣，不覺得嗎？你看，床頭還寫著，塞西爾國際大酒店。」

這個名字多少喚醒了一些唐繼和的記憶。

他想起來了，自己求婚的那天晚上，訂的確實是塞西爾國際大酒店的1314號房，是個被用爛了的諧音梗——象徵著一生一世。

「哦，是這樣啊。」

他故意不表現出興趣，因為他知道秦雨雯在想什麼。但這招顯然失效了，因為秦雨雯的頭腦顯然已經被浪漫的想法給占據了。

她露出很是懷念的眼神，坐到了床沿上。

「真的呢，幾乎一模一樣的感覺。」她側著身子躺在了床上，「米米還記得嗎？那個晚上的事……真奇怪，明明沒過多久才對，為什麼我覺得像過了很久一樣……」

那個晚上……

在旋轉餐廳裡看著城市的夜景告白，然後回到酒店房間裡，兩人都脫光了衣服……

「還沒有完成。」

秦雨雯翻了個身，看著正彎腰檢查通道的唐繼和。

「什麼意思？」

唐繼和當然明白她的意思，但是他不願意承認，不願意接上她的話，更不願意去實現她的想法。所以他迴避了，就這樣裝作什麼都不知道好了。

可是他的打算落空了。因為秦雨雯的態度比以往都要來得強硬。

「我們鋪墊了那麼久，就是為了最後這次浪漫的結合。但是我們那晚什麼都沒有做，就被拉到這個機關塔裡來了。你不覺得很遺憾嗎？」

秦雨雯哭了，和一直以來有些撒嬌的哭泣不同，這次是真的哭了。

「這一層的謎題都解開了，我們馬上就要離開這裡了，馬上就會有人被抽中了。我不知道這個人會不會是我，也不知道這個人會不會是米米。我不希望我們倆會分開，不希望死在這裡，更不希望抱著遺憾去死。」

「文文，現在他們還在樓下等我們——」

唐繼和想用他們必須要完成的任務來搪塞，可是秦雨雯已經聽不進去了。她直接解開了上衣，撲到了唐繼和的背上，從後面抱住了他。

「米米，這可能是我最後一次求你了，也是我這一生最真摯的請求。讓我們把那個晚上沒有做完的事做完，好嗎？」

她脫下了牛仔褲，並在褲子口袋裡翻出了那個紅色的小盒子。

「還記得魔女說的規則嗎？可以帶一件最重要的東西進來，這就是我最重要的東西了。」是那個晚上唐繼和求婚用的戒指，明明是個敷衍用的地攤貨，她卻如此珍惜。

「可是——」

唐繼和猛地轉過身來，抓住了秦雨雯的肩膀。雖然秦雨雯在哭，那是真正因悲傷而發自內心的哭聲，唐繼和沒法置之不理，但也不能因此而放下自己的原則。

這句話在此刻並不合適，但唐繼和還是忍不住說了出來。

「可是對於女生而言，這應該是人生中最重要的事，所以你應該將自己的第一次送給最重要的人才對。但是我們都很清楚，我不是你的那個最重要的人，因為……」

最後一刻，唐繼和心中的仁慈讓他沒有將那句話送出口。

兩人是未婚的夫婦，遲早會結婚，這個事實是秦雨雯一直以來活下去的信念，也是她心知肚明的謊言。

他說不下去了，只是握著拳頭，看著秦雨雯慢慢地回到了床邊上。

「對不起，文文。我知道我不該這麼說。」

哪怕這是事實，唐繼和也不應該將那句話說出口，因為他知道這是兩人之間默契的謊言，一旦將其戳破，就會深深地傷害到秦雨雯。唐繼和並非是一個好人，但也不是那種惡人。

看著唐繼和有些苦惱和懊悔的神情，秦雨雯反倒像是看開了一樣。

她的臉上依舊掛著淚水，但至少不再哭了。她用顫抖的聲音，堅定地說道。

「哪怕米米並不愛我，也沒關係。」

說出來了。

唐繼和並不愛秦雨雯。所謂的未婚夫婦，不過是兩人之間的謊言罷了。秦雨雯沉浸於其中，而唐繼和也為了滿足她而陪著她一起演這齣戲。

既然是戲劇，那必將有落幕的時候。

看來，就是現在了。

只是唐繼和沒有想到，居然是秦雨雯自己親手打破了自己的幻境。

這麼做又是為了什麼呢？唐繼和想不明白。

他也走到了床邊，此刻秦雨雯已經閉上了眼睛，像是等待著王子來親吻的睡美人。她赤裸著身體仰躺著，淚水從兩旁落到了枕頭上。她的右手無名指上，已經戴上了那枚戒指。

他希望自己的回答不是那麼僵硬，但顯然他做不到，而秦雨雯也不期望他能做到。

「我明白了。」

3

「我就這麼直說了吧，秦雨雯可是從她姐姐的手上把唐繼和搶走的！而且還是在她姐姐遇害的不久之後。」

這個內幕資訊，在場的人裡恐怕只有魏雙雙自己知道。她滿意地期待著其他人驚訝的神情，可是事實卻是在場的三人都對她說的話沒什麼興趣。

魏雙雙有些急了，一邊在想為什麼他們一點反應都沒有，一邊慌忙整理了一下思路，將秦雨霏的死亡之謎像講故事一樣描述了一遍，同時強調了自己當時也是受到了委託，被邀請來調查這起命案。

可是在場的人依舊沒什麼反應。

何琨瑤根本就沒打算去聽魏雙雙的話。崔安昌雖然有在聽，但是臉上卻一點波瀾也沒有。至於淩幽幽，更是完全無視了這邊的情況，像小孩子一樣四處欣賞，不知道她在想些什麼。

可偵探的意義就在於，哪怕是所有人都知道的事實，她也要進行說明，尤其是對於魏雙雙這個喜歡出風頭的偵探而言，更是如此。

「所以這是一個最簡單的推理。秦雨霏死在了倉庫裡，而倉庫周圍是一片泥地，唯一的一串腳印還被破壞了。只要想明白了這背後隱藏的深意，那麼兇手是誰就昭然若揭了。」

還是沒有人理會她。

或許是注意到了尷尬的氣氛，崔安昌故意問她：「是怎麼回事？」

「大叔，不用去搭理她也是可以的。」

「你——」

看在自己還有聽眾的分上，魏雙雙暫且放下了對何琨瑤的敵意，轉而面向崔安昌一人，向他解釋腳印的謎題。

「兇手將腳印破壞了，這麼做的原因顯然是因為腳印會暴露兇手的身分。可反過來思考的話，兇手通過破壞腳印想要掩蓋的東西，通過這個行動本身不也能推導出來嗎？

「所以我開始思考，腳印究竟暴露了兇手的什麼資訊呢？」

魏雙雙在此處停頓片刻，以留給崔安昌足夠的思考時間，儘管他並不需要。

不過崔安昌還是配合地問道。

「兇手的資訊是什麼？」

「第一種可能，是鞋底的花紋。

「可是每個人自己的鞋子都在玄關處，拎著鞋子去後門完全沒有必要；而後門的鞋子是大家公用的運動鞋，因此就算發現了運動鞋的花紋也不值得奇怪。因此，鞋底的花紋並非是兇手擔心會暴露自己的線索。

「於是我立馬就想到了第二種可能性，那就是鞋子的大小。

「兇手本能地穿上了自己慣用的鞋子，可在她殺人之後，意識到自己犯了個錯誤，正是這個致命的錯誤將會使自己成為唯一一個嫌疑人。

「這個錯誤就是——這雙鞋子只有一個人能穿。

「大號的鞋子對於小一點的腳也能穿，但是小號的鞋子就不一樣了。因此兇手穿的鞋一定是他們之中最小的。而最小號的鞋只有兩個人能穿——秦雨雯和趙子琪。

「但趙子琪不會破壞腳印，因為家裡沒有人知道她也在穿那雙鞋，而且按理說她不能穿那雙鞋，因此留下腳印反而能嫁禍給秦雨雯，完全沒有必要去破壞它。

「綜上，兇手只可能是秦雨雯一人！」

4

她能感覺到，那東西正在嘗試進入自己的身體。她想要放鬆，想要接受，可是下身傳來的疼痛和快樂交織的感覺仍然讓她的身體有些緊張。

她的雙手向上挽住了他的脖頸，心中被酣暢所填滿。

這一刻，她終於得到了自己的姐姐從未得到過的東西。

從小秦雨雯就想不通一件事，為什麼名字中同樣有「雨」，姐姐卻有被稱為「小雨」的權利，而她就只是「雯雯」呢？

當時爸爸只是一笑了之。這沒什麼大不了的，因為姐姐先出生，而且生下她的時候沒想過還會再生個妹妹。

但這句話沒能解釋秦雨雯心中的落差感。

姐姐是個很厲害的人，文靜，優雅，有修養，有氣質，不像自己，任性，吵鬧，煩人，一點都不像是大家閨秀。

所以姐姐理所當然地就擁有世界上最好的東西。

可秦雨雯不服氣，她在心中暗暗打賭，一定要靠自己的力量超過姐姐。

學習成績上落敗了，人際關係上落敗了，業餘愛好上也落敗了，但她仍不放棄，姐姐要找對象了，那是一個非常好的人，是她可遇而不可求的那一類人，但她發誓自己會找到更好的人。

但她沒有找到，因為在她的眼中，已經沒有比他更好的人了。

在和唐繼和相處的過程中，她就已經深深地喜歡上了他，儘管他是姐姐的未婚夫。

一旦連他都落到了姐姐的手上，那麼秦雨雯，這個任性的二小姐，就真的一無是處，完全落敗了。她就將永遠成為被姐姐的光芒所掩蓋的陰影了。

所以，必須要將他搶過來，必須要讓他成為自己的未婚夫。

她知道唐繼和對自己沒有任何感情，也知道只要姐姐存在一天，他們就不可能在一起。但這沒有關係，只要她對唐繼和的愛還存在就好了。只要這份愛存在一天，她就不會放棄。

而所有的一切，都以秦雨霏的死為前提實現了。

現在，正是能勝過姐姐的唯一機會。

姐姐和唐繼和做過的事，秦雨雯也全都做到了。但唯獨一樣是姐姐絕對不會做的——那就是身體的結合。

秦雨霏是個含蓄且清純的人，她從沒有提過這方面的事，也從沒有想過，所以秦雨雯確信，他們倆在新婚之前，是絕對不可能結合的。

只有做到了這一步，做到了姐姐沒能做到的事，才是真正地超過了她。

這一刻，她等了好久好久，她都快誤以為自己就是為了這一刻而生的。

所以，哪怕他不愛她，不想和她結合也沒關係，這些都已經不重要了。儘管她還是愛著他，希望最後是他能幫自己做到這一步。

歡愉的時光結束了，兩人回到了現實中。

儘管她赤裸著身體，渾身卻仍然出了不少汗。這裡沒有淋浴間，一會兒她只好就這麼穿上衣服，和大家見面了。

唐繼和已經起身去通道那邊打開開關了，可秦雨雯卻依舊一動不動。

「米米，你知道嗎？」

「嗯？」

「那件事，是我做的。」

秦雨雯的自白，唐繼和只是淡然地接受了。

「我知道。」

他回到床邊，將秦雨雯從床上拉起。

「我不打算再說什麼，因為不管怎麼說，都已經過去了。」他拍了拍她的肩膀，「擦擦眼淚，穿好衣服，我們下去吧，文文。」

「好的，米米。」

第一階層：天國的階梯

1

折疊梯緩緩地降下來了，他們倆去了那麼久，總算是從那個通道伸出手，按下了那個「梯子」按鈕。

在梯子降下來的過程中，何琨瑤注意到了有幾根橫杆的顏色不太對，而且兩根異色的橫杆之間的距離差不多是一個人的高度。

僅是這些提示，她就明白了魔女的意圖是什麼。

「差不多該回來了吧。」

何琨瑤悠閒地坐回到沙發上，而手中的熊玩偶仍然沒有放開。

「你一直拿著它不累嗎？」崔安昌苦笑道。

他注意到從兩人剛見面開始，何琨瑤就一直拿著這個熊玩偶，一次也沒有將它放下來過。

「不累。」

魏雙雙瞥了她一眼，冷哼一聲說道：「就是個小孩子。」

「要論心理年齡你恐怕也不大吧？」

在兩人互相瞪著的時候，那扇大門又被打開了。不過這次出現的有三個人。他們倆把那個胖子也帶過來了。

胖子穿著一件寬大的白色體恤，側腹部還有兩個一大一小的破洞。他兩手拿著遊戲機，但眼神卻始終在在場的幾位女生中間游移著。他似乎對何琨瑤非常在意，看過一圈後就將視線鎖定在了她的身上，咧開嘴笑了。從那雙汙穢不堪的眼睛裡，可以看出他的腦子裡已經有了數不清的糟糕妄想。

何琨瑤雖然沒有表現出不滿，但她輕盈地起身，繞到了沙發的背面，留給胖子一個背影。

「看來折疊梯已經下來了，這下就可以到上一層去了。」

「辛苦你們倆了。」

「就按一個開關而已，還讓我們等這麼久。你們兩個還有一點時間觀念嗎？」魏雙雙埋怨似地說道。

她第一個來到了前檯邊上，可第一腳剛踏上去，就不得不停下來仰望著上面的空間。

「好高啊，真的能爬上去嗎？」

這只是一句無心的自言自語，可依舊被一旁的何琨瑤給聽到了。何琨瑤到了折疊梯的邊上，一手抱著熊，另一隻手指著最下面的橫杆。

「請偵探好好發揮你的觀察本領。你看這個的顏色是不是和其他的不一樣？這是有感應的。」

她將魏雙雙的位置擠開，一隻手抓住頭頂上的一根橫杆，然後將兩隻腳先後踩上去。接著，這根橫杆便發出了螢光。

「當所有人都踩上去之後，這個梯子就會像電梯一樣，帶著我們上去了吧。」

又是何琨瑤最先發現魔女的機關，這讓魏雙雙恨得咬牙切齒。她粗魯地推開了何琨瑤，自已率先爬了上去。

「這種程度我也能看出來。」

何琨瑤冷笑了一聲，不再多說什麼。

眼看著氣氛逐漸尷尬起來，秦雨雯連忙拉著唐繼和從後面走了出來。

「淩幽幽和你……你叫什麼來著？還有那邊的崔先生，你們最後再上來吧，我們倆先上去。」

「雨雯你先去吧，我去把那個胖子給拉過來。」

於是何琨瑤暫且退到一邊，看著秦雨雯、唐繼和和那個不知名字的胖子先後爬上折疊梯。

「下一個輪到我了！」

淩幽幽看起來有些高興地跟著爬了上去，於是房間裡就只剩下何琨瑤和崔安昌兩人了。

「你是要最後一個爬上去嗎？」

「是的，」崔安昌看出來何琨瑤明顯是有什麼顧慮，「你放心，我不會做偷看裙底這種齷齪的事。」

「啊，我不是在擔心這個，只是……」

她沒有說完，聲音就一點點低了下去。崔安昌看著她的臉，想從她的臉上找出答案，但他失敗了。何琨瑤是個幾乎沒有表情的人，完全無法從她臉上看出一點喜怒哀樂。

最後，還是何琨瑤先爬上了折疊梯。因為一隻手要抱著熊的緣故，所以爬起來比想像中還要吃力。

雖然崔安昌在她爬上梯子之前也問過她要不要幫她拿著，可何琨瑤只是冷冷地說了句不用，自討沒趣的崔安昌只好就這麼由著她去了。

正如何琨瑤之前所說的那樣，當崔安昌的兩隻腳都踩上最後一根橫杆的時候，梯子便緩緩地啟動了。同時，他們也看到了令人驚奇的一幕。

每當梯子上到一個高度時，下方的外壁就會裂開，從周邊開始編織出一張細密的網。這就是防止他們中途墜落的防護措施吧，魔女真是想得周到呢。

2

處刑房間是一個四邊形房間，唯一的光源來自於地上的七個圓圈。毫無疑問，他們將要站在那些圓圈上面，等待著魔女選出他們之中的一個「幸運兒」。

第一階層的死者，會是他們七人之中的誰呢？

淩幽幽是第一個踩上圓圈的人，她對於自己的生死毫不在意，只是因為這一步是必須的，所以就這麼做了。

第二個是魏雙雙，她粗暴地拉著胖子分別站到了其中兩個圓圈之上。

這麼做並沒有什麼特殊的含義，只是她擔心那個胖子會臨陣脫逃罷了。她堅信自己一定會活到最後，所以她根本不擔心自己會被選中。這一層被選中的只可能是那些龍套，比如崔安昌，比如那個醜女，又或者是這個胖子……對了，還有那個沒有存在感的淩幽幽。

接著，唐繼和和秦雨雯也站了上來。

唐繼和的心裡也沒什麼顧慮，他不覺得自己有什麼特殊性，也深信魔女的選擇是隨機的。以這種角度來看，所謂處刑不過是以生命為賭注的賭博罷了，而他並不害怕賭博。

秦雨雯現在不像之前那樣安心了。她開始害怕起來，怕自己被選中，或是米米被選中。當然，如果要在兩者之間選的話，她更害怕自己被選中。八人中選擇一人，而其中一人在遊戲開始時就死了，這不就意味著被選中的概率更大了嗎？萬一選中自己的話……秦雨雯想都不敢想。

接著，是崔安昌。他什麼也沒有想，因為他不敢去想。他隱隱約約地知道了這個故事的發展，但是他不打算去深思這個問題。因為一旦思考了，他就會退縮，會像之前一樣逃跑。因為他的目的很簡單，只是為了活下去，除此之外不需要任何多餘的想法。既然如此，不如乾脆放棄思考，這樣還更舒服一點。

最後一個，是何琨瑤。

按照她的理論，死者並非是完全隨機的，而是暗藏著某個規律。可是這個規律是什麼？在什麼線索都沒有的情況下，就算是她也完全看不出來。難道真的要等到三四個人死去後，她才能發現這個規律嗎？

七人都到齊了，而他們腳下的燈光依舊亮著。

僅是一剎那的工夫，某個機關打開了，接著便是空氣振動的聲音和鮮血四濺的聲音。因為這一切太過突然，甚至沒人反應過來究竟是誰被選中了。

可唐繼和知道。因為在那個瞬間，他感受到了身旁傳來的風聲。

秦雨雯被選中了。

被前後射出來的長長的尖刺給刺穿了身體，渾身上下都被鮮血染紅了。

得知了這個事實後，唐繼和總算是鬆了口氣。

終於解脫了，他想。

第二階層：三個房間

1

處刑結束後，上面的天窗緩緩打開了。可天窗後的景色並非是清澈的藍天，而是另一個昏暗的圓柱形空間——機關塔的第二階層。

他們所在的地板如電梯一般向上移動，將他們送到了第二階層的中央。隨著一聲清脆的金屬音，地板停止了移動，整座塔內又重新恢復了寂靜。

剩餘的六人都沒有說話，這並非意味著他們對秦雨雯的死感到任何的憐憫。正相反，在場的六人中除了崔安昌因她的死導致人數減少而稍感不安之外，其餘五人都沒有什麼更深的感受。

他們還要繼續往上爬。

何琨瑤也好，魏雙雙也好，唐繼和也好，他們都相信自己會是那個走到最後的人，所以他們一刻都不想停下來，必須要繼續往前走，直到所有人都死去，直到自己離開這個鬼地方。

「看起來是ＫＴＶ。」

何琨瑤說出了這個再明顯不過的判斷。

暗色調的空間，三個方向上的包廂門，以及大廳上方的彩球燈，紅色與綠色的燈光交替打在了房間裡的不同地方，所有的這些都是支持這一猜想的證據。

「這可不是你這個年齡的人該懂的地方。」

崔安昌突然冒出來一句，看他笑吟吟的樣子說不定是在開玩笑。只不過他開玩笑的方式太過刻意，反而讓人懷疑他在緊張。

可這句玩笑話卻成了魏雙雙攻擊何琨瑤的契機。

「一般守規則的學生可不會來這裡，那邊的醜女一定不是什麼好孩子吧。」

魏雙雙的嘲弄還在進一步升級。

「看她那副陰暗的樣子，一定做過不少壞事吧，往同學的鞋子裡放釘子，故意把水潑到別人身上，或者乾脆動用暴力——」

第一個做出反應的不是何琨瑤，而是那個胖子。他冷不防地笑了起來，雖然沒發出聲音，但那噁心的笑容也讓人不寒而慄。

魏雙雙被胖子突然的反應嚇到，聲音變得越來越輕了。

她想不明白這個胖子為什麼會突然笑起來，剛才她說的話裡哪裡值得他笑了？

在魏雙雙的語言攻擊因胖子而停止時，何琨瑤抱著小熊轉過身來，退到旁邊，指了指門上的標識。

「與其說那些多餘的話，不如看一下這個房間。在你發表那些愚不可及的妄想的時候，我們三個已經全都看過一遍了。」

KTV的包廂門上貼著一張紙條，標有「簡單推理」四個字，門口前方是兩塊圓形的感應板。另外兩扇門則分別是「中等推理」與「困難推理」，也就是說在這裡的六人需要分成三組各自行動。

「順便一提，我們倆就選簡單難度的吧。」

何琨瑤拉著崔安昌的袖子站到了「簡單」房間的門口。因為身高差的關係，他們倆看著很像是一對父女，如果何琨瑤的表情再柔和一些的話。

「哦？也難怪，醜女都是沒有智商的。」

「隨你怎麼說好了，我對於機關沒有興趣，我想這位大叔也是一樣吧？」

突然被點到名的崔安昌尷尬地笑了笑。他是不是這麼想的在這場爭鬥中似乎並不重要。

魏雙雙瞪著何琨瑤的臉，但她也沒有什麼話可說，便招呼了一聲，轉身往「困難」房間去了。

「助手，過來。」

可在她站上「困難」房間前的感應板之後，淩幽幽卻仍然站在原地，一動也沒有動。

「喂！笨豬，你給我過來。」

魏雙雙瞪視著淩幽幽，反而讓她害怕地往後退了。不斷退後的她撞到了唐繼和的身上，繼而躲到了他的身後。

何琨瑤在另一個方向上目睹了這一切。她冷笑了一聲，故意陰陽怪氣地說道。

「看來在上一層的時候某人對待她的態度很不好啊。」

「要你管！反正這頭笨豬只會妨礙我，這種程度的推理只要我一人就足夠了。」

話雖這麼說，可魏雙雙的表情怎麼看都是在生氣。

「請不要責怪她，是我想和她一組的。」

眼見魏雙雙的嘴巴又要開始動起來了，唐繼和立馬擋在了淩幽幽身前。

「哼，女朋友剛死就要找新的嗎？男人就是這種生物啊。你笑什麼！」

魏雙雙一拳打中了胖子的側臉。

「喂，你，給我站上來。還不明白嗎？你和我一組！」

就算魏雙雙這麼大聲地喊，胖子依舊朝著何琨瑤的方向看著，露出讓人反感的下流笑容。

「你給我過來！」

如果可以的話，魏雙雙一點也不想去碰那髒兮兮的衣服。她咒罵著，為什麼偏偏是自己要和這個噁心的傢伙一起行動。就算她是名偵探也不願意和如此骯髒的人一起破解謎題。可事到如今，就算她抱怨也沒有用了。

她將胖子拉到了「困難」房間的門前，讓他也踩在了感應板上。

這時候，她注意到了胖子的視線已經從何琨瑤身上收回來了，轉而投射到了魏雙雙的身上。那雙眼睛似乎在說——「雖然那邊的小女孩很對我的胃口，但你好像也不錯。」

「別用這種眼神看我，噁心死了！」

魏雙雙一腳踢到了胖子肥厚的肚子上，可這一腳反而讓他笑了。

「你……你在笑什麼啊！從剛才開始你這頭肥豬就一直在咧著嘴傻笑，到底有什麼好笑的？還有，別用這種眼神看我，噁心，噁心死了！」

無論魏雙雙怎麼罵，胖子的臉上依舊掛著笑容。辱罵和毆打並不能讓他變得乖順聽話，反而像是火上澆油一般，讓胖子變本加厲，嘴咧得更開了。失去了最得意的武器，就連魏雙雙也拿他完全沒有辦法了。

「看來就算是魏雙雙也對他束手無策啊。」何琨瑤看著對面的場景，低聲說道。

這時候，三扇門同時打開了。

2

KTV包廂被黑暗所填滿，唯有一塊電子螢幕閃爍著刺眼的白光。

在魏雙雙和胖子進入包廂的那一刻，門就被緊緊地關上並鎖死了。他們要做的，是打開電子螢幕旁邊的另一扇木門。

「什麼嘛，那麼暗什麼都看不清楚。」

魏雙雙一邊說著，一邊盡力想要看清楚包廂裡有些什麼東西。

視野的右側是一塊沒有插上電源的大螢幕，而左側則是繞著圓桌的一條圓弧形沙發，在圓桌靠外的一側放著一張高高的椅子。一直閃爍著光芒的那塊螢幕應該是點歌屏吧。

魏雙雙將臉湊到了螢幕上，可那上面是白白的一片什麼東西都沒有。

「怎麼回事，是壞了嗎？」

還沒等她的拳頭敲上去，上方的擴音器中便傳來了一個語調輕柔的女聲，那女聲簡直和真人的聲音沒有區別，以至於剛聽到這聲音的　那，魏雙雙還以為這裡有他們之外的第三人。

「這上面本來就沒有任何資訊，只有在你發現謎題之後才會顯示內容。」

說完，聲音消失了。

之後不管魏雙雙再怎麼喊，那聲音都沒有再出現了。

魔女究竟在搞些什麼呢？這地方哪有什麼謎題？魏雙雙這麼想著，背靠著點歌屏再一次環顧室內。這時，她看到那個胖子正站在圓桌前，手裡拿著什麼東西。

是個2.5Ｌ的可樂瓶。

這也是常見的場景。上一次她辦的ＫＴＶ的案子裡，兇手就是將可樂瓶作為兇器，完成了不在場證明的手法。

「肥豬滾開，讓我來看。」

魏雙雙一把搶過了可樂瓶，將其拿到點歌屏前仔細研究。最後她總算在瓶身上看到了一條指示：將可樂瓶放在圓桌正中央的插槽上。

這時她才恍然發覺原來在圓桌的中央有一個插槽，需要用力按下去才能看出來。不過這也怪不得她，在這伸手不見五指的室內，要想注意到那個插槽難度也未免太大了些。

全程那個胖子都只是在一旁看著，一句話都沒有說。

將可樂瓶插上了插槽後，周圍忽然亮了起來。但這並非是燈光的效果，而是光線透過可樂瓶在四周做出的投影。

在這個畫面裡，圓桌的沙發上分別坐著高中生模樣的一男三女，其中一對男女正摟抱在一起，另外一個女生拉著麥克風站在沙發上唱歌，還有一個女生似乎是喝醉了，正趴在桌子上。無論是哪個，他們都穿著暴露的衣服，從耳朵到嘴唇上都是些發著亮光的金屬片，看著就像是不良學生。

而真正引起魏雙雙注意的，是其中一個女生的衣服。那件校服應該是本市的第二中學——傳聞說校風最差的一所學校。

這所學校本身並沒有什麼特別的，實際去過之後也會發覺校風也沒有傳聞中那麼差。關鍵在於魏雙雙曾經去過這個事實。

在這所學校，曾經發生過一起殘忍的殺人事件，而兇手就此失蹤，從此下落不明。魏雙雙想起了事件中的被害人和兇手，越看越像是是眼前投影中出現的兩人。

莫非是……

投影突然消失了。

是那個胖子，他將可樂瓶從桌上拿起來了，還把什麼東西塞了進去。

「喂，你在幹什麼啊肥豬！」

氣急敗壞的魏雙雙一下抓住了他的手，從他手上搶過可樂瓶後，一腳將其踹倒，接著用她的靴子一次又一次地踢他的肚子。

「肥豬，這東西不是你該碰的！唯一能碰現場證據的只有偵探，而我才是這座塔裡唯一的偵探！你給我聽清楚了，在這裡你只能聽我魏雙雙的命令，不准再多動！」

可就在魏雙雙準備收腳的時候，胖子忽然咧開了嘴。他一把抓住了魏雙雙的腿，用他的那張嘴輕輕地咬上了她的小腿。

「呀——」

尖叫之後，魏雙雙終於有了反應，她奮力掙脫開胖子的雙手，一腳踩上了他的頭，將他的臉孔緊緊地壓在地上。

「你是第一個有勇氣敢碰我身體的男人，現在看我不——」

胖子顫顫巍巍地伸出手，他的手心裡似乎攥著什麼東西。

「這是什麼？」

魏雙雙從他手中將那張紙條搶了過來。胖子似乎又在那裡露出淫邪的笑容，但此刻她完全顧不上了。

紙條上寫的是這樣一句話。

只要將魔女送給他們的禮物放進可樂瓶裡，就能看到另外一番景象。

也就是說剛才那個胖子往可樂瓶裡塞的東西，是魔女送的禮物嗎？

於是魏雙雙暫且不去管他，轉而重新將可樂瓶放在了圓桌上。

果然，再次投影出來的景象發生了變化。

其中一個女生後仰著倒在左邊的沙發上，右邊隔開一個人的空檔後便是另外三人。最靠裡的女生倒在了桌子上，而中間的女生朝著她的方向，同樣倒在了桌子上。最外面則是那個唯一的男生，他抱著女生的身體，靠在了她的背上。

而桌子上則分別有三個玻璃杯，一個在左邊，一旁還有一些嘔吐物。兩個在右邊，靠內側的杯子在最裡面的女生面前，靠外側的那個杯子則是在男生的面前，而且其四周全是玻璃杯的碎片。

擴音器的聲音突兀地從魏雙雙的身後傳來。

「這間房間的謎題已經出現了。投影裡出現的是一幕毒殺場景，在這間KTV包廂裡，有一人想要殺死其他所有人，請問這人是投影世界裡的誰？如果確認了兇手是誰，只要說出相關的條件，電子顯示幕上就會出現那個人的名字。只要兩個人一起說出兇手的名字，就算解開了謎題。」

就像是配合那聲音一樣，投影的畫面消失了，整個房間又回到了黑暗之中。

聽完了魔女出的謎題，魏雙雙忍不住笑出了聲來。起先還是輕微的笑聲，隨後漸漸變為大笑。

「什麼機關魔女，也太小看我了吧？我可是國內第一偵探魏雙雙，這種程度的謎，我不到一秒就解開了！」

機關塔之外的故事：校園謎案・謎題篇

1

如果二中的學生們被問到不良少女是什麼樣的，他們的腦子裡第一個想到的要麼是曹春麗，要麼就是許菲。這兩人正是大家想像中最為標準的不良少女的模樣。

誇張的打扮，粗魯的言行，早早地和校外的不良少年交往，從接吻到擁抱，甚至有了許菲已經和男友上過床的傳聞。而在校園裡面，除了欺負弱勢的女生之外，就連男生也怕她們幾分。其中的領袖人物名為許菲。這位大小姐非常任性，心情不好的時候看誰都不順。要是誰不小心撞到了槍口上，那準是死路一條。

「最近不要招惹她啊，她心情不好的時候可是什麼都做得出來的。」

這是與許菲同班的學生們私下裡最常交流的事，許菲的心情彷彿成了班裡的晴雨錶，每天大家都要看她的臉色行事。

以許菲為中心，校園裡的不良少女們也有一個小圈子，平時經常能看到這些人三兩成群地走在一起。

如果說學校裡也是有層級的話，那麼這個不良少女的圈子一定處在很高的位置。而在圈子的內部，當然也有層級之分。這些層級之間的差別就在於是否能討得許菲的歡心。

在這幾個好友中，和許菲走得最近的，是高一的新生曹春麗。

和許菲聊得不錯的她，很快就超過了那些高二和高三的學姐，成了許菲形影不離的親密好友。由於其地位的特殊性，說不定曹春麗已經是這幫人的第二個領頭了。

除了曹春麗之外，就是和許菲同年級的尹雪和單紅梅了。

她們倆也是自從高一開始就一直陪在許菲的身邊，就算是密友的寶座已被曹春麗奪走的現在，兩人也依舊是許菲的心腹。

要說不良少女們的圈子一點風浪都沒有，大家只是開開心心地聚在一起，這是決然不可能的。與之正相反，圈子內矛盾不斷，勾心鬥角，爾虞我詐，簡直和諜戰片差不多。

儘管如此，恐怕任誰都沒有想到，這種可怕的矛盾最後竟然發生在了許菲和她最好的朋友曹春麗身上。

矛盾的起因，說白了也就一句話——曹春麗搶走了許菲的男友程白石。

許菲有個男朋友是全校都知道的事，因為許菲經常炫耀她的男朋友有多帥，每次放學也總能遠遠地看到她的男友在樹蔭下拎著奶茶等她。但真正近距離見過他的，只有許菲最早的親密好友尹雪和單紅梅。

曹春麗第一次見到許菲的男友程白石，是在一次ＫＴＶ聚會的時候。

後來聽程白石說，他們倆在那天之後就在暗地裡偷偷聯繫了。而被問及為何會移情別戀時，程白石想都沒想就給出了答案——曹春麗更漂亮一些。

這段戀情最終之所以暴露，完全是一次偶然。

兩人一起在購物中心逛街的時候，恰巧被許菲撞見了。這也難怪，因為許菲和曹春麗之所以成為朋友，家住得近也是一個重要原因。

正面撞上許菲，這讓程白石的臉色非常難看，他並不想讓許菲知道這件事，更不希望看到許菲這個任性的大小姐當眾鬧事，引得路人們圍觀。

他不希望出現的場景，偏偏就出現了。不，說不定比他預想的還要糟，因為許菲這個人撒潑起來真的無人能敵。他忍受著許菲的指責和謾罵，直到他再也忍不住了，說了句最不應該說的話，儘管這句話是他的真心話。

「我只是喜歡你的身體而已。」

那間，時間和空間都被凍結了。許菲的指責聲停在了上一秒後，再也沒有出現了。她平靜了下來，表面上心平氣和地接受了。她一點也不傷心，因為她也未曾真正喜歡過程白石。那個醜男人，也就嘴巴會說而已，還不是用下半身思考的生物？她一點也不傷心，這是真話，完全的真話。她只是覺得自己被激怒了，因為原本屬於自己的男人被朋友給搶走了，而且還害得她當眾丟了臉。

憤怒。

強烈的憤怒充斥著許菲的內心，但她不敢去報復程白石，因為那人似乎和其他不良少年交往親密，一旦動了他恐怕會被盯上，所以她只敢報復曹春麗，一切的始作俑者。

等著瞧吧，我要讓你看看，惹惱了我會是什麼下場。

這次，許菲真正動了要殺人的念頭。

2

校慶和運動會趕在了同一週，這讓二中的學生們都像是忘了學習這回事一般，沉浸在各式各樣的娛樂之中。

但學校裡的熱鬧似乎不影響不良少女的圈子，她們像往常一樣聚在一起。當然，曹春麗沒有參加。

「小雪，明天校慶不是放假嘛，最後一節班會課後，把她叫到體育倉庫那邊。」

這個「她」指的自然是曹春麗了，尹雪心領神會。

「是想教訓她吧？不過倉庫……」

「週五不是運動會嘛，我已經跟老師打過招呼，讓他把鑰匙給我了。」

據說曾經有位老師在課上責罵了許菲，接著第二天的下班途中就被不良少年團夥給圍起來暴揍了一頓，因此老師們似乎都不太敢違抗她的命令。

「那就沒問題了。我能來看嗎？我也看她不爽很久了。」

尹雪是個小巧可愛的女孩子，校服的裙子也比其他學生稍短一些，染成棕色的頭髮紮了個小小的側馬尾，笑起來的時候還頗有幾分活力。據說她已經成了本校宅男們公認的夢中情人。

不過和尹雪交往久了，許菲發現她就是個惡魔。

尹雪是個名副其實的施虐狂，以其他人受虐為樂。只是她一般不會自己出手，而是在旁邊看著。據她所說，是擔心出了事不好推卸責任。真是機靈的姑娘。

如果是以往的話，她是不會介意尹雪在場的。但這次不行。

「哎？為什麼不行啊，小雪也想去看呢。」

「別在我面前撒嬌，你忘了上次是怎麼被教訓的了？」

聞言尹雪立馬噤聲不再說了。

「這次不能帶你，因為我要幹真的了。」

一時之間尹雪還沒有明白。

「幹真的是指……」

「我要殺了曹春麗。」

許菲一點也不像在開玩笑。

3

曹春麗的屍體是在週五的運動會開幕時發現的。因為要拿器材的緣故，體育老師打開了倉庫的門，卻在裡面發現了被亂刀捅死的曹春麗。

從臉部到腿部，她的全身上下佈滿了刀痕，鮮血將白色的夏裝校服完全染成了紅色，地上也是鮮血一片。而她的雙手雙腳都被白色的跳繩綁在了一起，應該是被兇手囚禁了一段時間，說不定還是被折磨至死的。

此外，現場還發現了作為兇器的切肉刀和一部手機。

可惜的是體育倉庫的後窗不在監控範圍內，光是正門的監控只能看到有一名女生下午進去了一次很快又出來了，完全看不到被害人的身影。

好在之後的偵查過程非常順利。先是一位體育教師承認許菲要求借用體育倉庫的鑰匙，接著調查許菲和曹春麗的關係後立馬找出了許菲的犯罪動機。當他們要求見許菲的時候，卻被告知許菲沒有來上學，也沒有回家，就這麼消失了。

於是一部分人力著手尋找許菲可能的去向，另一部分則是繼續在校內尋找線索，進而挖出了另一條決定性的證言。

在曹春麗死後，尹雪成天躲在家裡，但此舉完全擋不住警方的攻勢。最後尹雪還是說明了案發當天許菲準備殺死曹春麗的事。

一切都接上了，許菲立馬就成為了本案的重大嫌疑人。

然而之後的偵查工作卻陷入了困境。

因為許菲人間蒸發了。

許菲在案發當晚並沒有回到家裡。她經常夜不歸宿，所以父母也沒有太在意。被警方找上門之後，他們才慌慌張張地開始回憶女兒的動向，也正是在此時發覺家裡的廚房少了把切肉刀。經過對比，案發現場掉落的刀具果然是許菲留下的。手機自然也是她的。

按理說一個高中女生，再怎麼也逃不遠吧，可警方卻怎麼也找不到她。

時間久了，警方開始往父母包庇，朋友家借宿方面考慮，但這些思路後來都被一一排除。

就這樣，殺害了曹春麗的兇手許菲，就這麼人間蒸發，再也沒有出現過了。

第二階層：重量與體積

1

踏進「簡單」房間之後，何琨瑤首先發現這裡並非是ＫＴＶ的包廂，因為眼前只是一堆亂糟糟的雜物，完全看不出娛樂場所的樣子。

身後的崔安昌還在努力嘗試推開那扇來時的門，真叫人覺得有些可憐了。

於是她在雜物中翻出了兩把高低不平的椅子，面對面放下後，出聲招呼了崔安昌。

「別白費力氣了，來這邊坐吧。」

何琨瑤無論處在怎樣的環境下，都是一副波瀾不驚胸有成竹的模樣。平時的話崔安昌都看不起這類自視甚高的初中生。不過如今，在見識過她的觀察能力和判斷能力後，崔安昌也不知道，自己到底應不應該相信這個初中女生了。

整個包廂——應該是倉庫吧——非常昏暗，唯一的光源是一塊白色的電子顯示幕和另一扇門上的綠色指示燈。

「我還在想能不能推開……」

「怎麼想都推不開的吧。」

「也是。」

崔安昌不好意思地笑了。

接下來該說些什麼呢？何琨瑤想了想，還是和他聊聊機關塔的事吧。她之所以選擇簡單難度，就是為了給自己一個休息的機會，順便想想機關塔本身的謎題。崔安昌是個不錯的聊天對象，和他聊聊說不定能理順思路。

在何琨瑤思前想後的時候，崔安昌先發問了。

「你還沒說過自己的名字吧？」

「啊……嗯。」

一被問及自己的名字，何琨瑤的內心便有些動搖了，她的左手忍不住抱緊了手中的熊玩偶。

「討厭自己的名字？」

討厭……或許是吧。何琨瑤心想。

準確地說，自己對這個名字並沒有抱有什麼特別的感情，只是單純的不喜歡罷了，和任何人與任何事都沒有關係。或許會有心理學家說潛意識裡如何如何，那就不是她知道的領域了。

「用稱呼叫我就可以了，那個偵探不是給了我一個稱呼嗎？你叫我醜女就好了。」

「這完全是侮辱吧。」

「比起這個，」何琨瑤迫切地想把話題往自己希望的方向上引，「我們來看看機關塔本身的謎題吧。」

崔安昌當機了，看來在上一層說過的話，他已經完全忘記了。

雖然有些遺憾，但何琨瑤也只好接受了。畢竟她也不能指望每個人都能跟上她的思路。

「機關塔本身的謎題有兩個。

「第一，為什麼是我們八個人，我們究竟有什麼共同點。

「在上一階層，我說魔女是暴風雪山莊裡的殺人魔就是這個意思，我們並非是因為運氣不好而被聚集起來的，而是有個確切的連接點。我覺得我有點眉目了，因為在我的生命中，確實己的判斷。

這裡何琨瑤還不打算將自己的過去和盤托出，她只是想借此看看崔安昌的反應，以驗證自己的判斷。

果然，崔安昌給出了正面的回應。

「在我年輕的時候，確實有過一次難忘的回憶。」

「這就對了。」

她沒有問下去，因為她不希望崔安昌也這麼反問自己。

「第二，是隨機死亡。

「這個部分的設計應該是偽隨機的。魔女是根據某個原則，挑出了我們中的一人給予他死亡。

「這很容易理解，因為如果是真隨機的話，那麼剩下的人就不在魔女的控制範圍內了。可根據我們現在遇到的實際情況來看，顯然這座機關塔裡的謎題都是為我們量身打造的。

「這個機關塔是一個大型的機械，這點應該沒有錯。所以魔女應該是在誘導我們做出她希望我們做的事，一步一步，直到我們破解了謎題進入下一個階段，直到我們中間會有某個特定的人死去。」

出乎意料地，崔安昌提出了疑問。

「真的可以實現嗎？我們不都是在按照自己的意志做選擇嗎？人可是這個世界上最複雜的生物。」

這時候也不知道該誇他聰明還是該罵他愚笨了。何琨瑤輕歎了口氣。

「那我舉個例子吧，你覺得我們的選擇是自由的嗎？」

「這不是當然的？」

「不是。因為我們的行為是可以預測的。比如說我。我在這裡一定會選擇簡單難度，而魏雙雙一定會選擇困難難度。所以不出意料的話，在各個房間裡應該會有相對應的謎題。」

「那你不就可以不選簡單難度了？既然你知道魔女希望你選簡單的……」

「我做不到，因為我不是爭強好勝的人，而且我不想把時間都浪費在解謎上，而是希望多點時間思考這個大局。在整個機關塔裡只有你能成為我的搭檔，聽我說這些無聊的話，所以哪怕是為了這個目的，我也一定會選擇『簡單』的。」

崔安昌依舊不信。

「魔女就這麼萬能？」

「因為她能做到人類做不到的事……看你還不相信，那就以這個房間為例吧。」

何琨瑤的聲音忽然大了起來，雖然依然是毫無起伏的沒有感情的聲線。

「該給出謎題了吧。還是說關鍵字沒有對上？謎題在哪裡？該怎麼出去？地上這些東西都是什麼？」

忽然，從擴音器裡傳來了聲音。要不是這樣，崔安昌或許還沒發現擴音器的存在。

「簡單難度的謎題是……」

2

「簡單難度的謎題是，從房間裡的雜物中挑出特定的物品，放在牆角處的方形區域內，直到其重量和體積達到顯示幕上的數值。」

崔安昌嚇得從椅子上跳了起來，跑到雜物堆旁左右翻看著。

那裡放著的都是些奇奇怪怪的東西，既有女生的化妝品，又有孩子們的玩具，有叢林探險的裝備，也有居家旅行的必備品。還有些更加奇怪的東西，比如頭骨，眼球模型，缺了柄的斧頭，塑膠袋之類的東西。

要從這些雜亂無章的物品裡，挑出「特定」的物品來滿足電子顯示幕上顯示的兩個數值，這也太難為人了吧。

何琨瑤保證崔安昌是這麼想的，所以她搶先回答了。

「不要著急，因為謎題的提示就在我們剛才的對話裡，這也是我剛才所說的那些廢話的佐證。」

「可這也……」

崔安昌急忙回到椅子上，看上去非常焦躁。這也難怪，因為這一切看上去都是那麼不合理。可一旦接受了剛才何琨瑤的話，不合理的事卻變得合理了，可那番話本身又是不合理的。

他陷入了混亂之中。

「提示之一在我剛才的話裡，而提示之二就在你接下去要說的話裡。」

「我接下去的話？」

「還記得剛才我問你的事吧？你說有一件難忘的事，就是那個，請不要害羞地全部說出來吧。那就是這個謎題的第二個提示，也說不定直接就是謎底了。」

機關塔之外的故事：遇難（上）

1

這是崔安昌年輕的時候發生的故事。那時候的他，被未知的領域所深深吸引。他就像個孩子一樣，渴望走遍這個世界上的每一個角落，發現那些尚不為人知曉的新奇事物。

但這一切都只是他的希望罷了，實際上他沒有時間與機會去完成自己的夢想，這種帶著童真氣息的夢想，也就只是夢想而已，並不具有更多的意義。

直到某一天，他走進了一家小酒吧，和馮邵峰一行人相遇了。

「老闆，再給我們兩瓶酒，我再跟你說說之前我們穿沙漠的事。那時候可真是危險啊，是吧，小虎？」

一個戴著眼鏡穿著紅色襯衣的高個男子對著吧臺裡的老闆侃侃而談，而坐在他旁邊的體格健碩的年輕小夥子則連連附和。兩人一杯接著一杯地喝著，臉都已經紅了。

因為對他們聊的話題有點在意，崔安昌坐在了他們旁邊的位置上，點了一杯啤酒後，默默地聽著他們的話。

「沙漠那裡我們差點迷了路，對吧？而且水也沒有了，那時候我真的以為我們要死在裡面了，說出來也真是丟人啊。」

「可你們還是好好回來了，能活著就是件幸事啊。」老闆笑咪咪地答道，「你們之後還要去探險嗎？」

「去啊，這次我們要去叢林。我們國家的西南方向不還有一些原生叢林嘛，我們下次就去那裡吧。」

領頭人和小虎乾了一杯。

聽著他們的聊天，崔安昌覺得自己內心有什麼東西湧起來了。他想都沒多想，便朝著那邊伸出了杯子。

「不好意思，你們說的那個探險，能帶上我嗎？」

領隊顯然愣住了，但他很快又笑了起來，回了句「當然可以啊，你也喜歡探險嗎？」

「嗯。我很喜歡探險，一直渴望著能有探險的機會。不過我完全是個外行，沒關係嗎？」

「沒關係沒關係，包在我身上。老闆，再來一杯，讓我們祝賀新成員加入。」

這就是崔安昌和馮邵峰一行人相遇的契機了，也是他之後噩夢的根源。

2

馮邵峰計畫於一個月後進入叢林探險。崔安昌做夢也沒有想到，自己也會迎來野外探險的那一天。在出發前的那一晚，他像個孩子一樣在床上翻來覆去怎麼也睡不著。

當他們一行五人正式踏入叢林的時候，崔安昌仍然覺得像是在做夢一般。

所有的一切都是那麼新奇，所有的一切都是那麼讓人興奮。崔安昌能感覺到自己的心臟正在砰砰直跳，他的視線一遍又一遍地掃過四周的叢林風景，像是要把這幅畫面牢牢地刻在腦海裡一般。

「很興奮嘛。」領隊過來拍拍他的肩膀，笑著說道。

「是啊，我從小就希望能經歷一次真正的探險。如今終於能實現了，恨不得要抓緊每一分每一秒的機會，好好享受一下。」

崔安昌萬分真誠地說道。

其他四人裡，崔安昌最熟悉的就是領隊馮卲峰了，大家都稱呼他為隊長。

其餘的成員分別是石黑雄、李森林和董虎，分別稱為黑熊、木頭和小虎。而崔安昌，大家很有默契地稱他為新人。

探險的第一天很順利，大家在叢林中分配好工作，崔安昌和木頭一起負責安營紮寨，隊長帶著黑熊和小虎去外面製作捕獵的陷阱，同時摘些果子回來吃。當然他們的背包裡也帶了不少壓縮餅乾和罐頭，吃飯是沒有問題的，只是這樣大家都嫌沒有野外生存的感覺，因此隊長才提議，最好去叢林裡尋找食物，實在沒有辦法了再去吃他們帶的。

木頭是個沉默寡言的人，做為新人的崔安昌也不太好意思和他套近乎，因此兩人就只是按部就班地完成自己手上的工作，然後就各幹各的了。

尷尬的氣氛直到隊長他們回來了才有所緩解。隊長他們無功而返，但這也無關緊要，因為大家本就不擔心食物的問題，出去找東西也是餘興活動，因此誰也不會去責怪他們。

一行人在篝火旁熱鬧地聊著天，享用著野外的第一頓晚餐。雖然只是普通的罐頭食品，可崔安昌卻是吃得津津有味，彷彿手中的罐頭是人間極品的美味。

用完晚餐後，大家一起在篝火邊唱著歌，然後聊著各自的生活。到了很晚的時候，隊長才提出明天還要很早出發，必須要早點休息保持體力才行。於是大家這才依依不捨地互相道了晚安，回到自己的帳篷中了。

這是在野外的帳篷中度過的第一夜，崔安昌興奮得一晚上都睡不著。

這種事情太夢幻了，他這樣想道。

「怎麼了？睡不著？」同一個帳篷的隊長問道。

「嗯，有點。」

「明天還要早早起來，還是早點睡吧。第一天確實很興奮會睡不著，到了後面習慣了就好了。」

自己會有習慣探險的那一天嗎？崔安昌想道。

他不知道的是，這個問題以一種殘酷的方式實現了。

3

第二天的太陽很快就冒出了頭。雖然叢林中不太能找得到太陽，但隊長還是準時起來了。他一個人準備了五人份的早餐後，將大家一一叫醒。五人圍成一圈享用了罐頭，愉快地聊了一會兒天，確定了接下來的行進方向後，便收拾東西出發了。

可他們剛出發沒多久，走在最前面的隊長忽然停下來了。

「隊長？」

小虎問道，他的聲音非常洪亮，恐怕整個叢林的生物都聽見了。

隊長連忙將手指豎到嘴前示意他不要出聲。

木頭和黑熊也從後面探出了頭。木頭是個寡言少語的人，平時也總是走在最後；而黑熊則是名不副實，既不勇敢也不強壯，是隊伍中最為膽小懦弱的一個。

「前面有毒蛇。」

崔安昌偷偷地往前看去，果然，一條花紋鮮豔的蛇正在地上緩緩地移動。第一次見到毒蛇，未免讓他在驚慌之餘，稍微有些激動。

聽到這一段，何琨瑤的臉色一下子白了。

「怎麼了？」

「沒什麼。」

「你怕蛇嗎？」

「不……」何琨瑤雖然想否認，但她覺得自己的表現已經說明了一切，便放棄了，「稍微有一點。」

好在崔安昌沒有起疑，他提醒了一句接下去避免不了毒蛇的事，又繼續說下去了。

看到毒蛇的第一眼，崔安昌心裡就有數了，這時候最好偷偷地往回走，以免和牠正面對上。但他不知道隊長是怎麼想的，人家畢竟當了好幾年的探險家，和自己的經驗肯定是有差距的。可就在所有人都安靜地等著隊長發號施令的時候，一直在探頭張望的黑熊才終於看到了毒蛇的位置。那一瞬間，他的臉唰地一下變白了，緊接著便是一陣尖叫。

「喂，你在幹什麼！」

一直默不作聲的木頭此刻恨不得捂住他的嘴巴。

可這完全是反作用，黑熊一下子失去了控制，朝旁邊逃走了，而那裡剛好是毒蛇前進的方向。毒蛇顯然是注意到了周圍的風吹草動，牠定了定身子，確認獵物的方位後忽然速度加快，到了黑熊的腳邊猛地躍起，咬住了他的小腿。

「啊——」

黑熊雖然不是什麼壯漢，但也至少是個高大的人類，居然一下子就倒在了地上。

小虎沒時間去徵求隊長的同意了，二話不說拿起地上的樹枝朝著毒蛇的頸部刺去。隊長這時才醒過來似地，慌忙間脫下背包，在裡面翻找著什麼工具。而在他手忙腳亂的時間裡，木頭直接衝了上去，一把抓住了毒蛇的七寸。隊長這時才終於翻出了一把小菜刀，一邊叫著一邊跑了過去，飛快地剁下了毒蛇的頭部。

「黑熊沒事了，沒事了。」

可黑熊卻完全不聽。他忽然跳了起來，落地的時候沒有站穩，剛好一旁又是一處陡峭的小坡，黑熊就這麼順著坡滾了下去。他的背包在中途被什麼東西刮破了，裡面的道具一個個都被拋了出來，滾落到了地上。

「黑熊！」

小虎和隊長連忙跟著下去，而木頭也緊接其後，只有崔安昌一人在原地不知所措。剛才的一切發生得太快，以至於他還完全沒有跟上。

「新人，快下來。」木頭在下面喊道。

「好，好，來了。」幸虧有了這句話，崔安昌才回過神來。

當他終於找到隊伍時，黑熊已經處在狂亂的狀態了。

小虎正盡力壓住他的身體，同時大聲地叱責他，讓他不要亂動。而隊長找出了兩根繩子，在大腿附近紮了緊緊的一圈。

因為他們想要體驗野外生活的緣故，所以大家都沒有帶手機，因此唯一的方法就是原路返回，儘快將他送去醫院。

「木頭，拿一下指南針。」

隊長一邊說著，一邊想辦法擠出傷口的血液。

在他的身旁，有什麼東西被丟到了地上。隊長抬頭去看，見到了木頭那張面無表情的臉。

「你自己看吧。」

那話語中充滿了怨氣。說完他便走開了。

隊長伸手去拿，發現那就是他想要找的指南針。

可是——

指南針已經解體，完全沒辦法使用了。

這東西保存在黑熊的背包裡，剛才他摔下來的時候，指南針飛出了他的背包，撞在了旁邊的樹上，完全損壞了。

「沒有……備用的嗎？」

崔安昌生怕冒犯，小心翼翼地問道。

然而隊長卻沒有回答。

「一般都是有備用的吧？或者至少兩三個人拿一個……」

隊長放下了手頭的動作，雖然崔安昌看不到他的臉，但想必他的眼神中滿是絕望。

「我沒考慮到。我想三四天就能回去了。」

崔安昌還想說些什麼，但他沒說下去。因為木頭來到了他的身後，說了句這樣的話。

「他是騙你的，我們幾個根本就沒有探險的經驗。這傢伙在酒吧老闆面前吹牛被你聽到了，一時喝高就答應下來了。這傢伙真是沒救了。」

「可你不是也答應了嗎？」小虎吼道。

之後就沒人再說話了。

說到這裡，崔安昌站了起來，活動了下腿腳後，到了雜物堆那邊找起東西來。

「我想這個謎題的答案就是那時我背包裡的東西吧。我可絕對忘不了　。」

何琨瑤轉身看著他的背影。

「那之後呢？」

「之後？」

崔安昌的聲音低沉下來。顯然之後發生的事並不是什麼愉快的回憶。

「為了救下黑熊的命，我們給他截肢了。」

當時的場面會有多麼血腥，就算崔安昌沒有說明，何琨瑤也能想像得到。

「然後在當晚，我們分配了一下食物。考慮到黑熊已經受傷了，所以多給他準備了一點。我們進叢林差不多才過了一天，返回的話考慮到傷患和迷路的情況，樂觀點考慮三天的話，我們帶的食物也差不多夠分了。情況似乎不是那麼糟糕。」

崔安昌的動作突然間停了下來。

「可是……」

5

第三天的早上，崔安昌是被人粗暴地拉起來的。並不是他犯了什麼錯，而是那個叫他起床的人非常急躁。

「不好了。」

小虎只丟下了這三個字。

具體是什麼不好呢？他沒有說。

崔安昌起床後出了帳篷，看到正背對著自己坐在地上的隊長，他的背影看起來相當落寞。

「隊長，怎麼了？」

「木頭不見了。」

一時之間，崔安昌還沒能想明白這句話的含義。

「他帶著所有的食物和大部分工具，一個人跑了。」

所謂青天霹靂，就是指這種感覺吧。

第二階層：被邀請者

1

漆黑的房間裡，只有一面電子顯示幕和後門處的綠色指示燈閃爍著光芒。

唐繼和和淩幽幽並肩坐在點歌屏前。因為螢幕只有小小的一塊，所以淩幽幽毫無顧慮地貼在了唐繼和的身旁，讓後者有些尷尬。就算是秦雨雯，也不會像這樣毫無距離感。

說是點歌屏，但那上面顯示的卻是一份名單。

【二中不良團體及其校外關係人】

許菲　幾乎會蹺所有的課，也不參加任何補習

程白石　許菲的男友，在讀職高，經常蹺課去網吧和KTV等娛樂場所

曹春麗　許菲的親密好友，平時會去上課，但心情不好時會蹺

尹雪　許菲的親密好友，週六被強行要求補課，但從不認真對待，常有家庭矛盾

單紅梅　許菲的好友，與校外人員聯繫廣泛，參與敲詐活動，不喜歡弱勢的女生

【被欺凌對象】

高博文　因為無意中頂撞了曹春麗而招致許菲的報復，被其男友毆打後休學

顧洛城　因為其偶爾體現出的受虐傾向而經常被當成許菲他們的玩物

邱新月　和尹雪關係很差，所以經常被許菲欺凌，而且只會哭不會反抗
趙初雪　家境不錯但為人膽小，經常被單紅梅一夥敲詐錢財
儲玲玲　因為高一經常被許菲一夥欺凌所以最後由其父母上下學接送，但在校園裡仍時不時會被許菲他們盯上

「什麼都看不出來呢。」

凌幽幽盯著名單，有些苦惱地說道。這份名單就是她發現的。

「不要忘記還有那個廣播。」唐繼和善意地提醒。

如果說和秦雨雯在一起最麻煩的地方在於她什麼事都做不好的話，那麼和凌幽幽在一起最麻煩的就是她什麼都不知道了。觀察力驚人和思維遲鈍這兩個矛盾的特性似乎同時出現在了她的身上。

在他們注意到名單之前，就已經有一則廣播說明了這個房間的謎題是什麼。廣播內容是這樣的——

X年X月X日星期六是二中不良團夥領隊許菲的生日，她邀請了另外四人一起去KTV唱歌，中間還有其他餘興節目。
請問除了許菲之外的四人分別是誰。
兩人分別說不同的兩個名字。

唐繼和想靜下心來捋清這裡面的邏輯關係。他不指望能馬上得到答案，只要慢慢地謹慎地

進行推理就可以了。

許菲邀請了四人，第一個想到的當然是同為欺凌者的四人，但如此一來另外半份名單就派不上用場了。事實上稍微觀察一下資訊就能發現，其中只有尹雪在週六有補課。雖然也有尹雪蹺課的可能，但這裡暫不考慮。

謎題就是這樣，就算是其中蘊含有無限的可能性，只要相信這條資訊為真就可以了，其他情況完全可以忽略。

因此許菲邀請了曹春麗、程白石、單紅梅，以及一個**被欺凌的人**。

高博文已經休學了所以排除，儲玲玲被家人保護著也排除，那麼還餘下三人。

客觀條件已經用完了，下一步唐繼和考慮更深層的問題。為什麼不良團夥領隊的生日會會有被欺凌者參加呢？肯定不是一般的理由吧。

這時候餘興節目一詞就派上了用場。

所謂的餘興節目，自然就是指欺凌了。只是敲詐錢財自然稱不上是娛樂，因此排除趙初雪。

還剩下顧洛城和邱新月，第五位參加者應該就在這兩個人之中。

唐繼和在最後兩個人選處犯了難，因為所有的資訊都已經全部用完了，如果還不能得出結論的話，是不是漏了什麼呢？

他將所有的資訊都回顧了一下，又品味了一番所有人的介紹部分。讀著人物介紹的他，很快便注意到了自己沒怎麼用過欺凌者名單下的介紹。

一旦發覺了遺失的部分，找到關鍵點也就很簡單了。

單紅梅一欄尤其強調了她不喜歡弱勢的女生，顯得尤為醒目。

那麼，就能將弱勢的女生，也就是邱新月，給排除了。

於是唯一剩下的，就是許菲、程白石、曹春麗、單紅梅、顧洛城五人。

確實是中等難度的謎題吧。

「淩幽幽，我已經得出答案了。」

她只是高興地「嗯」了一聲，看上去並不意外。

「應該是程白石、曹春麗、單紅梅、顧洛城，我們分別說兩個吧。」

「現在嗎？」

淩幽幽似乎毫不關心推理的過程。

現在——

「等一下吧。」唐繼和轉過身去，看向身後的一圈沙發和沙發對面的高腳圓凳，「我們去那邊坐一會兒吧，我有些事情想問你。」

2

靠近看了，唐繼和才意識到高腳圓凳居然是完全木製的，而且正中央有個小小的凹陷，不知道是做什麼用的。雖然他沒去過ＫＴＶ，但想想也知道這類場所的圓凳不會是木頭做的。而且支撐的那根木棍比一般的凳子還要細一些，讓人擔心坐上去會不會直接塌掉。

出於這些考慮，唐繼和最後坐在了沙發上。

與他不同，淩幽幽無憂無慮地一屁股直接坐了上去，然後開開心心地拍著桌子，就像是個郊遊的孩子。

「你有什麼事想要問我？」

她一邊發出慵懶的詢問聲，一邊雙腳前伸，舒服自在地伸了個懶腰。

可沒想到——

啪嗒——砰——

等唐繼和站起來時，圓凳的支撐杆兩端已經斷開了，凳子和底座身首異處，淩幽幽也倒在了地上，摸著自己的後腦。

「沒事吧？」

「完全沒關係，一切都好。」

淩幽幽一邊摸著後腦，一邊坐到了唐繼和的身旁。因為凳子壞了，所以也只能這樣了。

「你有什麼事想要問我？」她又重複了一遍。

「其實也沒什麼好問的，我也不知道該怎麼說……」

唐繼和猶豫了一陣，最後還是說了。

「你長得很像我高中時候隔壁班的同學，你對這個學校有印象嗎？」

唐繼和說出了他高中的名字。

理所當然地，淩幽幽搖頭了。

「我失憶了，現在什麼都不記得。」

「算了，可能是我有些衝動了。在第一層的那個密室裡第一眼見到你的時候我就覺得有點像。但接觸久了，果然你們兩個的性格還是完全不一樣的。雖然很抱歉，但我覺得你很樂觀，總是無憂無慮的，而且有時候會答非所問，思路非常跳躍。我認識的那個人不是這樣的，她很文靜，也很喜歡思考一些哲學命題，是個複雜的人。而且……」

唐繼和的聲音突然停住了。

「而且？」

「她已經死了。」

淩幽幽的眼睛黯淡了下來。

「啊……」

不過她的眼神又很快振作起來。

「不過我很想聽她的故事。她的名字是？」

「我不知道她的名字，只是單方面給她起了個外號叫小雨。小雨不是我用來稱呼秦雨雯的，也不是……」

也不是用來稱呼秦雨霏的，但這沒必要讓淩幽幽知道。

「既然你說想聽，那我就隨便說點吧，反正是個已經結束的故事。」

機關塔之外的故事：萌生的情愫

1

入春之後，雨水自然也變多了。

每到雨天的時候，學校裡的瓷磚總是滑滑的，大家都猜著遲早會出事，但又因為遲遲沒有大家猜想的壞事發生，所以一直擱置著。

直到唐繼和不幸被抽中，成為了那個「幸運者」。

他的小腿骨折了，之後的體育課只好請假，一個人孤零零地留在教室裡。

唐繼和在高中時絕不是一個好靜的人，因此還沒過十分鐘，他便拄著拐杖離開了教室，想著去後面的天臺看看風景。

邂逅就發生在這一刻。

路過三班門口的他，注意到了一個穿著白色連衣裙的少女孤身一人坐在班級的角落裡。他們兩個班是一起上體育課的，所以她也和自己一樣，是被留下來的。

那熟悉的身影，讓他想起來先前就已經見過她。

那是在一個雨天，身穿無袖白色連衣裙的她在字畫展示前駐足欣賞，他還在心底給她起了個應景的外號——小雨。

興許是一時的鬼迷心竅，他闖進了三班的教室。

「你好，冒昧打擾，我是一班的唐繼和，和你一樣沒辦法去上體育課。我一個人在隔壁很悶，所以能一起隨便聊聊嗎？下課了我就回去。」
在她眼裡，自己就是個完全的陌生人吧，忽然這麼闖進來，確實也有些失禮了。
可她完全不在意這些，只是輕聲說了句「歡迎」。
那聲音很甜美。
於是唐繼和來到了她的座位前——對綁著石膏的他來說，這遠比想像中要來得困難——注意到她正在讀一本書，書名是讓人有些害怕的《死亡的含義》。
關於她的傳言，也有不少。其中最具可信度的，就是她將不久於人世。
從來不穿校服，沒辦法參加任何劇烈活動，課上不會被抽到提問，也不用上交作業，雖然和同學的關係不錯，但總會提到一些令人憂鬱的不適合聊天的話題。以上這些都彷彿是這條傳言的佐證。
「你也不去上體育課嗎？」唐繼和是在明知故問。
「嗯。」少女輕聲答道，隨即解釋了起來，那熟練的陳述讓人懷疑她是不是經常對人解釋，「我有先天性心臟畸形，如果哪天運氣不好就會死了。醫生本來判斷我十歲就該死了，可我不幸地活到了現在。」
——不幸地活到了現在。
頗有哲學意味的發言。
接下去該怎麼聊呢？唐繼和第一次單獨和女生聊天，對此也沒有任何經驗。但他至少知道死亡並不適合當成聊天的話題，於是他試圖換一個方向。
「我能問一下你的名字嗎？」
她沒有抬頭，視線也沒有離開過書本，只是露出虛弱的微笑。

「等我死後，這個名字就不再有更多的意義了。所以一個將死之人的名字，就不需要再打聽了。隨你喜歡吧。」

——小雨。

「小雨，可以嗎？可能和你的名字完全沒有聯繫。」

「當然可以，我很喜歡。雨天總是灰濛濛的，和陰鬱的葬禮很搭配。」

和她聊天，似乎怎麼也離不開這個話題。於是唐繼和乾脆地放棄了。

「你為什麼一直要把『死』掛在嘴邊呢？我能理解你的不幸，可至少你還活著不是嗎？與其去想那些不好的事，不如去想今後活著的每一天……」

她忽然將書本合上了。唐繼和以為她生氣了，但實際抬頭看去，卻發覺她的眼神中充滿了笑意，似乎是在高興，有人願意和她聊這個話題。

「因為你的未來還很遠，所以才能無憂無慮地這麼說吧？」

唐繼和啞然。

「我已經沒有未來了。今天你遇到了我，說不定明天之後我就消失了，在大家都沒注意到的時候，沉睡在墓園的某個角落，或者化為灰燼捧在父母的手中。對我來說，死就是我的未來。既然你們還能享受生命的人擁有討論生命的權利，那麼與死相伴的我自然也擁有討論死的權利。」

她的目光變得柔和起來，一雙白皙的小手溫柔地拂過封面。

「剛才我也說過了，我的生命在十歲那年就已經凋零了。現在我還能在這裡看書聊天，完全是上天在眷顧我。如果哪天祂變了心意，我就會直接墜入冥府，再也回不來了吧。為了迎接這一天的到來，我必須要做好準備。」

少女說的沒錯。

沒想到在同一片天空下，有的人是為了生而生，有的人卻是為了死而生。大家雖然都活在這個世界上，但是兩人的未來卻注定要被分成兩路。世界觀的相悖讓兩人無法處在同一條水平線上對話。他做不到，也不可能做到，因為他還活著，未來也會活著。

於是他試著去接納少女的說法，在自己的大腦中將死亡想像成生命的未來，試著讓死亡成為一個普通的辭彙。他隱約察覺到，自己這麼做的目的是為了讓自己擁有和她說話的權利。

可一時之間，他還是做不到。於是他的問題又回到了「生」上。

「如果沒有這個病的話，你想過自己的未來嗎？」

她沒有任何思考和猶豫，只是微笑著回答了這個問題。看來她早已習慣了這類提問。

「如果我只是一個普通的孩子。我想自己在幼稚園裡應該會和女孩子們玩過家家，和男孩子們踢足球。我會慢慢長大，小學的時候當上班幹部，去教訓那幾個調皮搗蛋的男孩子。初中的時候我會談一場戀愛，不要求對方有多忠誠，只是想體會一下這種感覺。到了高中，我想自己不會像這樣坐在這裡看書。我要交幾個要好的朋友，參加一些運動社團，在賽場上揮灑汗水和青春。到了大學，我想終日泡在圖書館裡，暢遊在知識的海洋中。

「大學畢業之後呢，我想找個好丈夫結婚，兩人一起勤儉持家。不知道丈夫會不會讓我去工作呢？其實我很想去工作，因為靠勞動才能證明自己的價值。但家裡沒人照看也很煩惱。我想我會把孩子拜託給媽媽或者婆婆吧，她們一定也很喜歡我們的孩子。

「除了工作，我在外面也要交幾個好朋友，平時一起出來吃個飯逛個街。在琳琅滿目的商品前猶豫著究竟該選哪一個好，然後你說一句我說一句，你戴這條項鍊真好看啊，這條裙子和你的上衣很配哦，說著這樣的話，度過愉快的休息日。

「然後我會漸漸變老。子女們都不在家的時候，我會和丈夫一起養養寵物，讓這些小東西們陪著我們。趁著身子還硬朗的時候，也會讓子女們陪著我一起去旅行。去哪裡都沒關係，我只是想體會一下這種和平時的生活截然不同的氛圍。旅行之後我會回到家裡，平時交流不多的鄰居或許會漸漸熟悉起來。他們家也有個俊俏的兒子，她們家也有個漂亮的女兒。這家人的兒女結婚了，我會和他們一起高興，這家人有了喪事，我也會和他們一同悲傷。

「之後我的身體會越來越老，直到再也走不動了。於是我只好留在家裡，一邊照看著我的孫子孫女們，一邊和老伴相依為命。我們會一起去超市買東西，一起去樹蔭下和鄰居們聊天，或者浪漫一些，一起在河邊散步。直到某一天，我們預感到自己的生命即將宣告終結，將後事一一安排妥當之後，安心地度過餘生。

「在蠟燭燃盡的那一刻，我想我會露出心滿意足的笑容吧，這就是我的生命。」

少女說完了她的幻想，唐繼和才回過神來，驚覺此刻的少女已是淚流滿面。

他恍然大悟，之前看她流利地說出這段話還以為她是習慣了這個問題。事實也許並不是這樣，而是她在腦海中想過了很多遍，所以才會如此順利吧。

她也是想活著的，她也想擁有活著的權利，可是這一權利自她出生的那一刻起就被剝奪了。

「讓我聽一下你的心跳，好嗎？」哭花了眼的少女哽咽著說道，「我想聆聽生命的聲音。」

她不曾擁有的，健康的生命的聲音。

於是唐繼和到了她的身旁，將她摟在了自己的胸口。

那強勁的跳動聲，投過胸壁傳到了她的耳朵裡，也傳到了自己的大腦中。

隨後，她起身，將唐繼和摟進了她的懷裡。他也沒有拒絕，就這麼順從地倒了下去，撞上了她的胸部。

僅是靠聽就能察覺到的，異常的心跳聲。

馬上就要下課了。

2

下一次體育課是在下週一，也就是說要想再見到小雨，最快也要四天。

那天他聽到的異常的心跳聲，始終縈繞在他的腦海中揮之不去。於是唐繼和下了個決心，要在這四天裡，成為她合格的聊天對象。

悲憫與同情，混合著淡淡的情愫，在他的心中逐漸融合。

他開始思考，何謂生，何謂死，如何將死亡與生命等同，如何將死亡當成是一般的話語。他想做到，因為這是唯一能和她聊天的機會，也是他們之間唯一的話題。

週一這一天，他已經準備好了。一到體育課，他便竭盡全力拖著動不了的右腿到了三班的門口。

「請問小雨在嗎？」

還沒進門，唐繼和便興奮地喊道。

可是班級裡沒有回應，也沒有任何人。

只有上週少女所在的那個位置上，放著滿滿的鮮花。

第二階層：KTV毒殺之謎

1

「什麼機關魔女，也太小看我了吧？我可是國內第一偵探魏雙雙，這種程度的謎，我不到一秒就解開了！」

說出此番豪言壯語後，魏雙雙開始了她的解答。所謂偵探，就是要在沒有觀眾的情況下，也要華麗地說出自己的推理。

如果兇手是在來ＫＴＶ的四人之中，並且抱有對所有人的殺意，那麼這個人會怎麼做呢？讓他們一個一個死去顯然是不現實的，因為第一個死者出現之後，大家都會懷疑是否被下了毒，因此最好的方法是把毒下在可樂瓶裡，給大家同時倒滿，一起乾杯。同理，為了不漏下任何一人，兇手必須要保證所有人都因中毒而死亡，因此兇手一定不會喝下被下毒的可樂，而是等待著所有人都死亡後再自殺。

也就是說謎題從「下毒的人是誰」，變為了「**最後一個死去的人是誰**」。

根據嘔吐物的位置來判斷，當時左邊的女生應該是倒在桌子上，但是她的屍體卻是後仰著倒在沙發上，這證明了**她在死後被人搬動過**。

右邊三人中，中間的女生朝著最靠裡的女生。這個方向雖然在聊天的時候也能做到，但是考慮一下當時的場景。所有人一起在桌子中央碰杯，既然如此所有人都應該朝著中央才對。

也就是說，中間的女生是因為注意到了內側女生的異狀才偏轉身子的。至於異狀，不用多說，就是中毒的症狀了。喝下可樂的時間以及毒物作用的時間可能略有偏差，因此她完全有可能在毒發前的瞬間注意到旁人的異狀。

於是，**內側女生的死亡時間早於中間的女生**。

最後，是玻璃碎片的細節。

其他人或許都是倒在了桌子上，所以杯子都還好好地放在上面。但中間的女生可能是在毒發的時候杯子從手中砸落，掉在了桌子上。如此一來，玻璃碎片就不可能在另一個玻璃杯的四周。正確來說，要麼是在旁邊，要麼就是玻璃杯的裡外都有。而現在投影中顯示的情況，答案只有一個——那個玻璃杯是後來放上去的。

也就是說，**男生的死亡時間，晚於中間的女生**。

知道了最後一個死去的人是男生後，現場的所有細節都可以還原了。

男生在可樂瓶裡下毒後，提議大家乾杯。男生裝作喝完了可樂，實際上是在等著女生們毒發身亡。他成功了。隨後，為了離開中間的位置，他將左邊的女生從桌子上搬起來，之後端著杯子來到了右邊那位女生的身旁。他喝下了可樂後，抱著她死去了。

這或許就是他殺人的動機。看上去他喜歡的是左邊那位女生，但實際上，**他真正喜歡的是另外一位**。

如果她沒猜錯這幾人的身分，應該是程白石毒殺了所有人，拋棄了許菲，並來到了曹春麗的身旁，抱著她死去。

「所以說兇手就是那個男生——」

魏雙雙忽然大笑起來。

「真當我會這麼說嗎？魔女的伎倆我上過一次當，可不會再有第二次了！」

男生兇手說有一個致命的矛盾，就在於他**沒有時間**下毒。

這間ＫＴＶ很小，沙發為弧形，麥克風最多有兩個，因此至少會有一人能空下來。將可樂瓶從檯上拿走的動作太顯眼了，而2.5Ｌ的可樂瓶高度又太高了，坐著不方便下毒，暴露的可能性也高，站著也不自然，反而更加顯眼。無論怎麼想，男生——或者說正在唱歌的四人——**根本沒有下毒的機會**。

那麼誰會有這個機會呢？

自然是把可樂瓶端上來的**服務員**。

服務員為什麼要殺死他們？或者問，服務員真的算這個包廂裡的一員嗎？

當然算！

因為他是這群不良學生的**餘興節目**，是許菲他們的**欺凌對象**！

許菲他們的惡劣行徑，魏雙雙已經瞭若指掌了。哪怕是老師，也不得不讓她們三分，因為就連老師也有可能成為他們的毆打對象。

而且，誰也沒有保證過，被欺凌者一定是學生。按照魏雙雙所得的資訊，對方完全可能是**成年人**！

現在，將事件還原如下——

許菲他們經常去那家ＫＴＶ，而且發覺其中一個服務員是個合適的欺凌對象，於是他們每次去那裡時，都會叫上那個服務員，在包廂裡展開一系列欺凌行為。

這一天，這個服務員終於不堪其擾。許菲他們像往常那樣叫他帶瓶可樂去包廂，這時候他知道機會來了。

首先，他在可樂瓶中下好毒，然後端著托盤去包廂，將東西放在桌上後，提出了乾杯的提議。當時應該是個值得慶祝的日子吧，說不定是**許菲的生日**。

「這個小丑終於說了句像樣的話。」魏雙雙都能想像出許菲會這麼說。

最先中毒的應該是三位女生，最後才是程白石。他知道自己命不久矣，於是盡力來到了心上人的身旁死去。

這才是KTV毒殺之謎的真相！

「因此，真正的兇手，是那個**服務員！**」

魏雙雙唰地一下伸手指向顯示幕，而後者也恰好在此時有了變化——白色的螢幕上顯示出如雲霧散開一般的效果，隨後出現了「服務員」三個字。

「肥豬，我知道你派不上什麼用場，因為我一個人就能把謎題解開了，但這一步必須要你幫忙，和我一起說吧。」

她扯著胖子的衣服到了顯示幕前，深吸一口氣後，以洪亮的聲音喊道：「兇手是服務員。」

可胖子卻一句話也沒有說。

「喂！你想不想出去了？還是說你想死在這裡？」

魏雙雙踹了胖子一腳後，又重複了一遍上述的過程。

可胖子還是沒有開口，只是露出令人反胃的笑容。

魏雙雙再也忍不住了。

「你是在看不起我是嗎？給我出聲！」

她抓起了胖子的領子，可他笑得更誇張了。說是「笑」，但他的笑卻一點聲音也沒有。無聲的啞笑，或許就是那笑容噁心的原因之一。

忽然間，魏雙雙想到了什麼，她晃著胖子的身體，命令道：「快，給我出聲，快給我發出聲音！」

胖子的眼神中透露出戲耍的意味。他動了動喉嚨，卻像是啞炮一樣，根本發不出像樣的聲音來。

難道說……

魏雙雙的全身忽然失去了力氣，要不是身後有沙發，她可能會就此癱坐在地上。

這個胖子，是個**啞巴**。

3

如果接觸的時間久一點，不用說魏雙雙了，所有人都會發現胖子是個啞巴。可就是因為**時間不夠**，所以她也好，其他所有人也罷，都沒能發現這個事實。

懊惱之餘，魏雙雙終於發覺了問題所在。

他們所有人和胖子的接觸時間都不長，這是為什麼呢？

因為胖子受到了魔女的暗示，在第一階層的時候躲在了廚房裡，就算其他人發現了他，也沒能讓他離開。最後是在第一階層所有的謎題都解開了之後，他才跟著唐繼和和秦雨雯一起出現。到了第二階層沒多久，大家就分好了組，胖子和魏雙雙立馬就進了這個房間，自然也沒有瞭解彼此的時間。

而且明明是用電子顯示幕就能完成的謎題，為什麼偏偏需要說出來呢？說出來這個動作的意義在哪裡呢？

其中的聯繫不必多說了。

魔女將胖子引到廚房去，不僅是為了製作出第一階層的那個密室謎題，同時也是為了第二階層的謎題做準備。魔女在盡可能地拖延他們發現這個秘密的機會！

最後還是中了魔女的陷阱！

之前魏雙雙一直深信，每一階層的死者就會在處刑時出現。可是仔細想來根本就沒有這個保證！那個不知名的第八人不就是在遊戲一開始的時候就死了嘛！

也就是說，名偵探魏雙雙，居然要和這個噁心的胖子一起被困死在這個房間裡！

魏雙雙氣不打一處來，打不著魔女的她，只好將所有的怒火都撒在了胖子的身上。

她先是搧了胖子一巴掌，然後一手夾著他的兩側面部，勒令他發出聲音來。但這顯然是做不到的，接著她用盡全力打了那肥厚的肚子一拳，在胖子彎腰摟著肚子時，對著他的脖子一陣猛打，直接將其擊倒在地。

魏雙雙的心情可不是那麼容易就能平靜下來的。

在胖子倒地之後，她要麼猛踩他的頭部，壓著他的頭顱在地上摩擦，要麼猛踢他的腹部，恨不得將他的內臟全部踢爛。

可就算是這樣，那個胖子依然在笑。

那是充滿淫亂慾望的骯髒的笑。

胖子**顧洛城**正享受著魏雙雙的虐待。

他不是受虐狂，不會因為美少女的毒打而興奮，正相反，他是一個徹底的施虐狂。

自己身上的每一處疼痛，在他的腦海中，就會變成魏雙雙的疼痛。

這張唯我獨尊，眼裡容不下他人的臭臉，他顧洛城就要將其徹底瓦解。

在他的妄想中，他完全控制住了魏雙雙的身體，雖然還是那張臭臉，但在完全沒有反抗餘地的情況下，這張臉反而變得可愛了起來，甚至激起了他的性慾。

無法反抗的魏雙雙，被撩起了衣服的下襬，露出了下面白皙的皮膚和微微隆起的腹部。如此柔軟的肌膚，如果和她現在所做的一樣，用力踩上去的話，會變成什麼樣呢？會變得紅通通的吧？而它的主人，也會因為持續的痛苦而發出不間斷的喘息聲吧？簡直就是人間至寶。

我要把你們施加在我身上的痛楚，全部還給你們！顧洛城的意識中有個聲音正如此說道。

不管是魏雙雙，還是許菲，都是這樣——

機關塔之外的故事・校園謎案・解答篇

1

許菲的欺凌是從什麼時候開始的？

具體的時間顧洛城已經不記得了，唯一能想起的，是同班的許菲故意拿了他的筆記本，結果發現了其中的秘密，當天中午就氣勢洶洶地帶了那三個跟班一起，將他拖進了頂樓的女廁所裡。那裡位置偏僻，所以絕不會有人來妨礙。

「你不是很想進女廁所來嗎？你不是很想偷窺女生的秘密嗎？那就快進來啊！今天就滿足你的願望！」

單紅梅是其中力氣最大的一個，她稍一使勁，就讓顧洛城的膝蓋跪到了地板上。這樣垂著頭可不行，於是她一把抓起了他的頭髮，讓他仰視著許菲。

許菲冷笑著湊近顧洛城的臉。

「這本筆記本可真有意思啊，就算是再下流的男生，也不會像你這樣，把噁心的想法給畫在筆記本上吧？而且看不出嘛，你這種看著就讓人沒食慾的胖子，居然口味這麼重，喜歡施虐啊。」

「這是什麼，聽起來就很不妙。」

曹春麗故作害怕地說道，但她捂著嘴偷笑的樣子完全看不出是在害怕。

她和單紅梅對視一眼後，將目光移到了尹雪的身上。

「這種事小雪最擅長了吧？」

「別別別，」尹雪連忙擺手，「我可不擅長這種。」

單紅梅也開始搭腔。

「你個施虐狂在謙虛什麼——」

「都別吵了！」

許菲的一句話，廁所裡瞬間安靜下來。

「給你們看個有趣的。」

許菲翻到其中某一頁，然後將這一頁朝向顧洛城的方向。單紅梅和尹雪因為沒看過的緣故，好奇地湊上去看。曹春麗則在許菲的身後，和剛才一樣偷笑著。

「那個側馬尾，該不會是你吧？」

「我？」

尹雪指了指自己，再仔細看看，可那些黑色的線條在尹雪看來，也完全組合不出人的樣子來。不過看久了之後她也大概能理解了，這個是人，那個是刑具，而這個刑具是……

她稍愣了一下，立馬發出刺耳的尖叫聲。

「別叫那麼大聲！」

可尹雪無視了單紅梅的話，氣得揮拳砸向顧洛城的後背，儘管她的拳頭毫無威力。

「噁心！太噁心了！你想對我做什麼啊！我……我——」

興許是滿意了尹雪的表現，許菲將筆記本收回手中，一頁一頁地翻著。

「這個死胖子，每天都在想著要怎麼折磨女生呢。班裡那幾個長得好看的女生都在裡面，還特別多給我分了幾頁。我說，我都沒怎麼找過你，你也沒有資格被我看上眼，怎麼還主動靠過來了？

「其他班也有不少。我就是在裡面找到小雪的。你好像很合他的胃口，在他的筆記本上經歷了很多刺激的道具哦。難道說小雪這樣的女孩是他的性癖？」

「真是噁心。」尹雪的臉都快白了，「我……我……我要是真被這樣對待了還不如立馬去死！」

「別著急，還有別的呢。」許菲將筆記本翻到了最後，「這裡還記了幾個願望呢。比如其一，想進女廁所看女生排泄。」

因為表述太過露骨，就連一直偷笑的曹春麗此刻也笑不出來了。

「其二，希望見到女生的……那個。」

別有所指的語氣，讓單紅梅從容地大笑起來，引來了尹雪責怪的目光。她意識到全場只有自己在笑後，慢慢收斂了笑聲。

「這個可不能滿足，還有別的嗎？」

「還有什麼願望呢？讓我看看你的筆記本……啊，想和我上床。你在想什麼呢！」

興許是許菲的語氣太過滑稽，單紅梅又笑出了聲來。

「跳過跳過。啊，這裡，想喝美少女撒的尿。大家聽聽，這傢伙想喝別人的尿！」

終於，許菲的聲音恢復了平常的聲調。她將筆記本摔到地上，從單紅梅手上接過了顧洛城的頭髮，朝身後一用力，將他的上身拉了過去。

「好啊，要不是我今天發現了這東西，還不知道你有那麼多想法呢？今天，姐們就一口氣全部滿足你吧。筆記本上你不是想把我和小雪當成是便器嗎？但最想當便器的，不是你自己嗎？給我點頭。」

顧洛城沒有動彈。

許菲一拳擊中了他的腹部，可他的身體因為被單紅梅控制著完全動彈不得。

他緩緩點頭。

「好，今天就滿足你的願望。梅姐，把他的嘴巴張開來。小雪，你來。」

「哎？」尹雪連忙逃到曹春麗的身旁，「我……我不行的。」

「你不是喜歡施虐嗎？」

「我只喜歡看，不喜歡動手。大姐你來吧。」

許菲倒也不介意。

「剛好我想放鬆一下。滿懷謝意地喝下去吧。」

結果自然沒有那麼順利，不知是否是許菲故意為之，顧洛城滿臉都是尿液，還有些往他的衣服裡滑落下去。

這一刻，顧洛城的眼睛裡產生了殺意。

「別用這種眼神看我！」許菲一腳將他的頭踩到了地上，「憑什麼你可以把我們當成折磨的對象肆意玩弄，我們對你做同樣的事你就這副不服的表情？給我向所有在你筆記本上的女生道歉啊！」

丟下這句話，她將那本筆記本放在馬桶裡沖走後，大搖大擺地離開了女廁。尹雪和曹春麗也緊跟著走了，最後單紅梅一邊用洗手液洗了好幾次手，一邊抱怨著「真髒啊」，不屑地看了眼顧洛城後，也逕直離開了。

我要把你們施加在我身上的痛楚，全部還給你們！顧洛城滿懷著恨意，瞪視著她們離去的背影。

2

自那之後，顧洛城無論是上學還是雙休日，都會被許菲他們拉出來欺凌。到了晚上，他會將當天受到的所有欺凌都在幻想中施加在她們的身上。

總有一天他要將那四人折磨至死。雖然這是個不切實際的幻想，他還是將所有能夠攜帶的道具都放在了書包裡。反正他的書包又髒又破，根本不會有人去碰，就連許菲也不會。

然而這個幻想卻在某一天成真了。

那是運動會的前一天，也就是校慶的日子，下午班會課之後就放假了。

自從半個月前在KTV裡成了許菲生日會的餘興節目，被迫裸體跳舞之後，已經半個月沒有被欺凌過了。當然他不會因為這段空白期就把一切都忘記，他還是每晚不間斷地在幻想中折磨著那四個不良少女。

顧洛城正在想著好久不見的時候，許菲就出現了。那時候太陽已經西斜，快要到傍晚的時候了。

她捂著眼睛朝顧洛城這邊跑來，眼睛下沒有血流出來，應該只是碰撞到了。

這一瞬間，顧洛城在許菲身上看到了柔弱女生的影子。在幻想中能被他制伏的許菲，或許真的在現實中出現了。

她看到了顧洛城，想也沒多想就跑了上來，抓住了他的手，吼道：「快，給我手機！」

如果錯過了，妄想就再也不可能成真了。

他猛地一抬手，將留著指甲的手指刺向了許菲的眼睛。雖然最後只是碰到了眼眶，但許菲還是因此發出了悲鳴。趁著她捂著眼睛的空檔，顧洛城從包裡掏出了石頭，砸向了她的後腦，直到確認她昏迷後才停手。

這裡是體育倉庫的後面，一般不會有學生經過。但明天是運動會，一會兒說不定會有人來。於是顧洛城將她搬到了另一處地方。那是在操場觀眾臺後面的一條只能容納一人的小道，到處長滿了雜草，蜘蛛網也隨處可見。這裡是這個學校絕對的死角。

所有的道具都準備好了。他做夢也沒有想到，幻想中的事居然成真了，這股興奮之情仍然縈繞於心頭。

等到顧洛城終於筋疲力盡，再也沒有什麼新奇的折磨手段後，才滿足地從許菲的身上起來。可許菲已經不再動彈了，她在顧洛城的虐待剛過半的時候就已經死了。

面對屍體，顧洛城的情緒一點也沒有波動，反而有點掃興，沒想到許菲那麼容易就死了。搬運屍體的手段，他並沒有提前準備過。但想法單純的他，決定先留下屍體，翻牆回家去找工具來分屍。因為這裡是死角，所以暫時離開一會兒是不會有人發現的。就算發現了，也不會找到任何和自己有關的痕跡。他只是虐待，沒有性侵，現場只會發現她自己的血液和體液。

完成分屍工作時天已經亮了。他將屍塊裝進書包裡，趁著早上校門打開的時候離開學校，反正他的書包又髒又臭，誰也不會發現的。

之後他將屍塊暫時藏在家裡的垃圾堆，等到雙休日找個地方埋起來。

顧洛城第二次到學校的時候，就在校門口見到了警車。本來他還擔心是自己殺了許菲的事暴露了。後來，他才明白原來警車的出現是因為另一個案子——曹春麗在體育倉庫裡遇害了。

他沒有什麼特別的感想，只是有些遺憾罷了。

第二階層：謎題的陷阱

1

離開簡單難度的房間之後，何琨瑤在門外停了下來。

她注意到兩點不太對勁的地方。

一是包廂內的指示燈依然是綠色**沒有變化**，二是這扇後門是有**鑰匙孔**的。

「怎麼了？」

崔安昌正準備走右邊的樓梯上去，見她沒有動才停在了那裡。

出了後門後左轉，就可以看到房間頂上有條樓梯。雖然坡度有點大，臺階有點高，走起來可能會有些吃力，但至少還是可以獨自走上去的。

「沒什麼，走吧。」

兩人先後到了上面的房間。

房間呈圓形，三個方向上分別有一段通往下方的樓梯。中間則是一張桌子和六把椅子，看來是給他們休息用的。在桌椅外側的地板上有一道圓環，看來在椅子的墊子裡有重量感應裝置，一旦人到齊了，就會把他們送往上方的處刑房間。

沒多久，另一邊也有人上來了。

是唐繼和和淩幽幽。後者歡快地朝他們打了個招呼。

「好久不見。」何琨瑤淡漠地回了一句，「看來你們也順利解開了謎題。」

「我們的並不難，用排除法就能確定答案了。你們呢？」
「我們的更加直接一點，甚至連推理都不需要。」
在崔安昌說話前，何琨瑤搶先答道，她還不希望這麼早就暴露自己的猜想。
崔安昌也讀懂了這層意思，於是換了個話題。
「那個偵探還沒出來，是不是困難的難度有點高？」
「難度在智商為零的思考無能者面前又有什麼區別？」
唐繼和噗哧一聲笑了出來。
「你和魏雙雙認識？」
「算是吧，但是是仇敵的關係。」
談話就到此為止了，之後大家一直沉默地等待著魏雙雙和那個胖子的出現。
可等了好久，也遲遲沒有見到他們的身影。
何琨瑤和唐繼和都在心中計算著，雖然他們拿到手的謎題並不難，但在聊天上也花了些時間。魏雙雙斷然不是會和胖子聊天的人，一定是把所有時間都花在了解謎上。可那個不管遇到什麼謎面都能說出「我一秒解開了真相」的傢伙，怎麼可能直到現在都沒有動靜呢？
兩人幾乎一同起身，突然的動作嚇到了崔安昌和淩幽幽。
「怎麼了？」
「我去看看。」
何琨瑤說完，和唐繼和一起朝著唯一沒有動靜的那個樓梯口而去。

「有人在嗎？快救救我，求求你們了，快救救我！」

魏雙雙癱坐在後門前，絕望地敲著門。起初她還有力氣大聲呼救，但現在她連這麼做的力氣都沒有了。至於那個胖子，早就已經被拋出了她的腦海中。

她哭了，這絕對是名偵探魏雙雙最屈辱的時刻。只能被困在這個狹小又昏暗的房間裡，要麼窒息而死，要麼饑餓而死，無論哪種都不是好看的死法。

「我還不想死，我還不想死……誰來救救我……」

再也沒有力氣的她，只是輕聲地念叨著。

門外響起了敲門聲。起初，魏雙雙還以為是自己的錯覺。可接下來，對面傳來了熟悉的聲音。

「名偵探你在做什麼？解不開謎題想向我們求救嗎？把謎題報出來，我們來想想辦法。」

是那個醜女的聲音，但此刻魏雙雙可顧不上對面是誰。恩怨也好，怎樣也罷，不管是誰都可以，她只想離開這個房間，她現在只想求房門對面的那個人把自己救出去。

可就算到了這個關頭，魏雙雙還是沒辦法放下自己的架子。她是個名偵探，這是無論如何也不能改變的現實！

「才不是什麼謎題！謎題我早就解開了，可是我現在出不去！那頭肥豬是個啞巴，他不可能說話！」

另一個聲音出現了，是唐繼和的。他在說他遇到的謎題也需要通過說出名字來達成。

「求你們了，有沒有工具可以砸開門？我不想再困在這裡了，我想出去！這裡黑得要命，還和一頭肥豬在一起，真是噁心死了……」

「你忘了魔女的規則嗎？要是破壞了不該破壞的東西可是死路一條。你想用我的命來換你的命嗎？」

「當然！你的命難道有我這個名偵探的命重要嗎？」魏雙雙吼道。

人的生命當然有貴賤之分，她魏雙雙做為中國第一名偵探，能夠解決數不盡的懸而未決的案件，讓正義降臨於人世間。她的偵探身分是如此偉大，理所當然地比其他人更加擁有活下去的權利！

聽到魏雙雙的回答，醜女冷哼一聲，隨後就是一陣漸行漸遠的腳步聲。

「我說錯了嗎？要論社會價值的話，明顯是我有更高的價值才對吧！醜女，你給我回來！」

「你要回去了嗎？」唐繼和說道，聲音也越來越遠了。

難道他們真的要回去了？

這時候魏雙雙終於慌了。她飛快地敲著門，整個房間都快被她的敲門聲給震動了。她大叫著，試圖以此來吸引外面人的注意。

她用盡力氣大喊道：「求你們不要拋下我啊！快救我出去啊！你這個醜女，見死不救的醜女，給我回來！求求你了快救我出去……」

3

回到上面的房間後，何琨瑤依舊是火急火燎地往原先上來的樓梯口而去。

「喂，你不去救她嗎？」唐繼和衝上去問道。

崔安昌和淩幽幽仍然坐在原處，完全不知道發生了什麼。

「要問我想不想的話，那答案當然是否。那個無能偵探怎麼樣都無所謂，哪怕她死在裡面也沒關係。」

說到這裡，她的話鋒一轉。雖然言辭依舊刻薄，但也多了份理性。

「可是沒辦法，不救她就湊不齊六人，我們也都會被困死在這裡。所以雖然不情願，但我們還是不得不去救她。」

「話是這麼說，我們要怎麼救？」

何琨瑤突然問了唐繼和一個奇怪的問題。

「你的房間裡有木棍嗎？」

「木棍？怎麼可能……」

唐繼和沒有說下去，因為他猛然想起來那個被淩幽幽坐塌的木凳。木凳是在ＫＴＶ裡絕對不可能出現的東西，如此突兀的東西卻出現在了這裡，這恰好證明了它必然有用。

「把木棍拿上來。」

簡單的命令之後，何琨瑤立馬下了樓。雖然不明白她在想些什麼，但現在這種緊急的情況下也沒時間去多考慮了，於是唐繼和也果斷地沿著上來時的方向回去了。

幾分鐘後，兩人在樓上的房間裡會合。何琨瑤拿著一個斧頭的頭部，而唐繼和拿著木凳的支撐杆。

唐繼和還沒來得及驚訝，何琨瑤就將那個支撐杆從唐繼和的手上奪了過來。她走到桌子邊上，用桌子邊緣壓著身前的熊玩偶，然後才空出雙手，用來組裝斧頭。

「既然那麼麻煩為什麼不把熊放下來？」一旁的崔安昌忍不住說道。

如果把何琨瑤最討厭被問到的問題列個表，這個問題絕對能放在第一位。不過現在何琨瑤沒心思去關心這個，於是隨口回答了一句：「我絕不會讓它離開我的身邊。」

組裝的工作意外地非常簡單。只需要將兩者接起來，裡面就傳來了啪嗒一聲。看來是內部觸發了什麼機關，使得兩者牢牢地結合了。

何琨瑤將斧頭遞給唐繼和。

「走吧，去把那個無能偵探救出來。」

「等一下！」

叫住他們的是崔安昌，此刻他正萬分緊張地看著那把斧頭。

「你們是要拿斧頭去砍門嗎？魔女的規則裡不是說了……」

「放心吧。」

僅是這三個字就把崔安昌震懾住了，何琨瑤的話語就是擁有此等魔力。

「交給我們就可以了。」

這還是進入機關塔以來，何琨瑤第一次露出微笑。

4

外面再度傳來了腳步聲，魏雙雙猛然抬頭，彷彿是抓到了一線生機。

「魏雙雙快退後。」

說完，外面傳來一聲劇烈的聲響，隨後又沒了動靜。

他們在做什麼呢？魏雙雙全然沒有想法。但是她至少燃起了希望——是啊，這座機關塔的規則是合作。既然是合作，那麼他們就必須來營救自己！

可儘管如此，她還是沒有什麼實感。因為她已經被困得太久了，以至於思考的回路都受到了阻礙。

「誰說這個是用來砸門的？你看斧頭的頭上不是出來了一個小鑰匙嗎？我是讓你用這個開門！」

這還是醜女第一次真正的生氣吧。

唐繼和連忙道歉，然後外面又傳來了一陣金屬的碰撞聲，以及什麼重物不斷撞在地上的聲音。最後，在一聲清脆的聲響之後，外面又恢復到了沉寂中。

沒過一會，後門便被拉開了，外界的光芒終於充滿了這個被黑暗籠罩得太久的房間。

太好了，我還沒有死……

魏雙雙喜極而泣，同時雙腿一軟，又一次癱坐在了地上，放聲大哭起來。

5

何琨瑤自然不會有重逢的喜悅。

她很在意一件事，於是在後門打開後她第一個踏入其中。她先是回頭看了一眼後門的上方，然後又關注了電子顯示幕和桌上的那個可樂瓶。稍微壓一下，四周又出現了ＫＴＶ毒殺之謎的投影。借著投影的光芒，她又在地上發現了一張小紙片。

「我大概猜到是什麼了。」

魏雙雙止住了哭泣，回過頭去。因為背光的緣故，何琨瑤看不清楚她臉上是什麼表情。

「想必謎題是這樣的。先是一次正常的投影，然後按照紙片的指示把這個東西放進去，就能出現一次案發後的投影。之後題目的要求是讓你推理出其中的兇手。我想你一定是根據案發後的投影，推理出了一個自認為是正確答案的結論。」

「我已經避開陷阱了。」

魏雙雙嘟囔著，很不幸地被何琨瑤聽到了。

「沒有避開。因為你始終把它當成是案件在思考，但實際上這是個謎題。我們幾個都明白這個道理，所以不會遺漏任何一個線索。如果解開這個謎題只需要案發後的投影，那麼**案發前的投影**其存在意義是什麼呢？」

魏雙雙顯然沒有考慮到這個問題。

案發前的投影究竟有什麼用途？

「完全沒有作用，但它的存在本身就是作用。」

何琨瑤拿起了可樂瓶，將其送到了魏雙雙的面前，嘲弄似地晃著。

「它為了說明，在你們放進去那個東西之前，還處在案發前的狀態。」

「啊。」

儘管魏雙雙知道自己被嘲弄了，可她如今已沒有反擊的力氣，只是聽著對方的話，發出了輕聲的感歎。

「這是個不算新鮮的文字遊戲了。禮物是 gift 的意思，但是 gift 在德語中是毒藥。把毒藥放進了可樂瓶裡，造成了投影裡四人死亡的兇手，是**你們**。」

不知道這句話觸到了魏雙雙哪裡的痛處，沒有力氣的她突然像是全身湧出了力氣一般暴怒起來。

「那你是說兇手是我？可是它謎題問的是**投影裡的**兇手是誰啊！」

「所以這個謎題是**無解**的，它的正確答案**在範圍之外**。」

「這根本不公平啊！我是偵探，偵探的職責應該是破解犯罪才對，上一階層也是，總是針對我出一些不符合偵探職責的謎題，這種耍小聰明的方法……這種……為什麼——」

魏雙雙說著說著又哭了出來。

她很憤怒，對這座機關塔的不合理而感到憤怒，為其他人都能習慣這種不合理而感到憤怒。她是偵探，本來應該是機關塔裡距離真相最近的人才對，可就是因為魔女設下的這些文字遊戲的陷阱，才讓她一次又一次地碰壁，一次又一次地出醜，甚至連反擊那個醜女也做不到了。為什麼？為什麼事情會變成這樣？為什麼她作為一個偵探，要在這個不合理的地方被踐踏偵探的尊嚴？

何琨瑤並沒有去理會魏雙雙的哭聲。

她只是將可樂瓶放了回去，回到了後門，站到了其他人的身旁。

「我和某人不一樣，這個謎題無解的提示你肯定不知道，所以我也不會在這上面苛責你。這是只有我們另外兩個房間的人才能知道的線索。

「在我的房間裡，後門上方有個綠色的指示燈。唐繼和，你們的也有吧？」

唐繼和點頭示意。所有人都看向了後門的方向，但這個房間裡並沒有指示燈。

「在解開謎題的時候我就覺得奇怪，為什麼這個燈完全沒有變化。第一階層的時候房門狀態會有 LOCK 和 UNLOCK 的變化，對吧？這是對房門狀態變化的一種提示。但在第二階層，這個燈卻一點變化也沒有。單純的提示出口也沒有必要，因為無論這個燈存在與否，我們都會發現出口在這裡。

「也就是那時候，我隱約察覺到指示燈是有其作用的。

「明確燈的作用是什麼，還是樓上房間給我的提示。必須要有六人才能進入處刑房間，也就是說一定會有辦法救出你的。顯然你是把同伴不會說話這點當成是預料之外的變故了。但如果不是這樣呢？那就一定是魔女的陷阱。

「那時候我就明白了，『困難』房間會不會不能靠內部打開，而**只能靠外部**？

「我想起來簡單難度的房間裡有半個斧頭，那說不定另一個房間裡會有另外半個。組合起來才是打開房間的鑰匙——這也是為什麼房門外會有鑰匙孔的緣故。簡單和中等難度的房門外的鑰匙孔都是擺設，只有困難難度的那個才是有用的。

「這麼想我也就明白了燈的含義。」

何琨瑤指著並不存在的那個指示燈的方向。

「綠色的指示燈指的是，這扇門是**有效的**，是可以從這一側打開的門。我們那兩個房間都是有效的，但這裡不是。從一開始，就**不存在**內部打開房門的解。」

從一開始，困難房間的門就**只能從外部打開**。

在何琨瑤排山倒海般的推理之下，魏雙雙徹底失去了往日的銳氣，只是沉默著坐在地上，一點聲音也沒有了。

第二階層：無聲的死亡

1

為了讓魏雙雙休息一會兒，大家都在樓上房間的桌子旁坐著。如此一想，準備這些桌椅的作用，或許就是為了讓受到打擊的魏雙雙休息用的。

也不知過了多久，魏雙雙終於說話了。

「走吧，去上一階層。」

話音剛落，地板便震動起來，隨後從縫隙中升起欄杆，與此同時整塊地板向上抬升，而天花板也開了一個足以容納他們通過的洞。

就在這時候，淩幽幽有些唐突地開了口。

「這一階層的主題好像都和聲音有關欸。所有的指示都是通過聲音下達的。看來魔女設計的機關能夠識別並對聲音的內容進行分析欸。這種事有可能做到嗎？」

「當然。」

何琨瑤依舊是不慍不火的語調。

「人類的說話與交流相當於是一種程式，因為人類本身說到底也是程式的一種。只要通過提取關鍵字進行處理，就能做出相應的應對。現在不就已經有類似的聊天機器人出現了嗎？我想就是這樣吧。不過魔女能做到的應該更厲害才對，因為人類還是有極限的。」

「說夠了沒有。」

魏雙雙的聲音很平靜，但話語中顯露出的鋒芒讓周圍一下子安靜了下來。
她沒有再多說什麼，等地板停穩，欄杆降下去後，第一個走上了並排的六個圓圈中的一個。
「她受刺激了？」唐繼和下意識地問道。
何琨瑤走過他的身旁，平淡地說了句：「只是不服輸吧。」
因為這次魏雙雙沒有去拉那個胖子，所以最後只好由唐繼和來代勞。
就這樣，六人再一次站上了處刑房間的舞臺。

2

這次的死者會是他們之中的誰呢？
何琨瑤覺得自己有了點眉目。只要再多一點線索，她或許就能發現隨機死亡選擇的標準是什麼。她正在思考著，思考很多很多事情，以至於沒有想到自己在這一階層被選中的可能性。
崔安昌有些退縮了。現在有六人，他還能安慰自己，被抽中的會是其他五人中的某個人。但是下一階層呢？五人中選中一人，機率明顯高了不少。他開始不安起來，就和以往一樣，在死亡的面前，他有些退縮了。害怕死亡本身不值得羞恥，因為他必須要活著。
唐繼和的內心沒有什麼波瀾，只是平淡地接受至今以來發生的一切。當然他依然很在意淩幽幽和小雨的關係。但小雨已經死了，這件事當時學校都確認了，所以肯定不會有問題。那麼在這裡的淩幽幽一定和小雨沒有關係。比起自己的生死，他還是對淩幽幽更加感興趣。
顧洛城只是單純地覺得興奮，更準確地說是亢奮。他現在極端地亢奮，就和折磨並殺死許菲時的心情一樣。現在在他的腦海中，已經一次次地讓魏雙雙發出不亞於被困那時的慘叫聲了。他現在非常地激動，從剛才開始心跳就跳得很快，要問原因當然是因為性慾的爆發。要不是現在在大家的面前，他一定會當眾來上一發。

魏雙雙在經過魔女幾次的戲弄之後，更加清楚了一個事實。她可以輸給任何人，甚至可以輸給那個醜女，但唯獨不能輸給機關魔女。這個魔女讓魏雙雙嘗盡了屈辱，這份恥辱魏雙雙一定會加倍奉還。她要活到最後——對於主角來說這是自然的發展——然後和機關魔女面對面對抗。到時候她一定要狠狠地暴揍機關魔女一頓，讓她知道誰才是真正的主角。

淩幽幽的腦子裡是一片空白。她什麼也不用想，只要順其發展就好了。到了特定的階段就會發生特定的事，這是機關塔運作的基本規則。因此無需去管，只要這麼一直前進就好了，大家總能走到最後的結局。

命運的一刻來臨了。隨著機關啟動，又有一人的生命落下了帷幕。

可是房間裡安靜得很，完全沒有任何動靜。

難道是機關沒有啟動？

大家互相看著，終於確認，是那個啞巴胖子。直到最後他們還不知道胖子的名字是什麼。可就算確認了死者是誰，他們也沒有多餘的表示，甚至連歎息聲也沒有。所有人都只是沉默地確認這個事實。

他們和胖子並沒有太多的接觸。

第二階層時全然沒有接觸的何琨瑤一行人對他沒有什麼印象，而接觸最多的魏雙雙也決然不會因他的死而露出一點悲傷的表情。

因此顧洛城的死，根本就無法讓大家的內心產生一點波瀾。這是否是件很悲哀的事呢？而如此悲哀的源頭，真的僅僅在於他不會說話嗎？

無論如何，第二階層的處刑，就在這片靜寂之中結束了。

第三階層：連續殺人事件

1

上到第三階層後，空間明顯小了一圈。站在圓柱形房間的正中央，感覺四周的牆壁壓得很近很近，釋放出一種讓人不安的壓迫感。

剩餘的五人默不作聲地做著自己的事。

前兩層最吵的魏雙雙，因為KTV毒殺之謎的緣故曾一度一蹶不振。等到她走出了陰影後，卻像是變了個人一樣，一句話也不說了。此刻，她正難得地在觀察著這個房間的各個擺設，儼然像個真正的偵探。

沒有魏雙雙的發言，何琨瑤也不會去主動惹她。而且比起鬥嘴，何琨瑤顯然還有不得不做的事，那就是觀察。不過和魏雙雙觀察的東西不一樣，她更加在意的是每個人的反應。她的心中有了些眉目，如果她沒猜錯的話——

剩下的唐繼和、淩幽幽和崔安昌，都不是會主動調節氣氛的人。

唐繼和也在觀察著這個房間，同時也在借著這個機會，偷偷地觀察著魏雙雙。從上一層開始，魏雙雙就表現出了異樣的狀態，很可能是處在了情緒的臨界點。如果這時候引爆她的話，後果可能會不堪設想。

淩幽幽什麼也沒有做，正坐在地上開心地晃著腿。無論是謎題還是生死都和她沒有一點關係，她的腦子裡根本就沒有任何有關這方面的想法。

接著是崔安昌。

如果是前兩層的話，他可能還會嫌氛圍有點悶，想著說幾句話活躍一下氣氛。可到了這一層，他已經完全沒有心思了。

緊張感徹底占據了他的心頭。

六個人的話，崔安昌還能抱有一絲僥倖心理。可現在只剩下五個人，感覺概率像是翻了個倍一般。

他還不想死。

不，是絕對不能死。絕對不能——

他必須要活著才行，必須要活下去……哪怕一分一秒也好，必須要活下去。

因為這是他不得不做的事，他的生命，早已不屬於他自己了。

所以，不能死，絕對不能死在這裡。

崔安昌開始渾身發抖，他能感覺到自己的血壓正在逐漸升高，他能感覺到自己的血液正在全身流動，它們在沸騰、在蒸發、在衝擊著自己的後腦——

只有五個人了……五分之一……如果抽中自己的話，到了那時候……

「我明白了！」

魏雙雙大喊道，然後舉起了手，將所有人的目光都吸引了過去，其中也包括崔安昌。

「這上面說的是那起連續殺人事件。」

她正看著房間中央的一塊石碑。

石碑中央是空了一塊的四乘四拼圖。

何琨瑤試著用手去拉了下，發現每一小塊石板都沒辦法往外拉動，只能橫向和縱向移動。光是看現在的樣子，只能勉強認出正確的圖像應該是由漢字和數字寫成的。這些漢字和數字被切割打亂之後，依舊能辨認出一些來。比如其中一塊石板，上面寫著徐字的上半部分，以及王字旁的一部分。

此外，還有個小細節是，在拼圖上方的中央位置，標著一個數字0。而拼圖的左側，則是按照順序標了1、2、3、4。

「我玩過這個呢，是不是利用那個空格，把石板推來推去，最後拼出答案來？」淩幽幽興奮地說道。

「就是這樣。」

魏雙雙依舊是很不開心的樣子，看來還在為上一階層的事而生氣。

這時候，何琨瑤正準備伸手去擺弄拼圖。

「醜女把手拿開！這裡讓我一個人就可以了。」

她是名偵探，所以這座機關塔裡的所有的謎題，都只能由她一個人來解開。她要讓魔女知道，就算是犯規的謎題，作為名偵探也是絕對不會放棄的。她一定要解開這些謎題給魔女看看，什麼才是真正的名偵探！

「我說你——」

「滾開！」

她粗魯地把何琨瑤推開，一個人站到了石碑前。

被狠狠推開的何琨瑤因為一手抱著熊玩偶，沒能把握好平衡，朝後倒了下去。本來就站在她後面的崔安昌卻一動也不動，眼睜睜地看著何琨瑤摔倒在了地上。

「啊。」

在另一邊的唐繼和過來扶起何琨瑤時，崔安昌才如夢初醒一般醒了過來。

「沒事吧？」

「沒事。不過我也累了，想去旁邊休息一會兒。」

唐繼和和何琨瑤雖然在對話著，但他們倆都在偷偷地看著崔安昌的方向。他們顯然都注意到了崔安昌有些心事，而這絕不是什麼好的徵兆。

何琨瑤要退到一邊的目的當然不是因為害怕魏雙雙，只是她的頭腦收集到了大量的資訊，必須要找個安靜的地方好好整理一下。以現在崔安昌的狀態，應該是不能聽她說了，於是她只好自己獨自一人思考，以觀察著所有人行動的方式。

在扶起了何琨瑤之後，唐繼和到了淩幽幽的身邊。雖然她未必是自己喜歡的那個女孩，但如此相似的容貌，還是讓他忍不住起了保護之心。看淩幽幽離即將爆發的魏雙雙那麼近，他下意識地擋在了兩人的中間。

不過魏雙雙沒有像大家擔心的那樣馬上爆發出來。在破解謎題的時候，她身上的氣焰多少收斂了一些，語氣也似乎恢復了一些平常的狀態。

她一邊移動著石塊，一邊大聲地說著自己的想法。顯然，她希望的聽眾不是在場的其餘四人，而是控制著這座機關塔的主人——機關魔女．卡莉。

「看到徐玥這個名字的時候我就知道了，因為這起案子是我來這裡之前正在辦的案子，而且就發生在我所住的那個地方。」

徐玥是案子的第一個被害人，也是魏雙雙印象最深的一個。

徐玥是個剛上幼稚園的女孩，因為剛出生的時候營養沒跟上，所以顯得有些瘦小。為了照顧這個孩子，全家人可以說是費勁了心血。不管是去幼稚園還是回家，都會由媽媽親自接送。

某一天回家的路上，因為時間還早的緣故，媽媽帶著徐玥到附近公園玩。剛好遇到了一位朋友，於是兩人便聊了起來。平時這時候徐玥都會乖乖地一個人在旁邊的大型玩具上玩，所以這次媽媽也放心地讓她一個人去了。

可等到媽媽和朋友告別，回頭去叫孩子的時候，卻發現在大型玩具上蹦蹦跳跳的孩子中，唯獨找不到自己孩子的身影。

媽媽被嚇壞了，在大型玩具周圍找了很久，依舊沒有找到徐玥。意識到事情不對勁的她趕緊報警。

接下來，警方的調查給了這位媽媽相當大的衝擊，她的孩子被一個看不清楚臉也分辨不出性別的人帶走了，犯人的全身都遮得嚴嚴實實的，過了幾個街區後，監控錄影上就再也看不到了。

這位誘拐犯沿途經過的地方都經過了嚴密的搜查。大約過了兩天左右，才總算在一幢廢棄的寫字樓裡發現了徐玥的屍體——兇手把孩子的血全都放乾了，積滿灰塵的地板上滿是已經乾涸的血跡。孩子的所有隨身物品都遺留在了屍體的邊上。

發現屍體之後，警方一直將其當成是獨立的誘拐案件調查，但在魏雙雙看來，他們已經誤入歧途了。

在這個世界上，也只有魏雙雙發覺了其中的秘密，敏感地嗅出了這起案件與其他幾起案件的共同點。

被害人趙潔，五十四歲，在自家的別墅中被發現遇刺身亡。喜歡養寵物的她家中有不少貓貓狗狗，還養著一些不太常見的熱帶魚。兇手沒有拿走家中所有值錢的物品，也沒有傷害被害人的寵物。據警方瞭解，被害人是當地有名的富婆，為人和善，只會因為寵物而發脾氣，但就算這樣也不會粗魯地罵人，只是語氣急促用詞冰冷一些，不會有人因此而感到羞辱進而殺人的。排除其他可能之後，警方把調查方向放在了遺產上，結果一無所獲。

被害人紀蘭雪，三十三歲，公司白領。因為很討厭男性的緣故，所以至今未婚。被害人和另外一位對婚姻失去希望的女性同居，兩人一直關係密切。某一天晚上，室友將男友帶入家中，正要宣佈結婚的時候，被害人和室友的男友發生了矛盾，並一口咬定他是騙室友結婚。爭吵之下，被害人一時衝動離開了住處，到第二晚仍未回來，於是室友報警求助。結果在河灘上發現了她的屍體。據推測，案發的第一現場是橋洞底下。雖然警方的第一判斷是遇到了搶劫犯，但被害人的錢財沒有丟失，也沒有遭遇性侵的痕跡，她平時也基本不和男性交往，所以也沒有男友作案的可能。最後警方還是往被拒絕的追求者上考慮，結果自然是什麼也沒查到。

所有這些被害人都有一個特點——兇手沒有別的目的，就是為了殺害這些被害人。而且他的作案手段都是刺傷被害人，放走她們的血，靜靜地等待她們死去。

魏雙雙得出了結論，這位兇手一定是一位變態殺人狂，因為某個心理創傷，兇手以某個共同點為基準，連續殺害了不同的目標。而最讓她犯難的正是這個共同點——除了作案手段外，幾乎沒有一致的地方。

不過對於名偵探魏雙雙來說，這種程度的謎題，最多也只會困擾她一兩天罷了。實際上，她在第二天的上午就得出了結論——

年齡。

在每個**年齡段**內，都會有一名被害者。

3

差不多只過了一分多鐘，魏雙雙就把拼圖完成了。果然如她所料，拼圖上面寫著的正是她所知道的連續殺人事件的被害人。

魔女驗證了她的想法。

徐玥，多利大廈，9.8
趙潔，新城又一別墅，2.4
紀蘭雪，心惠橋下，4.19
江文娟，樹旁，5.17

整個房間開始震動起來。石碑底下的地面開始向上抬升，將石碑送往了上面的房間。震動尚未停止，彷彿是整個機關塔正在解體一般。

如果困著他們的這座機關塔真的解體就好了。在五人之中，自然有人會這麼希望。

可事與願違，在持續不停的震動之後，一切恢復了正常。就和上一階層一樣，他們所在的地面開始抬升，天花板向四周打開。等到他們被送到下一個房間後，機關塔才停止了震動，回歸了平靜。

在這個正方體房間裡，一面牆上等間距地擺設有四塊石碑，每塊石碑上都有一個光芒被透明罩遮蓋住的水晶球。在正對面的另一面牆壁上，開著一扇雙開門，門的兩側有兩個寬寬的鈍邊直角鉤子，不知道是什麼用途。

而在房間的正中央，是一棵高高的假樹，樹前還有一個標識出來的圓形區域。

就在魏雙雙想要上前一探究竟的時候，聞到了一股怪味道。

「快站上去！」

何琨瑤的表情第一次有了如此明顯的變化。她及時下令，讓淩幽幽站上去。但以淩幽幽的思考迴路顯然做不到。這時候唐繼和眼疾手快，飛快地撲到了樹前的圓形區域上。

雖然從房間的四角飄上來的淡綠色的煙霧忽然就消散了，但湊近看看仍能發現幾縷細細的有色氣體從下面飄散上來。

「希望不是毒氣就好了。」

這時候唯獨唐繼和還能這樣開玩笑吧。

第三階層：購物清單

1

唐繼和站在圓圈的位置上，控制著不知藏在何處的氣體開關。淩幽幽走到了他的邊上，仰著頭看著什麼東西。

順著她的視線向上看去，剛好可以看到一塊垂著的木牌——木牌的上端靠一根繩子緊緊地繫在了樹枝上。

「快讀出來吧。」

她聽從了唐繼和的命令，輕聲將木牌上的字念了出來。

這裡是利又惠購物廣場！在這裡你能買到任何你能想到的東西，快來享受絕妙的購物之旅吧——

雖然我很想這麼說，但我留下這塊牌子的目的不是為了給購物廣場打廣告，而是我遇到了一點麻煩。

簡單來說就是，我需要你們幫我去買點東西。至於要買什麼，看看後面的石碑不就知道了？看到我的需求，然後去相應的店鋪，從裡面拿出鑰匙，再回來開鎖。你瞧，就是這麼簡單的填空題，只不過空格成了鑰匙孔。

好好享受吧！這可能是你們最後一次的購物了。以此為零點，開始你們的購物之旅吧！

「這就是題目了？」

唐繼和示意淩幽幽過來交接位置。離開了圓圈後，唐繼和走到了魏雙雙的邊上，注意著她的反應的同時，伸手仔細地摸了摸石碑表面，尤其是名字下方的鑰匙孔部分。經過仔細的確認，裡面絕對沒有暗藏任何機關。

何琨瑤也到了石碑旁，將石碑上的內容很快地掃過了一遍，隨後帶著淡淡的微笑離開了。不用說，何琨瑤已經明白了題目的答案，這讓唐繼和有些擔心地看著魏雙雙。好在，後者並沒有因此而發怒。不如說，此刻的魏雙雙似乎根本就沒有心情去管何琨瑤。她一心只想證明自己的偵探實力，除此之外不作他想。

而最後的崔安昌，雖然也站在一塊石碑前正在思索著什麼。但任誰都能看得出，他的心思已經不在這上面了。他在想一些更為深遠，讓他憂慮萬分的事——誰都能想像到的，關於他今後的命運。

石碑上的內容如下——

Xu Yue

徐玥

孩子這個年紀要注意好她的去向，而不是依靠我們店的東西，連這點小事都沒有理解，而且還要來惹事情，您還是去打官司吧。

Zhao Jie

趙潔

請把你們的老闆叫出來，就我剛才說的溫度調節問題，讓他自己看看是怎麼回事！

Ji Lan Xue

紀蘭雪

那種男人到底有什麼好的，按理說她不應該會喜歡這種男人！如果是那個男人先用這東西騙到她那就說得通了，骯髒的男人！

Jiang Wen Juan

江文娟

請你幫我找個合適的顏色吧，天藍色看上去不錯，讓人想到夏威夷的海邊！

「我已經把東西都記下來了！」

在所有人都靜悄悄地沒說話的時候，凌幽幽卻讀不懂氛圍一般炫耀似地叫了起來，語氣中充滿了驕傲與自豪。

唐繼和轉而去看魏雙雙的臉，果然，那張臉上寫滿了憤怒。必須要岔開話題才行。於是唐繼和拉開了凌幽幽，稍微有些大聲地問道：「你不是在圓圈那裡嗎？怎麼跑過來了？」

與此同時，他將視線移到了凌幽幽原來站著的地方。現在坐在那裡的，是崔安昌。

「那位先生自己要求和我換的。他說自己有點累了，想在樹下坐一會兒。」

魏雙雙低聲罵了句笨豬後，逕直朝著門口走去了。

還好，魏雙雙沒有爆發出來。唐繼和鬆了口氣的同時，內心產生了一種奇怪的感覺——自己為什麼要保護這個未曾相識的女孩呢？只是因為她長得像小雨嗎？

「喂，你們愣著幹什麼，想被留在這裡嗎？」

這還是到了這一階層來魏雙雙第一次和別人說話，說話的語氣比原來還要暴躁。果然，魏雙雙還沒有擺脫上一階層的打擊。

所有人都默不作聲地聽從著她的指令，逐漸向門口靠近。因為必須要留下一個人站在圓圈那裡的緣故，五人中唯獨崔安昌沒有起身。

何琨瑤不動聲色地從坐在樹下的崔安昌身旁走過。

他低著頭，臉上的陰翳讓她看不清上面的表情是什麼。但想必一定是不安、驚恐與憂愁的表情。

雖然很遺憾，但何琨瑤確實想過要救他的。

2

四人一起將雙開門拉開後，眼前的場景深深地震撼了他們的心。就連喜怒不形於色的何琨瑤，也因為這一壯觀的場景而微微張開了嘴巴。

眼前是一片奇妙的空間，是由各個飄浮在空中的島嶼——不，其實是一家家商店——以及錯綜複雜的電動扶梯和樓梯所組成的立體迷宮。而他們所在的這個迷宮的下方，則是一個深不見底的深淵。深淵底部傳來轟隆隆的巨大響聲，彷彿是有一隻巨獸正潛伏在下方，覬覦著食物的到來。

何琨瑤想做一個試驗。

面前的兩座扶梯之間剛好有個空白的區域，她朝那邊走去，一步不停地向前走去，哪怕前方是沒有底的深淵。

「快停下來——」淩幽幽喊道。

何琨瑤走到了平臺的邊緣，卻不得不停下來了。

正如她所料，前面是空氣牆。雖然撞上去不會有劇烈疼痛，但是它能阻擋想要繼續前進的人。

回過神來時，身後的雙開門已經牢牢地關上了。

「你在做什麼啊，這樣很危險的。」

唐繼和雖然說著關心的話，但是從他的眼神中卻一點也看不出關心的色彩。他的心裡想著，如果這裡能少個人的話，自己就多一份活下來的可能了。

「沒什麼，做個實驗而已。」

於是何琨瑤也不落下風地答道，特意強調了自己的行為是有依據的。

與此同時，魏雙雙又拿出了沒有菸絲的菸斗，裝模作樣地放在了嘴邊。沒過一會兒，她將菸斗拿開，指了指左邊的扶梯。扶梯通往相當高的地方，站在下面完全看不到上面通往何方。

「上去看看吧。」她簡短地下了命令。

這是非常正常的指令，因此就算是何琨瑤，也一句話沒有說地跟上去了。唐繼和也是如此，因為在這裡團隊合作是必須的。可是本應該隨波逐流，別人讓她做什麼她就做什麼的淩幽幽，此刻卻停在那裡一動不動。

注意到淩幽幽沒有跟上來的唐繼和叫住了另外兩人，一隻腳已經踏上扶梯的魏雙雙也被何琨瑤拉了回來。三人就這樣在扶梯前停下來了。

看著淩幽幽有些呆滯的神情，魏雙雙滿心的怒氣就要發洩出來了。她猛地甩開了何琨瑤的手，然後氣沖沖地走到淩幽幽的面前，一把抓起了她的衣領。

「笨豬，你又想怎麼樣？」

「我只是覺得這個迷宮像一幅畫一樣，很好玩——」

「閉嘴，我沒在和你開玩笑！」

魏雙雙正要對淩幽幽動粗的時候，唐繼和衝上前去，抓住了魏雙雙正要揮動的右手，隨後又抓住了她的左手，試圖讓她放開淩幽幽。兩隻手都被控制住的魏雙雙總算是放下了淩幽幽，但她的怒氣依然通過言語爆發了出來。

「從第一層開始，你就一直在和我作對。聽好了，我才是名偵探，這裡是我的舞臺，不是你的，也不是那個醜女的。」

身後傳來何琨瑤慵懶的辯護聲。

「我現在沒說話吧。」

「你也閉嘴！」

魏雙雙朝身後吼了一句，隨後又轉回來看著淩幽幽的眼睛。

「你這個感情遲鈍的廢物，說說看為什麼要和我作對？」

「我……我也不知道現在在做什麼，所以……」

唐繼和也趁機解圍。

「我覺得她說得有道理。我不反對一起行動，但是你必須告訴我們要注意哪些東西吧？這是團隊合作，所以請你把所有知道的資訊都公平地告訴我們。」

「是啊，向大家發表演講，解答謎題，這不才是名偵探應該做的事嗎？」

何琨瑤的聲音依舊讓魏雙雙很惱火。但她這次沒有再計較了。確實，在大家面前進行推理也是名偵探的職責，魏雙雙差點把這個給忘了。

於是魏雙雙極不情願地開始了自己的推理。

3

關於徐玥的資訊，其推理如下——

重建因果關係，徐玥的父母認為通過店鋪的某樣物品能知道孩子的位置——或者用原文的話，「孩子的去向」。

首先可以排除的是一切與定位相關的物品，因為當時警方調查的結果是，孩子的所有隨身物品都在案發現場，如果真有定位工具存在的話，警方一定能更快找到孩子的位置。這件物品也並非是防誘拐的工具，因為不管是手錶還是別的，防誘拐工具的核心之一就是定位。

也就是說，這樣物品並非運用了定位功能，而是以另一種方式實現了孩子與父母之間的聯繫。並非是以父母聯繫孩子的方式，而是孩子聯繫父母。

只要擁有這樣物品，孩子在走丟的時候，就可以單方面聯繫父母了。說到這裡，答案已經很明顯了。

是**手機**。

徐玥的購物資訊提示的，是一家手機店。

關於趙潔的資訊，其推理如下——

趙潔為人和善，很少和人發生矛盾。她最關心的是家裡的寵物，也只會因為寵物的問題和別人發火。就算是發火，也不會罵人，只是語氣變得冰冷起來。以上的描述不是和購物資訊中一樣嗎？

資訊中的趙潔，是因為寵物的問題而和店家發生了矛盾。

接下來考慮這裡是購物廣場，並非是大型家具市場，應該不會有空調、冰櫃之類的物品，應該是小一號的和溫度有關的某樣東西。同時，也和寵物有關。

考慮到趙潔的家中養著熱帶魚，答案就很明顯了。是魚缸裡的**恆溫器**。

因為購物廣場可能不會有單賣這類物品的店鋪，因此更有可能的是，這家店鋪賣的是一切和寵物相關的東西，例如飼料、項圈之類的。

關於紀蘭雪的資訊，其推理如下——

拋去帶有紀蘭雪的主觀「仇男」意識之後，可以發覺紀蘭雪認為室友的男友是靠某樣物品將她的室友騙到手的。從紀蘭雪的角度來看，兩人的感情並非是通過日積月累的交流，而是某個關鍵的物品。

於是我們可以得出，這樣物品可以直擊紀蘭雪室友的薄弱之處。

另外一個細節更加能說明問題。

紀蘭雪與室友的男友之間發生矛盾的時候，室友正要宣佈結婚。也就是說，室友那時候並未說出結婚的事宜，可紀蘭雪卻馬上理解了。為什麼呢？因為她看到了某樣東西，這樣東西足以證明他們要結婚了。

是**戒指**。

紀蘭雪的室友與她不同。紀蘭雪是因為厭惡男性而不願結婚，可她的室友卻是「對婚姻失去了希望」。在紀蘭雪的想像中，原本失去希望的室友會不會因為男友遞出的戒指與承諾而重新燃起希望呢？很有可能。

於是這就是紀蘭雪的購物資訊提示的店鋪，一家首飾店。

關於江文娟的資訊，根本不需要推理，答案就在眼前。

是**旅行箱**。

需要找到的，是一家賣旅行箱的店。

以上，就是關於購物資訊的解答了，分別暗示了四家店鋪，而這四家店鋪裡，應該就有解開外面房間那四座石碑的鑰匙。

第三階層：真正的謎題

1

購物廣場的迷宮比想像中的還要複雜。

有時候到了平臺上，卻發覺這是店鋪的背面，正面在另一個方向上，因為兩側沒有立足點的緣故，想去另外一邊還要繞一個大圈子。有時候從自動扶梯下來後緊接著就是一段樓梯，跟著樓梯上上下下後，又發現繞回到原來的位置上。有時候下了扶梯，眼前是一排的店鋪，而且每一家店鋪的門口都裝有一部扶梯，通往不同的地方。有時候本以為順著這條路徑可以到達目的地，結果只是視覺上的錯覺，實際上兩者根本就在不同的地方。

店鋪之間的高低落差，只可單向移動的自動扶梯，以及分出不同岔路的樓梯，這三個基本元素構成了這個龐大而又複雜的迷宮。

還沒到三十分鐘，體力最弱的何琨瑤就走不動了。

「只會拖大家的後腿，你怎麼不去死？」

面對如此尖銳的譏諷，何琨瑤淡然說道：「因為魔女不讓我死。」

從剛才開始，他們就陷入一個死迴圈中。只能沿著自動扶梯來回打轉，路上的轉捩點都是些小平臺，完全看不到出去的路，也不知道他們是怎麼闖進來的。這種離不開的焦躁感也是讓魏雙雙非常暴躁的原因之一吧。

在這個易怒的偵探發作之前，唐繼和先在扶梯旁坐了下來，還招呼淩幽幽一起休息一下。

「這樣下去只是白白消耗體力，不如坐下來想想該怎麼辦吧。」

這是正確的提議，魏雙雙也沒辦法反駁，只是氣呼呼地叼著菸斗雙手環抱著靠在了扶梯上。

「我想名偵探可能已經看出來了，這是一個簡單的盲點。我們是從一個不太醒目的地方上來的，然後順著自動扶梯走。因為自動扶梯這個目標太過醒目，所以我們接下來就會一直往自動扶梯上走。每次的平臺也都不大，給我們這裡什麼都沒有的錯覺，這就是如此設計的目的。」

「我知道了！」淩幽幽一隻手抱著膝蓋，舉起了另一隻手，「是在扶梯下面吧？我們從扶梯下的樓梯走上來之後，拐了個彎上了扶梯。然後再次經過這裡的時候就會因為習慣了上扶梯的動作而直接走上去，結果就沒注意到扶梯背後的樓梯了！」

「正是如此。」

「嘿嘿。」

魏雙雙氣得都快咬碎菸斗柄了。

「閉嘴，我知道你想說什麼了。」

「先別急著走。」

何琨瑤叫住了離開位置的魏雙雙，引來了後者不善的目光。

「有事就快說，醜女。」

「趁此機會，我們不如分析一下現在的情況吧。魔女喜歡設置陷阱我們也不是不知道。這次只經過簡單的推理就得到了答案，顯然是不可能的。」

「我早就知道了。」魏雙雙壓抑著怒氣說道。

沒錯，魏雙雙不會再上當了，她也知道真相不可能這麼簡單。但問題是，她不知道真的解答是什麼。如果又是像上一層那樣是個文字遊戲的話，她也沒辦法了。

所以她真的很煩躁，煩躁到了看誰都看不順眼的地步。這個機關塔裡的謎題她一個也沒辦法解開，而最後能解開這些謎題的，肯定是這個醜女。一想到又要被醜女占盡風頭，她就更來氣了。

何琨瑤絲毫不在意魏雙雙向自己投來的不友善的目光，悠然地向大家問了個問題。

「回想一下我們一路上看到的店鋪吧，都是什麼樣的？」

迷宮中所有的店鋪都是一樣的，而且從玻璃櫥窗看進去也都是一樣的——空蕩蕩的未經裝修的房子裡，貼著一塊樸素的地毯，地毯的正中央是一把鑰匙。而所有的店鋪，都只有正面一扇門，而且都被U型鎖鎖上了。店門口還有一處不一樣的圓圈圖案。

至於店鋪的招牌和相關資訊，都以備註的形式貼在了外牆上。

店鋪的種類很多，品牌也很多，還真有一種購物廣場的感覺。比如著名的服裝品牌蒂森、海倫、俏佳人、金色之家，運動品牌邁克爾、四分之一、鏢人，速食店麥德基、薯條王，寵物用品店愛寵，花店奈良，手機店有為等等。

備註上除了店鋪資訊外，還特別標註了店鋪裡的鑰匙能打開哪家店的門口，而打開這家店的鑰匙在哪家店鋪裡。

「我們還沒有走完整個迷宮，可能也走不完了。但從我們已經看到的店鋪的模樣，基本也能推測出來了吧？所有的店鋪都是外面上鎖，而裡面有鑰匙。也就是說，這是一個大型的連環密室。我們遇到的問題依舊是上一層的問題，所有的鑰匙都在密室內，我們的手上根本沒有打開這些密室的鑰匙，這是一個無解的問題。」

何琨瑤的話還沒說完，魏雙雙就有了行動。

「你要去哪裡？」唐繼和連忙起身問道。

「回去。答案很簡單了，鑰匙在外面啊。」

說完，魏雙雙一個人轉過身去跑上了扶梯。何琨瑤雖然想叫住她，但轉念一想還是沒有出聲，任由她一個人跑出去了。

「醜女，你們還在那裡幹什麼？給我過來！」

在魏雙雙的咆哮聲中，何琨瑤才總算抱著熊玩偶站起來了。她用右手拍了拍裙子上的灰塵，走到了唐繼和和淩幽幽的面前。

「我們也走吧。接下去的話在門口說可能會更好。」

2

他們花了和來時近乎無差的時間才回到出發點。魏雙雙先於眾人一步，急沖沖地奔向門口。

「別跑太快了，名偵探。」

何琨瑤在後面說道。她已經累到快站不住，發出的聲音也開始顫抖了，但臉上還是勉強裝出沒事的樣子。

魏雙雙試著推開門，但顯然是遇到了麻煩。

唐繼和讓淩幽幽照顧何琨瑤後，連忙上去幫忙。他的手正要去碰門把手的時候，被魏雙雙的手給撞開了。

「別碰了，沒有用。」

顯然，魏雙雙此刻已經到了快要爆炸的極限。

而觸發爆炸的那個人，可想而知正是她的死敵何琨瑤。

「從我們進來的那一刻起就該考慮到了吧？一切都在魔女的計畫之中，能夠做到這件事的人只有一個──」

「閉嘴醜女！」

忍無可忍的魏雙雙直接上手了。她先是甩了何琨瑤一個巴掌，然後抓起她的頭髮，將她推到了空氣牆上。何琨瑤的左手因為抱著熊玩偶的緣故沒辦法幫上忙，只好用右手來抵抗，但這種程度的抵抗根本微不足道。魏雙雙拽著她的頭髮把她推倒在地上，然後用腳去踢她的側腹。

如果是淩幽幽被毆打的話，唐繼和一定會義無反顧地上前解救。可如今身處險境的是何琨瑤。雖然他也想上去幫她，但在這之前，他不得不權衡一下自己這麼做的利弊。

至於淩幽幽，雖然慌忙跑過來勸架，可以她的性格根本就沒有插手的餘地，更別提攔住魏雙雙了。

在這段時間裡，魏雙雙對著橫躺在地上的何琨瑤又踢又踩。因為何琨瑤兩隻手都在緊緊地抱著熊玩偶的緣故，所以只能任由魏雙雙對自己施加暴力。她的腰部被踩了好幾下，肋骨這裡也疼得不行，左手的手臂更是快沒知覺了一般，如此痛苦，讓何琨瑤想起了那一天。

「你懂些什麼？你現在才幾歲啊？上高中了嗎？還抱著個玩偶幼稚得要死，居然還敢和我作對。知道我是誰嗎？我是本世紀最大的名偵探魏雙雙，不是什麼小角色。你給我把這個名字好好地記在心裡！」

魏雙雙終於停了下來，氣喘吁吁地看著倒在地上的何琨瑤。

何琨瑤想站起來，卻因為腰部的疼痛而做不到。於是，她只能微微直起上半身來，仰望著魏雙雙那張扭曲的臉。魏雙雙明明也是個清秀的女孩子，卻偏偏做出這種表情來。

「對人施暴很快樂嗎？那時候你也是這麼對我的，逼問我有沒有看到兇手。」

聞言，魏雙雙的表情忽然凝固了。她的確見過眼前的這個小女孩，而且這個熊玩偶也似曾相識。

被腦海中的某個想法所吸引，她不由自主地伸出了手，抓住了何琨瑤胸前的熊玩偶——就算她被打倒在地也不肯放手的熊玩偶。

沒錯，在她的大腦深處，確實有這麼一段記憶——大概是初中生的女孩，穿著洋娃娃一般的黑色蕾絲邊連衣裙和黑色長筒襪，抱著一個有些破舊的等身熊玩偶，就算被拳打腳踢也不肯放手。

「我想起來了，」她喃喃地說道，「你是何琨瑤？苗玉蘭的女兒？」

一雙大手用力地抓住了她的手腕，讓魏雙雙回過神來。眼前正是何琨瑤的那張臉龐，不過何琨瑤平日那傲然的表情如今已經看不到了，現在的她完全像是個受傷的小女孩，眼角處還掛著淚水。

魏雙雙往下看去，發覺在那雙大手之下，自己的手正抓著那個熊玩偶的脖子，試圖將其從何琨瑤的胸前搶過來，而何琨瑤的兩手，也緊緊地勾住了熊玩偶的脖子，以一副要將其勒死的架式。

「好了，都冷靜一下吧。」

某人似乎說了什麼，但魏雙雙已經完全聽不到了。

她發現了一個事實，一個讓她驚訝，但也讓她狂喜的事實。

魏雙雙已經全部想起來了。不管是眼前這個醜女的名字，還是和她有關的那起事件，以及兩人之間究竟有什麼糾葛。

原來是這樣啊，怪不得那個醜女會處處與她作對，魏雙雙終於找到了原因。

不僅如此，她也想起來了一件事。

當時那個初中女孩也是這樣，無論如何都不會放開她的熊玩偶，因為——

那個熊玩偶是何琨瑤唯一的弱點。

想著自己的新發現，她不由得偷偷地笑出了聲來，原先因何琨瑤而感到的恥辱如今看來就像個笑話。

何琨瑤根本就不是什麼厲害的人物，一直以來都是在裝腔作勢，實際上只是個普通的初中生而已。

根本就沒有什麼好怕的，她魏雙雙依舊是這場遊戲的主角。

所以魏雙雙放開了手，恢復了往日的自信。她將菸斗從口袋裡掏出來，裝模作樣地放在嘴邊吸了幾口後，悠然說道：

「我不是瞎子，我早就看到了。魔女知道在這一層崔安昌會跟我們分開，所以故意設計了這樣的謎題。因為在我們五人之中，唯一能**同時**控制毒氣的機關和將雙開門封閉的人，只有一個，那就是崔安昌。」

3

在那四人進去之後，崔安昌就開始行動了。雖然一旦離開了樹下就會有毒氣洩漏，但那也是暫時的。

他要做的就是把自己的**義肢**卸下來，卡在雙開門前——那兩個木鉤子簡直是量身定做的——然後回到樹下的圓圈上坐著。或許是因為做了違背良心的事，他的心臟怦怦地跳得很快。

為什麼要這麼做呢？

當時的他也不知道，只是忽然有了要這麼做的想法。現在他明白了，自己是為了活下去。

沒錯，到了現在這個時候，誰會被選中成為這一層的犧牲者，已經不再是小概率了。五個中的一個，和六個、七個、八個完全不一樣！就算自己僥倖活下去了，他也不敢保證，自己能活到最後。

因為自己在這場遊戲中沒有任何作用，是個可有可無的人。

第一階層的謎題是解開天花板上的繩索，崔安昌的右手是不具有功能的假肢，所以如此精密的活動，他根本做不到。之後要往回爬上電梯，他也完全做不到。

所有的一切都是靠那個連名字都不知道的女孩完成的。

如此沒有用處的自己，自然是第一個被排除的對象。他能活到現在或許還要感謝魔女大人的仁慈。

所以和那時候一樣，他開始逃避了。

只要把他們都困在裡面，然後慢慢地等下去就可以了。雖然因為剛才的動作而讓毒氣洩漏了一些出來，他也肯定吸進去了一些——因為他現在覺得心跳加速、呼吸加快——但應該還不致命，不然他早就應該死了。

沒有人解開謎題自然也是死，但比起通過這一階層被選中而死，還是在機關塔裡寂寞地餓死顯得不那麼急迫。

想到這裡，崔安昌自嘲般地輕笑了起來。

自己原先可是不怕死的，願意四處冒險，憧憬著那些絕處逢生的英雄。所以他也一直期待著自己有朝一日也能完成探險的夢想。

結果，就是那次探險，不僅讓他丟掉了一條手臂，還將對死亡的恐懼深深地刻入了他的骨髓之中。

面對死亡的無力感，在死亡面前暴露出來的善與惡，如今回想起來依舊記憶猶新。

機關塔之外的故事：遇難（下）

1

自從發現木頭帶著食物和道具逃跑之後，團隊內的氣氛一下子降到了極點。隊長和小虎都沒有再說什麼話，而黑熊也明白一切都是自己的錯，不敢發表什麼意見，只是安安靜靜地趴在小虎的背上。剛加入的崔安昌，自然也沒有膽量在這時候說些無關痛癢的安慰。

事情比大家所想像的還要糟糕，密集的叢林一方面遮擋了視線，另一方面也讓他們無從判斷方位。再加上小虎還要背著無法行走的黑熊，就算他再強壯，也沒辦法以正常的步行速度走一天。

高大的枝葉伸展交錯，綠葉所編織成的網遮蓋了大部分的天空，不知道太陽究竟位於何方，唯一能知曉的也只有天色漸漸暗了下來這個簡單的事實。

「今天就到這裡吧，我去試試看能不能找點食物。」

聽到隊長的命令，小虎一聲不吭地停了下來，略顯粗暴地將黑熊丟在樹下，自己去準備帳篷了。崔安昌之前認識的小虎是個非常活躍的人，在酒吧裡的時候也一直能聽到他特徵性的大嗓門。在叢林探險的過程中，他的聲音也能給崔安昌一種踏實的安心感。

可現在，小虎只是默默地做著手頭的工作，從表情上也能看出，他正在生氣。

隊長的背影消失了一陣，沒多久又出現了。他朝著這邊揮了揮手，示意崔安昌過去。

他當然聽從隊長的命令，跟著隊長往遠處走去。可沒走幾步，隊長將他攔了下來。

「小心點，前面是懸崖。」

懸崖？

聽了隊長的話，再去看眼前的景色，崔安昌才恍然發覺眼前的叢林並非是接續在這片土地上的，而是長在另一邊的峭壁上。就算是白天也會看錯，更不用說晚上了。

隊長小心地向前挪動身子，最後趴在地上，慢慢地朝前伸頭。崔安昌也學著他的樣子往懸崖下看去。結果在那下面看到一個人影，以及一個大大的背包。

「是……木頭？」

「他連夜逃跑的時候沒看清路，結果摔下了懸崖吧。」

隊長的聲音中帶著些許遺憾，崔安昌也不知道該說些什麼好。

「事到如今，我們也拿不到他帶走的東西了。木頭也真是，既然那麼聰明，為什麼就想不到和我們一起走呢。」

兩人從地上爬起來，隨後隊長意味深長地拍了拍崔安昌的後背。

「我是隊長，一切的責任都在我身上。所以我會讓所有人都活下去的，特別是你。」

——因為崔安昌是被他騙進來的。

崔安昌什麼都沒有回答，直接回去了。

2

第三天的夜晚就這樣悄無聲息地降臨了。

黑熊因為受傷的關係，早早地就睡著了。剩下的三人在他的旁邊，一方面是看守帳篷，警愓有沒有大型野獸的出現，另一方面也是要好好談談了，這是小虎的原話。
小虎沒有顧及大家的情緒，直接就把話挑明了講。
「我的觀點只有一個，丟下黑熊。因為你是馮邵峰，你是隊長，我們是多年的朋友了，我才會這麼說。」
隊長沒有回答。他對小虎的話沒有感到任何意外，也許他早就想到小虎會這麼說了。
——我會讓所有人都活下去的。
「好，不說話是吧？那我就接著說，黑熊哪裡沒了都無所謂，偏偏是腿。沒了腿，我們也不可能給他坐輪椅，就算木頭還在，憑他的手藝做出個拐杖也沒用，黑熊這人已經完全廢了，帶著他我們根本走不出去。你覺得我們今天一天走了多遠？你覺得除了我，你和新人哪個能背著他走上半天？也就木頭還聰明，早早地逃了。要不是咱倆還是朋友，我肯定跟木頭商量商量，讓他帶著我一起走。」
「會有辦法的，食物……食物可以路上採，運氣好還能抓到些動物，生火也不是什麼難事。雖然我們都不專業，但也都是對探險有興趣的人，一些基本的知識也不會不懂。」
小虎拚命地搖頭，然後不耐煩地閉起了眼睛，猛地捶了下桌子，嚇得隊長全身震了一下。
「安靜一點，會吵醒黑熊的。」
小虎根本就沒把崔安昌的話聽進去。
「你沒聽懂我說的話嗎？不是食物的問題，也不是生存技能的問題，而是黑熊他現在就是個累贅。他現在能幹活嗎？他現在能獨立走路嗎？不能！不僅不能，而且我們還要供著他，因為他受傷了還要給他吃更多的東西，而且他還會拖慢我們的速度，一天下來根本就走不了多遠。帶著他，我們就永遠別想離開這裡了。」

「食物從我這裡扣就好了。設置陷阱也好，採果子也好，全都包在我的身上。我們現在只是迷路了，但生存的基本方針沒有變，所以請再給黑熊，給我一個機會。」

小虎沒有回答。

大家不歡而散。

當天晚上崔安昌失眠了，他想了很多事，很多很多事，關於自己的工作，和自己的夢想，最後都會回到現實之中，回到同伴們的臉上。被毒蛇咬傷不得不砍下腿的黑熊，墜落懸崖的木頭，將責任攔在自己身上的隊長，還有想丟下黑熊的小虎。

不知不覺間，他睡著了。他本能地覺察到了什麼，一旦睜眼或許又會有什麼意外的事發生。但他沒有勇氣出門看看情況，也沒有勇氣叫醒隊長。於是他只能勉強閉著眼睛，安慰自己不會有事的，然後逼著自己快點睡著。

結果，他預想中最不好的事還是發生了。

第四天，崔安昌早早地醒來了。他一出帳篷就看到了小虎的身影，正想著要不要打招呼的時候，他的目光被小虎身上的某樣東西牢牢地抓住了。

他瞪大了眼睛，不願意相信眼前的場景。

恰巧這時，隊長也出來了。他也看到了小虎身上的東西，二話不說直接去了黑熊的帳篷。

「總有一天，你們知道我這麼做是救了你們，也是救了他。」

說著，小虎用自己的衣角擦了擦刀尖上的血跡，然後將其深深地插在了地上。

很快隊長就出來了。崔安昌也想去看，但被隊長的身體擋住了。

「吃過早飯就出發吧。」

隊長平淡的聲音之下，暗藏著無盡的悲傷與遺憾。

黑熊被小虎殺死之後又過了三天，餘下的三人依舊在叢林中沒有方向地打轉。

雖然崔安昌的心情很沉重，但不可否認的是甩下了包袱之後他們確實加快了速度。可這座叢林就像是迷宮一般，他們繞來繞去就是繞不出這個地方。偶然在能看到太陽的地方可以大致判斷一下方位，可走著走著又偏離了原來的方向。

經過長時間的消耗，而食物又無法填補這些消耗，沒有人還能保持著十足的動力和精力。到了現在，他們的行走速度變得越來越慢。

最先倒下的是小虎。

一行人中就數他吃得最多，也消耗得最快。崔安昌陪著他在樹下休息，而隊長則去不遠處採果子了。

周圍傳來了什麼動靜，崔安昌隱約地感覺到了。起先他以為是小虎，但後來又覺得這動靜有點遠，像是有人在周圍走動。他開始懷疑是隊長，可隊長這時候應該在正對面採果子才對，怎麼會在背後呢？

幾乎是同一瞬間，他察覺到了身後的危險而起身，而兩匹灰狼一擁而上抓住了尚未明白發生了什麼的小虎。

「啊！」

在慘叫的同時，他幾乎是本能地伸出了手，就像是在求崔安昌帶他逃跑一般。

崔安昌也伸出右手，想要握住他，可就在兩手相碰的前一刻，他退縮了。

下一秒，小虎就被三匹狼撲倒，而從兩邊又衝上來兩匹狼，其中一匹咬住了崔安昌還留在半空中的右手。

「快閃開！」

身後傳來了隊長的身影，可崔安昌根本不敢動彈。他看著隊長抬起手，用力地將手中的刀朝著咬著胳膊的灰狼砍下。這匹灰狼也很靈敏，在刀快砍中牠腦袋的前幾秒挪開了頭，結果鋒利的刀刃砍在了崔安昌的手臂上。

隊長飛快地拔出了刀，向著另一匹正覬覦著時機衝上來的灰狼揮去。這一下雖然沒有力道，但也嚇退了牠。同時，咬著崔安昌胳膊的灰狼一使勁，崔安昌的傷口被慢慢地撕開了。

「不好意思了，新人。」

隊長一邊說著，一邊再次朝著原先的傷口揮刀，砍下了崔安昌的右臂。

那匹叼著手臂的灰狼重心不穩摔在了地上。趁此機會，隊長拉著崔安昌飛快地逃跑了。一邊逃還一邊用另一隻手揮著刀，威嚇那匹試圖追擊的灰狼。

興許是已經捕獲了獵物的緣故，後來那些灰狼都沒有追上來。

「血腥氣會很危險的，用這個包紮一下，快。」

隊長沒有停下腳上的速度，飛快地跑著。而崔安昌用左手將繃帶纏在了右臂的斷端上。右臂被撕咬、被砍斷的時候沒有太強的疼痛感，可現在卻從手臂上傳來劇烈的疼痛，而且他甚至感覺自己的右手正隨著激烈的奔跑而擺動著。

在晃動的視野中，唯有隊長抓著他的手往前跑的身影分外鮮明，而那身影又和剛才小虎的臉重合在了一起。

那時候，他收回了手。

他居然因為畏懼死亡而丟下了自己的同伴。
就像是木頭帶著所有人的食物逃跑了，就像是小虎趁夜殺死了缺了一條腿的黑熊。死亡的陰影，想要活下去的欲望，以及對於人類美好本性的背叛。
崔安昌沒來由地感到害怕。
他第一次真正面對死亡，也由此開始害怕死亡。

4

又過了多久呢？崔安昌不知道，因為從不知何時開始，他再也記不清日期了。他甚至絕望地想到，自己可能永遠也離不開這個地方了。
小虎死後隊長一直悶悶不樂。除了幾句必要的話之外，他再也沒有說過別的了。因為崔安昌缺了右手的緣故，不管是設置陷阱還是採果子都是隊長在做，每次都是隊長把食物送到崔安昌的面前。
一路以來，崔安昌一直都在擔心隊長會不會丟下自己，就像小虎當初所做的那樣。雖然隊長曾說過想讓所有人都活著這樣的話，可那說不定只是口頭之快。真正面臨生死的危機時，隊長還是會自保的吧。
可如今不依賴隊長，崔安昌也不可能活下去。所以儘管不放心，他也從沒有表現出來，只是祈禱著隊長不會改變想法。
就這樣，兩人堅持了很久很久，久到說不清是幾週了。在那之後的某一天，他們終於看到了馬路。

「出來了！出來了！終於！隊長，我們出來了！」

崔安昌終於如釋重負一般長歎了口氣，興奮之情溢於言表。

可隊長只是笑笑，一點也看不出脫離險境的喜悅，或許是他的神經已經麻木了吧。

崔安昌扶著隊長，瞇著眼睛看著路的盡頭有沒有車子開過。

有的，有一輛車正從遠方朝這裡駛來。

明知這個距離對面一定看不到，但崔安昌還是讓隊長靠在自己的肩膀上，然後用剩下的左手伸手攔車。明明車子的速度很快，可怎麼望就是望不到他開過來。

之後又過了多久呢？肯定沒有他們被困在叢林裡的時間久。

副駕駛座的窗子開了，從裡面伸出一隻手。裡面的人正翹著大拇指，應該是看到了崔安昌他們吧。

「太好了，我們還活著，太好了，隊長。」

崔安昌看了看靠在肩膀上的隊長，笑容漸漸凝固了。

「隊長？」

他晃著隊長的身子，可是沒有反應。

「隊長？隊長！」

崔安昌沒抓穩，隊長的身子就這麼癱軟地倒下去了。

他已經死了。

「隊長！」

——我會讓所有人都活下去的，特別是你。

「隊長！」

所有的食物都是由隊長去採集的。不知何時開始，食物就不夠了。隊長並不熟練，但隊伍裡沒有比他更熟練的了，所以他只能這麼做，省下自己的食物，全部給同伴們。

他根本就沒有打算拋下任何人，也不會在最後殺死崔安昌，因為他想讓所有人都活下去。

他沒能阻止木頭摔下懸崖，沒能阻止小虎殺死黑熊，沒能阻止小虎成為狼群的食物，但至少，他讓崔安昌活下去了。

「隊長！」

車子停下來了。駕駛座上有人下來了。他們站在了崔安昌的身旁。

可崔安昌完全沒有察覺到，只是趴在隊長的屍體上痛哭著。

他害怕死亡，不再只是因為死亡所帶來的虛無了。

這一刻起，他將帶著在此遇難的四人的生命，一同活下去。

第三階層：第一階層的線索

1

購物廣場的迷宮內，四人間的氣氛已經恢復了不少——至少表面上是如此。

爆發之後的魏雙雙又恢復了他們認識的模樣，洋洋自得地接連說了不少她早已明白魔女用意之類的話。從擊倒了何琨瑤的那一刻開始，她心中的陰鬱就已經一掃而空了。這個機關塔內她才是唯一的主角，如今魏雙雙又確認了這一點。下一步，就是破解魔女的謎題，和她進行正面的較量了。

何琨瑤的恢復速度也很快。雖然頭髮還是亂糟糟的，裙子也沒有理好。但脫離了魏雙雙的暴力之後，她也一如既往地恢復到了原來冷漠的神態。凌幽幽想說些安慰的話，也被她直接拒絕了。

不僅如此，她像是什麼事都沒發生過一般，找上了魏雙雙。

「魏雙雙，既然你說你知道了魔女的意圖，那麼請你說說，如今我們該怎麼辦？這才是大家最想知道的事。」

「哦？終於喊我名字啦？說話能不能再恭敬點啊？」

「我沒有向你屈服的打算，也不會這麼做。但現在我們是集體行動，而且就算沒有你，我也可以帶著他們走，所以在你的手上並不存在能要脅我的籌碼。」

「到了這時候還想挑釁我嗎？」魏雙雙不懷好意地笑了，「信不信我把你的小熊搶過來——」

魏雙雙忽然伸出了手，不過何琨瑤早就料到了一般後退一步，抱著熊躲開了她的攻擊。

「我從一開始就沒有挑釁你，只是說出事實罷了。」

何琨瑤用眼神傳達出她堅定的意志。

魏雙雙輕笑一聲，以她無比寬宏的胸襟原諒了何琨瑤。反正掌握了何琨瑤弱點的她，想什麼時候徹底擊倒她都沒有問題。

沒有了敵人，神清氣爽的她思路也清晰了起來。沒錯，就像往常那樣，一切線索都已經自動歸位，主動呈現在魏雙雙的眼前了。

「依舊是這位魔女所擅長的文字遊戲。」

關鍵在於謎題中的「填空題」這一說法。「空格成了鑰匙孔」，這句話就是最大的提示。

沒錯，所謂的購物清單實際是一道填空題，而且範例甚至都寫在石碑上了。

以徐玥為例，她的石碑是這樣寫的。

Xu Yue

徐玥

孩子這個年紀要注意好她的去向，而不是依靠我們店的東西，連這點小事都沒有理解，而且還要來惹事情，您還是去打官司吧。

如果依樣畫葫蘆的話，取下面的每個分句裡第一個字的第一個拼音字母的話，就會得出這樣的答案——

Xu Yue

徐玥

（海倫 Helen）

孩子這個年紀要注意好她的去向，而不是依靠我們店的東西，連這點小事都沒有理解，而且還要來惹事情，您還是去打官司吧。

Helen，才是真正的答案，指的是店鋪名為海倫的店。

剩餘的購物清單也可以用同樣的方法解決。

Zhao Jie

趙潔

（俏佳人 QJR）

請把你們的老闆叫出來，就我剛才說的溫度調節問題，讓他自己看看是怎麼回事！

Ji Lan Xue

紀蘭雪

（奈良 Nara）

那種男人到底有什麼好的，按理說她不應該會喜歡這種男人！如果是那個男人先用這東西騙到她那就說得通了，骯髒的男人！

Jiang Wen Juan
江文娟
（四分之一QTR）
請你幫我找個合適的顏色吧，天藍色看上去不錯，讓人想到夏威夷的海邊！

這四家店，才是真正的答案。

2

聽完魏雙雙的解答，何琨瑤面無表情地鼓起了掌。

「你這傢伙，是不是就打算跟我對著幹？」

「沒有，以你的水準已經做得不錯了。」

「你這醜女——」

何琨瑤不顧魏雙雙的叫嚷，悠然走到平臺的正中央，面對著前方的購物廣場迷宮。

「雖然正確，但卻缺少了一部分。」

何琨瑤回過頭來，面對著大家。

「不知道諸位注意到沒有，在我們剛進入這一層的時候，有一個拼圖謎題。在謎題板的左邊標有從1到4的四個數字，正上方還有個0。」

唐繼和點點頭，因為這些數字有些突兀，所以他記得很清楚。

「其中只有0的位置不太一樣，是在中央對吧？有人想過是為什麼嗎？如果1是指徐玥，

2是指趙潔，3是指紀蘭雪，4是指江文娟，那麼0是指什麼呢？」

沒有人回答這個問題。

「那我們再來看看現在的這個位置。徐玥、趙潔、紀蘭雪和江文娟這四個名字恰好是石碑上的謎面吧？這裡面會不會有什麼深意呢？或者換句話說，0是不是也在這一層呢？」

「可是0又能表示什麼？」魏雙雙咬著牙憤憤說道。

「這還不簡單嗎？哪裡有字，就是指哪裡。0所代表的，是它所在的那一列。」

0

1　徐玥，多利大廈，9.8

2　趙潔，新城又一別墅，2.4

3　紀蘭雪，心惠橋下，4.19

4　江文娟，樹旁，5.17

「你們都忘記了嗎？多利大廈、新城又一別墅、心惠橋下、樹旁，怎麼樣，想起來了嗎？0所對應的，是**利又惠樹**啊。是利又惠購物廣場門口的那棵樹。

「還記得那個掛在樹上的謎題牌子嗎？最後提到了『零點』二字，或許也是雙關語。既是旅途的起點，又是0的意思。」

在場的所有人都愣住了，顯然沒有人想到那棵樹居然成了0所代表的東西，而且很快他們也意識到，自己依舊不明白這代表了什麼。

「那棵樹怎麼了？這是什麼順序嗎？」唐繼和問道。

「沒錯，就是順序，從0到4，我們要按著這個順序，踩在圓圈上。」

說到這裡，魏雙雙恍然大悟。不管是在那棵樹下，還是在迷宮裡的店鋪門前，都有這種圓圈，也就是說要讓他們先後站在上面。

因為會有毒氣洩漏的關係，所以崔安昌必定會為了自保而站在圓圈上，如此一來，範圍之外的0就達成了。剩下的，就是在迷宮內的四人分別先後踩上四個圓圈，來觸發某個機關了。

「喂，醜女，你說有沒有這種可能，這裡其實是**處刑房間**。」

「看來你也不笨。」

魏雙雙眼看著又要發火了，被淩幽幽連忙攔住了。

「別激怒她了，很危險的。」

淩幽幽用天真的聲音勸何琨瑤。

至於何琨瑤，則一點也不在意那邊的動靜，繼續往下說道。

「正如名偵探所說，魔女的規則裡也提到了，每一個階層分為謎題房間和處刑房間，但是規則裡沒有說明處刑房間一定沒有謎題。實際上，處刑房間是可以有謎題的，正如我們眼前的這座迷宮。」

何琨瑤的解答告一段落，餘下的空白時間裡，唐繼和也在思考著。

「0是利又惠樹，1是海倫，2是俏佳人，3是奈良，4是四分之一。那麼我們是要分成四路嗎？」

「分成四路應該沒辦法控制好順序，我猜這些空氣牆還有隔音的功能，我們可以馬上測試一下，但應該不會錯。」

「那麼你的意思是？」

「一起出發，按照順序找，每到一個地方就留下一個。」

「可是……」

除了何琨瑤外的三人不約而同地望向那個龐大的迷宮。

「如果有捷徑就好了。」淩幽幽委屈地說道。

「捷徑？或許有吧。」

何琨瑤自信地說道，又一次將所有人的目光都吸引了過去。

「當然這也是你們不知道的資訊。我在上一層問出了崔安昌的往事，得知他在年輕時參加過一個探險隊伍，並在叢林中遇難。其餘四人先後死去，最後只有崔安昌活了下來。從此以後，他一個人背負了四人的生命活著。」

魏雙雙第一個反應過來，可何琨瑤無視了她。

「四人死去，只有崔安昌活下來了。而現在，崔安昌作為零點正站在利又惠樹下，在迷宮裡的也恰好是四人……」

「也就是說，」魏雙雙抬高聲音壓過了何琨瑤，「我們要按照當時的死亡順序是吧？1是徐玥，對應著第一個死亡的人……」

「考慮到崔安昌代表著0，或許應該是倒著來。」

「那麼1號的徐玥，對應著最後一個死去的人。可是這不是把謎題複雜化了嗎？那些死去的人是誰，又和這裡有什麼關係？」

「欸！」

淩幽幽突然的驚叫聲將所有人的目光都吸引了過去。

只見她歪著脖子，在正中央的位置凝視著眼前的迷宮。

「是那幅畫！」

「畫？」

淩幽幽興奮地跑去將魏雙雙拉到平臺正中央的位置上。

「偵探！你看！是不是我們房間裡的畫？哼哼，一進來的時候我就說了吧，這個迷宮很像一幅畫！」

唐繼和也一起過去了，他也在第一層的房間裡看過那幅畫。那時候秦雨雯還活著，他們當時還在那個房間裡……

被淩幽幽這麼提醒，確實如此。只要角度合適，自動扶梯、樓梯以及店鋪三者就會構成類似於第一層的那個死亡順序的謎題中出現的畫。

而且，叢林，死亡順序，四個人……所有的一切都對上了！

「那時候是偵探破解了死亡順序之謎吧！還記得是什麼順序嗎？」

「當然記得！我現在就可以指給大家看……」

魏雙雙興奮地拍拍自己的胸脯。

「而且那時候名偵探還否定了我的意見，堅持原來的看法哦，很厲害吧！」

僅憑這句話，何琨瑤就露出了一副什麼都知道的神情。

「哦？請繼續吧，讓我們聽聽當時名偵探的推理吧。」

與挺起胸膛的淩幽幽相比，此刻的魏雙雙臉都紅透了。儘管如此，她還是保持一貫的傲慢。

「關於那個謎題，我後來又想到了一種解法，所以實際的順序是……」

背負著四人的生命活下去，或許初衷確實是這樣。但是不是因為執著於此，自己的心發生了改變呢？

坐在樹下的崔安昌反思著自己。

自己是不是成了只要能活下去，不管做什麼都可以的人呢？因為探險而丟掉了工作，求職屢次失敗，最後在催債公司裡混日子。沒有妻子，沒有朋友，只是渾渾噩噩地度過每一天。

在催債公司裡，他遇到過不少絕望的人，也見過不少屍體。有時候，崔安昌甚至覺得，是自己逼著他們走上了絕路。可他很快又會心安理得地想，這都是為了自己能活下去。

可現在回想起來，自己這樣難道不是踩著其他人的命活下去嗎？和當時獨自逃跑的木頭，殺害同伴的小虎，見死不救的自己有什麼區別？

要不是剛才那個小女孩提到了往事，讓他想起了那段難忘的經歷，或許他就會這麼一直錯下去吧。

可現在也來不及了。他不會讓那四人出來的，不會讓他們五人再登上上一層。五人，真是一個諷刺的數字。

可一切都來不及了，他已經這麼做了，他要將所有人都困在這一層。

毒氣所帶來的後遺症，或許就是對他這樣的見死不救之人，所給予的懲罰吧。

機關塔之外的故事：見死不救之人A

1

事件發生在五月十七日。

那一天，崔安昌在傍晚時分的公園裡散步。這一帶地勢偏僻，人煙稀少，大多數都是附近的居民在這裡散步聊天，很少見到年輕人的身影。

崔安昌自然不會是他們的一員，他來這裡只是為了見一位網友。

網路交友最近在他這個年紀的人中間也有不少受眾，但崔安昌絕非對此抱有興趣。他只是偶然間在網上遇到了一個年級比他大上十幾歲的老人，兩人時不時地聊聊罷了。

這次見面也是對方先提出來的。

所以他現在有些煩躁，因為他實際上不想和網友見面，也沒有興趣瞭解對方。但在對方的強烈要求下，他以速戰速決的心態，百無聊賴地到公園裡來了。

或許也是因為這種心態的作用，他比約定時間早了大概半小時左右就到了約定地點。

拐上約定好的那條無人的小路時，他忽然注意到在一棵不起眼的樹下，有一對男女正在那裡相擁而立。因為被樹的陰影遮擋著，因此崔安昌看不清兩人的臉。

這裡雖說是老人們的天堂，但偶爾也會有附近的情侶來幽會。不起眼的樹蔭下正是那些年輕戀人們最喜歡去的地方。所以起先崔安昌並未在意。

可後來他發覺，那棵樹不就是他和未曾見面的網友約見的地方嗎？

為了確證自己的猜測，他故意走過他們身旁，注意了一下兩人的容貌。面對著他的那個女人年紀有點大了，確實有點像那位網友，而背對著自己的男人則是一頭黑髮，看上去很年輕。

究竟是怎麼回事？

崔安昌停了下來。這時有什麼東西在兩人的身體中間發出亮光。他偷偷摸摸地瞄了一眼，竟然發覺那是一把水果刀。仔細看的話，鮮血正從傷口處緩緩流下，應該是剛刺進去不久。

這時候應該報警？還是應該叫救護車？或者是直接上前抓住那個兇手？可是那人手中拿著刀，如果貿然上前的話，只怕自己也會喪命於刀下。

崔安昌明白自己不能死。雖然那女人一直在看著自己，雖然那女人一直在期待著什麼，但崔安昌還是什麼都沒有做，甚至連救護車和警車都沒有叫，就這麼直接逃走了。

2

第二天的晚間新聞報導了這起殺人事件。

在某公園發現了死者江某，被一名持刀歹徒用水果刀刺殺。雖然有位偵探告訴警方這起事件也是連續殺人事件的一部分，但該案兇手的行兇方式卻與她所說的前三起事件完全不同。

當崔安昌看到「連續殺人事件」的字眼時，忽然安心了不少，甚至覺得自己的選擇是正確的。

他很在意這起事件，幾乎用了一天的時間去網上搜索資料。然而這起案件畢竟是小公園裡發生的不足為奇的強盜殺人案，基本上找不到一點線索。最後還是在一位自稱為偵探的奇怪高中生的博客中，找到了相關資料。

連續殺人事件的第四名被害人——江文娟。

得知自己完全沒有出現在警方的調查中之後，崔安昌徹底安心了。

第三階層：啟動

1

比起焦急的魏雙雙，何琨瑤顯得悠然許多，就連唐繼和凌幽幽也受其感染，毫不慌張地沿著他們觀察到的路線前進。

「你們不能走快一點嗎？」魏雙雙責問道。

「這時候急也沒有用。」

「就是就是！」凌幽幽附和道。

過了將近二十分鐘左右，四人才到了1號地點，也就是第一階層的畫布上最後一個死亡的人所在的位置。正如他們先前所討論的那樣，店鋪的名字是海倫。

何琨瑤第一個告別了隊伍。

「我累了，這裡就讓我留下來吧。我會一直站在這裡的，讓我等多久都沒有問題。」

餘下三人繼續前進。

望著他們的背影，何琨瑤靠著店門口緩緩地坐下來了。

現在所有人都離開了，她終於不用再偽裝自己，可以盡情地哭了。

何琨瑤的臉埋在熊玩偶裡，只有嗚嗚的嗚咽聲微微漏了出來。她的淚水滴在了玩偶的身上，很快就被毛絨吸收，看不到了。

魏雙雙是她的仇人，在那起案子裡，也是這個人對她拳打腳踢，奪走了她的熊玩偶。這個玩偶是她唯一不能丟棄的東西，是她最後的保護膜。一旦玩偶被奪走了，何琨瑤就徹底失去了防禦，變得不堪一擊了。

所以她不想讓別人發現自己的弱點，對任何人都是如此。

結果，還是被魏雙雙發現了。

就算能到上一層，恐怕自己也會成魏雙雙的掌中玩物吧。

像之前那樣毫不留情地嘲諷魏雙雙，也難怪會被她記恨在心了，可這也是何琨瑤唯一能夠報復的方式了。除了自己的頭腦還有點用，可以借此來嘲笑魏雙雙之外，別的她真的什麼都做不到。

說到底，她一點也沒有表現出來的那麼堅強，恰好相反，她沒有什麼安全感，一直以來都是依靠著別人活下來的，不管做什麼事，都是借著別人的手才能做到。

在這座機關塔裡，她表現出來的唯一真實的東西，恐怕就是她的表情吧。她確實已經沒有什麼喜怒哀樂了，因為這些情感的變化在她身上說不定早就消失了。有人死了也好，有人消失了也罷，這些都無法讓她的心情產生一點波動。因為她的感情早就已經葬送在了過去。

「我究竟還能活多久呢。」

淚眼之中，何琨瑤喃喃地說道。

2

剩餘的三人爬上一座扶梯，然後又換了兩次自動扶梯，繞了一個大圈子，最後才到了2號地點，也就是俏佳人。

「我會看好偵探的，請放心吧！」

凌幽幽高興地舉起手來。

「那好吧，我也會等在這裡的。」

於是唐繼和留在了俏佳人的店鋪前。

終於要經過第三階層了。唐繼和鬆了口氣，感覺自己已經非常疲憊了。

周圍沒有了其他人，全身心投入在謎題上的唐繼和也多少能放空一下自己的大腦，讓自己充分地休息一下了。他不知道自己究竟能不能活到下一層，但如果能活到第四階層的話，他不得不為了應付之後的謎題備好體力才行。

該做的都做完了，計畫也制定好了。這下真的沒有該做的事了，於是他的大腦開始胡思亂想起來。

秦雨霏和秦雨雯，這兩個名字好像很久沒有在他的思考中出現過了。明明一個是他願意與之結婚的人，一個是死纏爛打甩也甩不開的人，可是像這樣徹底放開了兩人，現在好像還是第一次。

要問原因的話，也很簡單。自從第一階層見到凌幽幽之後，就從她身上看到了小雨的身影。這個世界上真的會有這麼巧的事嗎？剛好出現一個幾乎一模一樣的人？但是凌幽幽不可能是小雨，性格不太像，而且小雨也早就去世了，因此凌幽幽絕不可能是她。

可儘管如此，唐繼和還是不止一次地做了預料之外的事。

他是個冷漠的人，基本不會因他人而動情，更不要說主動去幫忙了。然而在機關塔裡，他不止一次地去幫凌幽幽。而且因為魏雙雙這顆定時炸彈的存在，他變得很在意魏雙雙的一舉一動——當然不是為了何琨瑤，而是擔心凌幽幽被波及。

為什麼會這樣呢？他想不明白，真的不明白。難道僅僅是兩人長得像嗎？真的是這樣嗎？

他仰起頭來，看著上方的店舖和扶梯，以及空無一物的真正的虛空，自言自語地道出了心中的困惑。

「淩幽幽，你到底是誰呢？」

3

最後只剩下淩幽幽和魏雙雙兩人了。

名偵探急於抵達終點，而那個無憂無慮的笨蛋卻把這當作是散步。她一邊哼著歌，一邊邁著輕快的步子，完全沒有緊張感。

「你這個笨蛋，給我快點啊！」

終於，魏雙雙忍不住吼了起來。

「好！來了！」

淩幽幽聽話地小跑幾步追上了，可後來又慢慢落下了隊伍，每次都要魏雙雙在前面等她。磕磕絆絆之中，兩人總算是到了3號地點奈良。

「這次要誰留下來呢？偵探一個人能找到最後一處地點嗎？」

「別小看我！聽好了，我是中國最著名的名偵探魏雙雙，這種小事我怎麼可能做不到！」

魏雙雙說著，把淩幽幽推到了圓圈上。

事實上確實如此，因為4號地點就在不遠處，只要登上一座自動扶梯就能到了。下了扶梯後左轉就是4號地點，無論是誰都能簡單地看到吧。

「真是的，這種程度的謎就連笨蛋都能懂吧？一點也配不上我名偵探的名號。」

魏雙雙發著牢騷，站上了圓圈。

剎那間，整個購物廣場劇烈地震動起來。

4

如此壯觀的場景恐怕再也沒機會見到了。數個扶梯和樓梯從中間折斷，被店鋪所在的浮空島拉著向下方的虛空墜落而去。剩下一些完好的扶梯和樓梯，則是拉著浮空島在空中或上或下，原先不同的幾家店鋪拼接在了一起，原先在一起的又被拆了開來。

於是在迷宮的不同部分上下左右的拼接之下，一條嶄新的路就此誕生。而在路的盡頭，是先前所見的那條長長的自動扶梯，一直通到上方的虛空深處，彷彿是要帶領他們前往天國一般。

店鋪前的四人離開了圓圈。

拼接之後，他們剛好在一條直線上，只要環顧四周就能發現彼此的位置。很快，四人一起確認了大家的存活。看來，第三階層被選中的死者，就是購物廣場外面的崔安昌了。

曾經的探險小隊，其餘四名同伴相繼死去，最後留下崔安昌一人活在世上。而現在，他們逆著這個順序，從最後一名死者開始，倒退到了第一名死者所在的地方，最後抵達崔安昌所在的0，這不就像是在逆著他的那段經歷而來嗎？

最後活下來的，是崔安昌之外的四人。這是否也有著某種含義呢？

機關塔內倖存的四人聚在了一起，在一片殘骸之中，向著天國的階梯而去了。

第四階層：博物館與數字密碼

1

第四階層是一間博物館。

一進門，映入眼簾的就是散佈在大廳內的大大小小的展覽臺。這些展覽臺或是柱狀，或是臺狀，高低不齊，分佈不一，放在一起展覽的物件之間也看不出什麼規律來，像是某人信手一放似的。雖然大多數展覽臺上都會有玻璃罩罩著，但是有少部分的會像美術館的一些展品那樣放在地上，周圍用一圈紅繩圍著。雖然沒有人試驗過，但他們都明白就算是這些展品也是被擋著的，原理應該和上一層的空氣牆差不多。

最後的四位倖存者漫步其中。

魏雙雙的視線粗略地掃過玻璃櫃中各不相同的展品。她對這些展品的內容沒有任何興趣。魏雙雙從來都不擅長對付這些繁雜而沒有規律的東西，因此她早早地就放棄了思考，除非這些東西與謎題相關。

在這些展覽品的中央，一個空著的展覽臺顯得格外醒目。魏雙雙敏感地察覺到了不同之處，快步走到這個空的展覽臺前。很快，她就發現了這個展覽臺的下邊是一塊顯示幕。

八人的共同點是什麼？

這並非是這個階層的謎題，因為下方的密碼處是一塊數字鍵盤，答案是四位數字，顯然無論是哪四個數字都無法解答這個問題。這不過是一個提示而已。在人數已經縮減過半的現在，他們應該開始考慮這個問題了。

何琨瑤也到了顯示幕的邊上，看到這個問題時，她不動聲色地露出了微笑。

正如她所預料的那樣，魔女並非是無緣無故地挑了若干個人進入機關塔，而是有個共同的目的。關於這個目的究竟是什麼，何琨瑤已經差不多明白了。但她沒打算把自己的發現告訴任何人。

沒錯，何琨瑤現在就可以把真相告訴在場的所有人，徹底破壞魔女的計畫。魔女會沒有料到自己可能這麼做嗎？當然早就料到了。魔女之所以不做任何防備，原因就在於她早就猜到了何琨瑤是不會說的。

如果一切都是必然的話，那麼魏雙雙也一定會被懲罰的。被發現了弱點之後，何琨瑤已經失去了最後的武器，她再也無法制裁自己的仇人了。那麼剩下的唯一手段就是借助魔女的力量。

通過魔女之手來殺死魏雙雙。

此刻，唐繼和和凌幽幽正在觀察四面牆上的四扇門。這四扇門都是大型的雙開門，門把手是鑲金的，門板本身也有華麗的雕飾，擁有一種高貴的氣質。當然，這些門都被鎖住了，但是右側都有一個密碼盤，需要輸入兩位數字才能解鎖。而所有這些雙開門的上方，分別都有一個標識。

魏希仙與凌幽幽展廳。

唐繼和與秦雨雯展廳。

江如鶯與顧洛城展廳。
何琨瑤與崔安昌展廳。

首先，唐繼和注意到了「魏希仙」這個名字。

這個團隊裡當然沒有叫這個名字的人，但是這個名字卻和某個人的名字很像。

凌幽幽也注意到了這一點，兩人不約而同地看向魏雙雙。

魏雙雙一直以來都隱藏了自己的真名嗎？她為什麼要這麼做？這個名字背後有什麼深意嗎？

無論是唐繼和還是凌幽幽都不想主動在魏雙雙面前提起這個話題，於是他們兩個默契地決定，等到時候再去問。

除了「魏希仙」之外，還有兩個名字讓他們很在意，那就是「江如鶯」與「顧洛城」。無疑，這兩個名字屬於第一階層的那具屍體和屍體旁的胖子。但是這兩個名字分別對應誰呢？

「我們在第二階層的時候看到了顧洛城這個名字吧？那麼會不會指的是那個胖哥哥呢？」

凌幽幽的聲音聽上去像小女孩一樣天真。

不過確實如她所說。那時候看到的謎題應該和現實有些聯繫。既然如此的話，考慮到被欺凌的現實，很有可能是顧洛城吧。

唐繼和這麼說道，認同了凌幽幽的看法。

隨後兩人一起回頭，看到魏雙雙和何琨瑤都集中在中央的一個展覽臺前，便一起小跑著過去了。

四人集合到了一起，分享了各自的發現。既然無論是中央的顯示幕還是四周的雙開門都需要數字密碼才能解開，那麼問題就在於這個數字究竟是什麼。

魏雙雙最頭疼的事果然還是發生了。她相信，答案就藏在這些散落在大廳裡的展覽品上。

2

四人自覺地分散開來，在展覽品中間穿行著，他們左右看著這些毫無規律的物品，想要從中尋找出一些規律來。

淩幽幽看到了一雙運動鞋、一本破舊的筆記本、一個摔壞的指南針、一束鮮花，還有一把椅子。

唐繼和來到其中一個展臺前，目光死死地盯著掛在天花板上的一支乳白色雨傘。

魏雙雙站在大廳的一角，注視著眼前那個敞開著後門，露出內部擔架和急救包的救護車。

何琨瑤無意間看到了展臺上一個小小的手工編織的零錢包，呆愣地看了許久。

當然，這些東西都是複製品，不可能是現實中存在的物品。因為這些承載著他們回憶的東西，有的早已被丟棄，有的被破壞，有的已經再也找不到了，這些東西是絕對不可能出現在這裡的。

念及此，何琨瑤發掘了一個再顯然不過的結論。

——八人的共同點是什麼？

這不是一個單純的謎題。這個問題的本質，是讓他們交流過去的經歷，從過去中尋找破解這個房間謎題的答案。

是啊，這一路上不都是這麼解決問題的嗎？過去，一切都和過去有關，不管是何琨瑤的，還是崔安昌的，亦或者是唐繼和和秦雨雯的。所有這些謎題，都是根據他們的過去來設計的。

所以，他們現在要做的只有一件事。

「大家不妨把自己熟悉的東西挑出來吧。最好能有個人做個記錄。」

唐繼和和魏雙雙同時想到了某個人，而那個人也很自覺地高舉起自己的右手，像個積極回答問題的小學生一樣。

「讓我來吧，我可以很輕鬆地記住所有物品的位置哦。」

「那就拜託你了。」

「等一下。」

唐繼和想到了一個關鍵的問題。

「我和秦雨雯的應該怎麼區別呢？」

「到時候自然會明白的。對了，」何琨瑤的目光找到了魏雙雙的方向，「那個胖子和你接觸最久，他的東西就拜託你了。崔安昌的東西就交給我好了。等我們都認領完了，剩下的應該就是第八人的。」

雖然魏雙雙不想聽命於何琨瑤，但是當下最關鍵的問題還是尋找謎題的突破口。在這點上兩人目標倒是一致的。反正對於魏雙雙而言，隨時都可以解決何琨瑤，如此一來反而沒有那麼在意她的言行了。

十多分鐘後，漫步於展覽品中的四人將和自己有關的物品逐個報給了凌幽幽。當他們三人說完了六人份的展覽品後，凌幽幽忽然興奮地跳了起來。

「是數字啊！」

「什麼數字？」

魏雙雙下意識地問道，而何琨瑤則是馬上反應了過來，隨即露出了正中下懷般的微笑。

「是——」

「閉嘴，醜女！」

被魏雙雙呵斥之後，何琨瑤第一次沒有反擊，而是忍氣吞聲一般地收起了自己的鋒芒。第一次看到何琨瑤主動退讓，魏雙雙顯得尤為興奮，因而一反常態地用第一階層的稱謂叫起了淩幽幽。

「助手你繼續說。」

「我是魏雙雙的助手嗎？」

「別廢話了，快說！」

「啊——好！」

於是淩幽幽解釋起了如果將不同人的物品連接起來，會看到不同方向的八個數字。唐繼和對應著2，秦雨雯對應著4，魏雙雙對應著2，顧洛城對應著8，何琨瑤對應著6，崔安昌對應著9，淩幽幽對應著2，江如鶯對應著1。

因為所有雙開門的上方都寫有兩個人的名字，所以不同展廳的密碼，應該就是展廳內容所代表的那個人物的數字。

這樣一來又產生一個問題，這些數字究竟是如何排列的？是按照展廳的牌子上所寫的先後，還是另有別的規律呢？

「要不就隨便賭一個試試看？」

唐繼和的提議遭到了魏雙雙和何琨瑤的同時否決。

「你的腦子是被吃了嗎？」「魔女已經留好一條路了。」

何琨瑤走向了「魏希仙與淩幽幽展廳」，唯獨這一組的兩個數字都是2，因此沒有順序之分。這或許也是魔女的安排。

在進入展廳之前，唐繼和想起了名字的事。他猶豫著不知道該不該問，畢竟這個問題的答案也不會影響什麼。在他考慮再三的時候，天真的淩幽幽竟然直接地問出了口。

「說起來，雙雙偵探，為什麼你不用自己的真名呢？」

「我這個名字可沒什麼意義在裡面。做為偵探，總要有個假名吧？萬一被人盯上就麻煩了。」

魏雙雙輕描淡寫地說道。

但她心裡明白，這是絕對不能說出口的事。絕對不能。

3

魏希仙的父母都死於強盜之手。

那天魏希仙剛好在朋友家做客，因此逃過一劫。當她回到家，看到家門口圍著很多員警時，一種從未有過的恐懼感向她襲來。她丟下自己的包，想要跑進自己的家，卻被員警攔住了。與此同時，她看到有兩具屍體從裡面被抬了出來。

「他們倆脾氣挺好的，也很照顧我們，沒想到就這麼雙雙丟了性命。」

一片混亂之中，魏希仙唯獨聽到了附近一個老人說的這句話。

——雙雙丟了性命。

後來，警方的調查遲遲沒有進展。熟人作案和強盜作案的可能性都難以排除。焦急地想要尋找到答案的魏希仙決定放棄員警，學著推理小說中的偵探角色，想靠自己的力量找出兇手。

從這天起，她的名字就變成了魏雙雙，為了悼念自己的父母，也是為了表達自己想成為偵探，探尋真相的決心。

她每天都在想著案件的事，生活中的任何小事她都會往案件的方向想。

有一天，她發現了自己的同學有個奇怪的地方，而且越想越覺得可疑——知道自己當天不在家，來過自己家做客，而且兩人之間發生過矛盾，關鍵對方是體育特長生，就算在偷襲中殺死兩個成年人也不足為奇。

於是魏雙雙找到了那個同學，質問她是否就是兇手。畢竟大家都是初中生，對方的心理承受能力沒有那麼強，被指認之後馬上就自暴自棄地承認了。

兇手並非和魏雙雙的父母有仇，而是和魏雙雙本人有仇，這確實是一個盲點。這次成功讓魏雙雙堅信，自己擁有偵探的才能，而員警都是愚笨的，正如推理小說中所寫那樣。

從那天起，她就踏上了探究世間一切真相的偵探道路——至少一開始是這樣的。

第四階層：四個展廳

1

魏希仙與淩幽幽展廳。

進門後第一眼見到的是地上的兩具屍體。

一男一女正仰天躺在地板上，一個人歪著脖子，喉嚨口被劃開了一道長長的口子；另一個人則是胸前開了一個紅色的洞。

僅是看了一眼，魏雙雙就明白了這兩具屍體究竟是誰。

已經那麼多年過去了，在他們倆死後，魏雙雙連一張照片都沒拿出來過，差點連他們的模樣都記不清了。此刻見到了多年未見的父母的臉，魏雙雙的眼中竟閃過一片淚花。

不過這種懷念的感情轉瞬即逝。她馬上像是什麼也沒發現一樣，指著地上的屍體，回過頭去問淩幽幽：「你認識這兩人嗎？」

「哎？我失憶了，所以不知道。」

「我不認識的話，多半是和你有關吧。」

如此強調式地撇清了屍體和自己的關係，何琨瑤幾乎瞬間就明白了其中的聯繫。但她不像之前那般直接去嘲諷魏雙雙，而是躲在一旁冷笑。

魏雙雙說完之後，便漠不關心地轉身到了一側的大型展覽櫃旁，拉動繩子，在繩子的牽引下，遮掩展覽櫃的簾子被唰地拉開來了。

被展示在裡面的，是魏雙雙本人的裸體。她的身體像是睡著一般閉著眼睛，身體的雙手、雙足與脖子都被透明的夾子固定住，而她披散著的長髮在水中散開來，順著微微的水流搖動著。

展品之精細，就算真正的魏雙雙就站在他們的面前，也讓人忍不住懷疑究竟哪一個才是真正的魏雙雙。如果湊近看的話，還能看到皮膚的紋路和毛孔，簡直就像是真的一樣。

但不管怎麼真實，既然真正的魏雙雙就在他們面前，那麼展覽櫃裡的不過是魔女的複製品而已。

魏雙雙仰頭看著自己的身體，然後注意到了下方的展品介紹欄。她饒有興致地半蹲下來，叼著菸斗仔細地閱讀上面的說明。

名字：魏希仙

介紹：信仰偵探到了扭曲的地步，為了實現偵探這一形象，不惜動用暴力，甚至將他人推向死亡。

經歷：見死不救之人

「嘖。」

與此同時，淩幽幽見到了魏雙雙的裸體後，歡快地往反方向跑去，拉動了另一個展覽櫃的繩子。

「裡面也會是我的身體吧！」

唐繼和陪著她一起過去了，但他也不明白，淩幽幽究竟在期待些什麼。

不過無論淩幽幽到底有怎樣的期待，結果都是一樣的。

「啊！」
這是進到機關塔以來，淩幽幽第一次發出如此驚訝的聲音。
「怎麼會這樣呢？」
什麼東西能讓淩幽幽發出如此困惑的聲音？
魏雙雙和何琨瑤不約而同地回頭看去，僅是一眼就能看到對面那個展覽櫃不同尋常的地方。
淩幽幽的展覽櫃裡是一缸血水，完全沒有淩幽幽的身影。
「哎？」何琨瑤也難得因為出乎意料的事態而流露出困惑的神情。
至於魏雙雙，更像是發現了什麼新線索一般，亢奮地跑了過去，一把推開淩幽幽，趴在展覽櫃的玻璃上，如同發現寶藏的探險者一般用貪婪的目光掃視著眼前這片血的海洋。
唐繼和摟住了被推開的淩幽幽，後者的神情黯淡下來，彷彿在一瞬之間就失去了所有活力。
「為什麼會這樣，為什麼只有我……」
「哼。」
魏雙雙冷笑一聲，隨後回過頭來，一邊用菸斗敲了敲展品介紹欄，一邊幸災樂禍似地宣佈道：「你可是連資料都沒有啊。」
下方的展品介紹一欄，只是幾個大大的問號。
名字：淩幽幽
介紹：？？？
經歷：？？？

「別這麼說了，淩幽幽她也很難受。」
聽到了唐繼和的話，魏雙雙還了他一個嫌惡的眼神。
「這和你沒關係吧？醜女之前被我踩在地上的時候，也沒見你說過話吧？怎麼這時候想起來護著她了？啊，我懂了，未婚妻剛死就有新歡了？在絕境中誕生的愛情，真是感人啊。」
「不是這樣的。」
唐繼和的辯解聽起來很無力。並非是他真的喜歡上了淩幽幽，而是這種感覺他自己也說不清楚——為什麼他會那麼想要保護淩幽幽。
「我也不知道……我還以為會在這裡找回記憶的。」
淩幽幽的聲音中滿是傷心與失望。
「別以為裝弱就能蒙混過去。喂，醜女，你也過來說兩句。怎麼看這個人都有問題吧？」
然而何琨瑤卻一點表示也沒有，反而說起了一點也不像她風格的話。
「誰知道呢。我們才看了第一個展廳，說不定這是什麼規律。比起這個，這具屍體上發現了數字2，應該是最後密碼的第一位數字。另一具屍體的身上寫了年齡兩個字，應該是下一個展廳的密碼。」
說到這裡，唐繼和恍然大悟。
「我怎麼前面沒想到呢。秦雨……文文的姐姐是我們兩個的交點，她今年是二十四歲。」
「你之前怎麼不說？」
「因為文文的姐姐在去年去世了，所以年齡應該是二十三歲。」
突然何琨瑤打了個響指，臉上滿是笑意。
「這才是答案。」

2

唐繼和與秦雨雯展廳。

房間正中央是一把沾了血的椅子。椅子的背上寫著0，然後是一幅畫，一個人被一把柴刀攔腰砍成了兩段。

這把椅子無疑就是秦雨霏遇害時屍體旁的那把椅子，但是秦雨霏的屍體絕沒有如此淒慘。因此這幅畫的含義可能與他們倆無關，而是在於暗示下一個展廳的密碼。

接著，就是兩人的展品了。

名字：唐繼和

介紹：高中時愛上了同校的一名病重的女生，結果某一天該女生不幸離世，從此留下了心理陰影，扭曲了他對生死的正常認知。

經歷：萌生的情愫

名字：秦雨雯

介紹：嫉妒姐姐秦雨霏的一切，並想盡辦法超過自己的姐姐，結果將她的心靈扭曲，並以扭曲為根基，開出了更為扭曲的愛之花。

經歷：雨中謎案

二人的展品介紹沒有什麼特別的地方。關於秦雨霏的那個案子魏雙雙早就已經告訴所有人了，因此也不算什麼秘密。

對於魏雙雙而言，她關注的重點仍然在淩幽幽身上。

到了第二個展廳，唐繼和和秦雨雯都擁有各自的複製品及介紹，這是否說明了，淩幽幽剛才的展品是不正常的呢？

「這下你該怎麼解釋？」

「我也不知道。」

在魏雙雙的威逼下，淩幽幽快要哭出來了。

再這樣下去，以魏雙雙的性格，說不定真要動手逼著她說出個原因來。唐繼和絕不想看到這樣的場景發生，因此他直接用身體擋在了兩人中間。就算被誤會成自己對淩幽幽抱有什麼感情也無所謂。當務之急是不能讓何琨瑤那時候的慘事發生在淩幽幽的身上。

「你又來為這頭笨豬求情？她身上可是握有重要的線索啊。」

該怎麼辦呢？唐繼和飛快地思考著各種方案，有沒有一種方案可以將魏雙雙的矛頭轉移開呢？有了。

他想到了一個解決方案，以魏雙雙的性格，一定會上當的。

「淩幽幽她都說了不知道吧？」

「那又怎麼樣？」

「那就是她真的不知道啊。我們在這座塔裡走了那麼久，也能摸清楚一些規律了吧？比如說第二階層的時候，你在的那個房間雖然看起來是從內部解決的，但實際上那個房間必須要從外部打開；比如說第三階層的購物廣場迷宮，看似要尋找逃出去的方法，但實際上依舊在迷宮裡尋找答案。這是魔女最擅長的遊戲，不是嗎？因此，淩幽幽身上的謎題，答案肯定不在她自己身上。」

顯然，唐繼和的這番話動搖了魏雙雙的內心。她對魔女的伎倆最熟悉了。

「那你打算怎麼解決？」

「不知道。因為一直以來，都是何琨瑤在給我們提供線索吧？」

這裡，唐繼和採用了非常迂迴的說法，也算是急中生智吧。根據需要，他可以靈活地解釋這句話。

雖然魏雙雙不願意承認，但這確實是事實。一直以來，都是何琨瑤給出了真正的解答。也就是說，淩幽幽的身分之謎，如果魔女埋下了什麼線索的話，何琨瑤一定是第一個知道答案的。

於是魏雙雙轉過身去，看向何琨瑤。

也許就連何琨瑤自己也沒有料到，自己會被拉到話題的中心。就算聰明如她，也不會想到自己會被唐繼和當成淩幽幽的擋箭牌。

「醜女，發揮你用處的時候到了，這是怎麼回事？」

「我不知道。魔女又沒有給出線索。」

事實上，何琨瑤知道了。

但這並非是她早就知道的東西，而是察覺到了**某個詞語**後作出的聯想，只是這個聯想正好成為了她的機關塔猜想的最後一塊拼圖。

如果魔女沒有給出線索，那就麻煩了。於是唐繼和決定再往前推進一步。

「你不覺得何琨瑤剛才的表現很奇怪嗎？雖然只是第一個展廳，但是這一層的目的很明顯是讓我們獲得各自的身分資訊。那麼在這個時候對淩幽幽產生懷疑也是正常的。不光是你一個人，我也產生了類似的懷疑。那麼為什麼何琨瑤不這麼想？她反而推脫地說等後幾個展廳再看，這是不是有點奇怪？會不會是何琨瑤她早就知道了真相，卻不打算告訴我們？」

魏雙雙顯然信以為真，因為如果是何琨瑤的話，確實會做出這種知道真相後故意不說，看著其他人艱難摸索的事。

於是她看向何琨瑤的眼神變得更加憤怒，彷彿能噴出火一般。

只要再推一下……

「而且，魔女似乎每一層都會把人當成謎題。只有破解了人才能破解謎題。第二階層的胖子，第三階層的崔安昌。那麼在第四階層，我和你顯然不是謎題，如果淩幽幽也不是的話，那麼剩下的——」

不需要再說下去了，魏雙雙已經一拳打在了何琨瑤的臉上。

正欲還手的何琨瑤卻忽然收回了手，緊緊地抱著胸前的熊玩偶。由於無法打在何琨瑤的肚子上，因此魏雙雙轉而去攻擊她的肩部和脖子，拉扯著她的雙馬尾，逼著她跪倒下來。何琨瑤反抗著，魏雙雙便用腳踹在了她的膝蓋上。

如果之前一次使用暴力還有顧慮的話，這次魏雙雙更是完全沒有節制了。何琨瑤從頭到腳，或是被踢或是被踩，幾乎沒有一處能倖免於難。儘管如此，何琨瑤還是緊緊地抱著熊玩偶不放手。她並非毫無還手之力，而是她必須要保護玩偶，只能這樣忍受著魏雙雙的暴力。

這個熊玩偶究竟具有怎樣的意義，讓何琨瑤會如此重視呢？

唐繼和不明白，也不想去明白了。

這是別人的事，僅此而已。

「那個，我……」

「噓，這樣就好，不然被打的就是你。別擔心，她不會打死何琨瑤的，因為那樣就問不出答案了。在這段時間，我們去看一下那個密碼。」

凌幽幽聽到「密碼」一詞後，臉上的擔憂與陰霾瞬間就消失不見了。她又變得歡快起來，興致勃勃地舉起手來，笑著答應道：「好！」

一邊是魏雙雙對何琨瑤拳打腳踢，一邊是唐繼和與凌幽幽鑽研著下一個展廳的密碼。

說是鑽研可能太誇張了些。因為這並非是個難解的題目，反而有些簡單。

顧洛城與江如鶯的數字分別是8和1，那麼這幅畫的意思就很簡單了。把1當成是柴刀，將8攔腰砍斷，就成了00。

「凌幽幽的事之後再說，我們知道下一個展廳的密碼了。」

在唐繼和說出了答案後，魏雙雙才終於放過了何琨瑤，大搖大擺地走出了展廳。

在經過何琨瑤的身邊時，凌幽幽想停下來幫忙扶一下，卻被她拒絕了。

她原本是想忍住的，至少在機關塔裡，不能暴露出自己脆弱的一面。可是現在，她根本就顧不上這些了。

在拒絕凌幽幽的時候，她的聲音成了哭腔。

「別管我了。」

第四階層：玩偶的秘密

1

江如鶯與顧洛城展廳。

這次展廳的中央什麼也沒有。如同81變成了00，如同江如鶯與顧洛城在隊伍裡都沒有任何存在感。

或許這才是密碼的含義吧，唐繼和想道。

隨後，唐繼和與凌幽幽分別拉開了兩邊的簾子，將兩人的身體暴露在了三人面前。

這是他們第一次見到江如鶯的身體。雖然在第一階層時，他們三個都見過她的屍體，但那時候屍體裡面塞滿了機關，膨脹得不成人形了。

現在在展臺上的她，身體依舊是碎成了幾塊，不過這些屍塊被組合成了人的形狀。正因為如此，他們依舊可以想像出江如鶯生前的模樣。

大概三四十歲左右，普通的上班族，手上還戴著戒指。

名字：江如鶯

介紹：本來只想對朋友做個惡作劇，沒想到朋友當真了，並因此而死亡，將朋友的死全攬在自己身上的她，內心漸漸扭曲起來……

經歷：無

光是這段描述，依舊無法讓人想像真正的她心中懷著怎樣的苦惱。

在機關塔裡的人，哪怕是顧洛城，也至少讓人知道他是個怎樣的人。在第二階層的謎題裡，唐繼和已經獲知顧洛城是不良團夥欺凌的對象。儘管他本人對顧洛城依舊沒有一個實際的認識，但至少知道他是誰了。

可是眼前的這名女子，明明也是機關塔的參與者之一，卻在遊戲開始前就被奪走了生命，淪為了謎題的一部分。她甚至都沒來得及做為一個「人」被大家所認識。

要說淒慘的話，未免也太淒慘了。

接著，就是所有人都認識，但又早就將其拋之腦後的那個胖子。不會說話的他至今也沒說過自己的名字，大家只好以胖子稱呼他。最終，還是以展品的方式呈現在大家眼前後，他們才知道他的名字，並讓唐繼和想起了一些關於他的事。

名字：顧洛城

介紹：虐待狂的他因為喜歡虐待女性，反而被同校的不良少女團夥欺凌，在欺凌的過程中他內心陰暗的部分被不斷放大，直到最後徹底扭曲。

經歷：校園謎案

這起案件魏雙雙還留有一點印象。之所以會憑著這點零星的描述就想起來，完全是因為第二階層的謎題迫使她想起了這件事。

如今她完全確認了，顧洛城也是那次事件的相關者。

莫非，這個顧洛城就是兇手？

如此說來，當時自己的某個猜測是不是錯了呢？

魏雙雙漫不經心地想著。

「可是什麼東西都沒有的話，不就沒有提示了？下一個展廳要怎麼去呢？」

淩幽幽問出了理所當然的問題。

「既然這一層的謎題是何琨瑤的話，那麼在這個地方設置難關，再正常不過了吧？」

見到魏雙雙如此自信的模樣，唐繼和這才意識到一個事實——莫非這一階層的謎題設置，真的是圍繞何琨瑤展開的？自己究竟是在利用魔女的機關，還是被魔女利用了？

不過他沒時間細想這些問題了。因為魏雙雙早就已經出門了。要不是她出去之後大喊了一聲「醜女，你怎麼不進來？」，唐繼和或許還沒發現何琨瑤不見了。

「走吧。」

唐繼和自然地牽起了淩幽幽的手，把她帶到外面去了。

2

外面的大廳裡，魏雙雙快步走到了蹲坐著的何琨瑤面前，將她一把從地上拉起來。

和往常一樣看不出任何感情的臉，不過這張臉此刻卻顯得相當憔悴。何琨瑤的頭髮亂糟糟的，裙子也縐得厲害，身上的傷痕應該都是剛才的暴力所造成的。她的眼睛紅紅的，眼角還帶著淚痕。

失去了銳氣的她，完全不像是大家所熟悉的那個何琨瑤了。

「終於輪到揭開你的真面目了。何琨瑤，你是苗玉蘭的女兒，對吧？同時，也是苗玉蘭命案的唯一證人。」
這是怎麼回事呢？並不知曉內情的唐繼和與淩幽幽只能在一旁看著。
魏雙雙拉著她的一隻手往最後一個展廳走去，何琨瑤雖然嘴上一直在求她不要這麼做，但是另一隻手卻依舊死死地抓著熊玩偶。
「一看到那個現場，我就知道房間裡的你一定看到兇手是誰了，但是無論我怎麼做，都沒辦法撬開你的嘴巴。那時候你也和現在一樣，死死地抓著這隻破熊不放。」
終於到了這一刻了，魏雙雙等到現在，就是為了等這一刻的到來。
何琨瑤主動找上門來挑釁，結果還是輸在了她中國第一名偵探魏雙雙的手上。
魏雙雙滿是愉悅感地說出了這句話——
「那就是你最大的弱點吧？你**無法離開**這隻破熊。」
無法離開是什麼含義呢？唐繼和偷偷地瞧了何琨瑤一眼，後者的眼神中已經失去了光彩。
「前幾層你一直在找我麻煩，是吧？覺得我已經把你忘了，再也懲罰不了你了。真是笑話，我怎麼可能會忘了你呢？只要看過一次，就絕對不會忘！我會讓你後悔的，讓你知道和我魏雙雙作對，就是你最大的失算。」
她一路直奔到何琨瑤與崔安昌展廳。雖然在上一個展廳並沒有獲知密碼，但是魏雙雙卻第一次胸有成竹地站到了密碼盤前，輸入了這個展廳的密碼。
何琨瑤的數字是6，崔安昌的數字是9，可是何琨瑤輸入的，卻是88。
不懷好意的魏雙雙滿懷期待，她注意著何琨瑤的表情，看到後者的臉上露出了退縮與害怕，這就足夠了。
「何琨瑤，現在，我們就要進去這最後的展廳了。這並非是我們故意所為，而是魔女的意思啊。」

何琨瑤的手緊緊地抱著熊玩偶，視線落到了魏雙雙旁邊的地面上。

「還記得前三個展廳我們都看到了什麼吧？」

「不要……」

何琨瑤喃喃著發出微弱的聲音，不知魏雙雙是沒聽見，還是故意裝作聽不到。

「我們馬上就能看到她的秘密了，這個能一舉將她擊垮的秘密……」

「不要……」

「就要在我們的面前展開了！」

魏雙雙猛地伸出手，抓住了最後一個展廳的門把手。與此同時，何琨瑤大喊了聲「不要！」，本能地伸出雙手，抓住了魏雙雙的左手。

那一刻，時間停止了。

唐繼和和淩幽幽在一旁靜靜地看著，一句話也說不出來。

先不說淩幽幽的腦子有沒有及時轉過彎來，至少唐繼和已經察覺到了不可思議的地方——先前何琨瑤一直抱著熊玩偶的緣故，所以他們始終沒有發覺，可現在，她的雙手都離開了熊玩偶，可玩偶卻沒有掉下來。

熊玩偶和她是**一體**的。

3

「這是……怎麼回事？」

在所有人都不理解的時候，從被打開的展廳大門內，忽然竄出了一條綠色的毒蛇。

見到蛇的那一瞬間，何琨瑤一下丟開了魏雙雙的手，雙腿發軟站不起來的她只能向後挪動著身體。

可毒蛇像是有意識一般，朝著何琨瑤的方向抬起頭來，接著唰地一下躍了起來，纏上了何琨瑤的右臂。

「啊——」

她慘叫著摔倒在地上，後腦撞到了後面的展櫃上。她一邊甩著右手，一邊大聲尖叫著。毒蛇纏繞在她的手臂上，緩緩蠕動著。

「啊——不要，不要——」

「冷靜下來，不要亂動！」

這樣下去也不是辦法，於是淩幽幽上去幫忙拿開那條蛇。可淩幽幽一旦拉住了何琨瑤的手臂，就會被她用盡力氣掙脫出來。何琨瑤已經分辨不清手上的感覺哪些是源自毒蛇的，哪些是源自其他人的。

「忍耐一下，不要亂動！」

光是淩幽幽一個人根本制伏不了她，好在唐繼和也趕來幫忙。他將雙手從何琨瑤的腋下穿過，緊緊地抱住了她以限制她的動作後，淩幽幽才終於抓住了蛇尾巴，輕鬆地將牠從何琨瑤的身上扯下來，然後重重地摔在地板上。

毒蛇摔成了兩半，從中掉出了兩三個小齒輪，斷端處還能看到其中複雜的機關組件。

此外，毒蛇的頭上標著數字8。

「原來是機關蛇。」

唐繼和說道，他的手中還拿著蛇的尾巴。

「真正的毒蛇可不會出現在這裡。」

魏雙雙慢悠悠地趕來了，她饒有興致地從地上拿起毒蛇的頭，在手中把玩著。

「醜女，我問你，這東西的觸感像是真的一樣，行為模式也和真正的蛇很像，這是怎麼做到的？」

可是何琨瑤已經沒有回答的力氣了。

「快說，你不是很能說嗎？前幾層的時候不是我每次說話你都要過來插嘴嗎？這時候我問你問題你怎麼不說了？你不是最瞭解魔女嗎？她的什麼謎題你不是都能輕鬆解開嗎？」

何琨瑤已經沒有力氣去回答魏雙雙的問題了，而且顯然這些問題也並非是真的問題。

她試圖站起來，可她的腿剛一使勁，魏雙雙就冷不防地把蛇頭靠上了她的臉，嚇得她又慘叫一聲摔下去了。她縮著脖子，右手緊緊地抱著熊玩偶，左手則擋在自己的面前。在她的前方，魏雙雙正拿著蛇頭往她的臉上靠。見何琨瑤抵抗，魏雙雙還用手去抓開她用來防禦的左手。

「快來看看呀，別害怕，只是機關而已。」

「不要，請不要這樣，」掙扎之中，蛇頭碰到了何琨瑤的臉頰，不知觸碰了什麼機關，從蛇頭裡伸出一根軟軟的舌頭，貼在了何琨瑤的臉上，「啊——」

「怎麼了，醜女？你不是很能說的嗎？繼續說呀，繼續嘲諷我呀。不就是一條蛇嗎？醜女你什麼都不怕，難道還會怕蛇嗎？」

「請不要，不要……」

「快點，向我道歉，然後尊稱我為魏雙雙大人，這樣我就放過你。怎樣？不說嗎？到了這時候還要維持自尊嗎？」

這一次，何琨瑤嗚咽了一下，毫無防備地哭了。她把臉埋在熊玩偶的頭上，發出細細的哭聲。

聽著何琨瑤的哭聲，魏雙雙把蛇頭往旁邊丟開了。倒不是因為她對何琨瑤產生了絕不可能的憐憫之情，而是她轉移了攻擊的目標。

雖然何琨瑤的雙手仍然抱著熊玩偶的脖子，但是關鍵不在這裡。魏雙雙的雙手往下摸去，在何琨瑤的裙子與熊玩偶貼合的地方摸到了什麼東西，於是她將隱藏用的蕾絲邊翻了過來，下面露出了一條黑色的拉鍊。

玩偶就是通過這條拉鍊，和她的連衣裙連在一起的。

「醜女，這次就讓我來告訴你答案吧。為什麼這道題最後的答案是88，理由很簡單。因為你們兩個的身體裡都缺了東西，所以需要把6和9補上一筆。只不過崔安昌的右手丟了就是丟了。但是你不一樣，你並非真的丟了，只是這東西不在你的身體裡。」

事到如今，何琨瑤連隱藏的力氣也沒有了，任由魏雙雙拉開了拉鍊，然後粗暴地將熊玩偶的偽裝從她的手中搶了過來。

於是何琨瑤的秘密就這麼暴露在了所有人的面前。

從她的肚臍中，伸展出一個幾乎半透明的兩個拳頭大的囊，她的腸子正在裡面蠕動著，就像是一條長長的蛇。

何琨瑤的精神徹底崩潰了。

機關塔之外的故事：母親的回憶

1

從家裡裝了電視的那一天開始，何琨瑤就發覺了自己的不同之處。電視上見到的人肚子前都沒有一個鼓鼓的囊，只有自己才有。

在那之前，從沒有出過家門的她，根本不知道「正常人」究竟是怎樣的，一直以為大家都是和自己一樣，只有母親和那個鄰居是例外。

如今她已經知道了，自己是異常的，不同於正常人。肚子前的東西是消化器官，它正無償地運動著，幫助主人消化食物提供營養。它纏繞在一起，有時候就像一條蛇一般。

她想起了書上看到的蛇的模樣，忍不住一陣惡寒。

2

「一切都是你的錯！」

母親不止一次地指責道。每次她不順心的時候，都會這樣叱責何琨瑤，哪怕和她一點關係都沒有。

每次她說的，也都是同樣的內容。

因為生下了她，父親一個人跑了，消失在了城市的人海之中，丟下她們母女倆在這個窮鄉僻壤的地方受苦。

因為生下了她，母親沒有面子面對朋友，只好對外宣稱她流產了，每次看到朋友炫耀孩子的時候都羨慕不已。

因為生下了她，家裡的開銷更加緊張了，本來母親就沒有正經的工作，工資都養活不了她自己了。

起初何琨瑤相信母親的話，認為一切都是自己的錯。在一次又一次的批評之中，她的感情被逐漸剝奪了。一開始她還會哭，但是漸漸地，她連哭都不會了。

失去了所有表情的她，有時候看上去就像是個活著的玩偶一般。

但在感情逐漸麻痺之後，她的理性反倒清醒了一些。為了避免母親的暴脾氣又發作，她逐漸學會了觀察，知道什麼動作和表情可能暗示了母親正在生氣，也知道了母親生氣的時候可能會採取哪些舉動，又有哪些預兆。

於是她逐漸學會了如何避開母親嚴厲的指責，也逐漸把自己封閉到了房間裡。那個狹小的房間，才是何琨瑤真正的家。

將自己封閉在房間裡之後，何琨瑤唯一的樂趣就是看著窗外，觀察著窗外的景色，看著隔壁鄰居的日常起居和偶爾幾個路過的行人。觀察久了之後，她開始試著推測他們的下一步行動，或是某些動作的緣由。當她看到答案正如自己所想的時候，總會會心一笑。

何琨瑤的觀察與推理能力，就是在這種環境下被逐漸鍛鍊出來的。

因此她多少也察覺到了家裡的一些端倪。

母親說不定在騙自己。

家裡並非沒有錢，也沒到窮得揭不開鍋的地步。正相反，母親說不定很有錢。附近開了家購物廣場，大部分人都跑過去湊熱鬧，但還沒有像母親這樣兩天去一次的，還和各種朋友一起。

雖然這些東西都被藏起來了，但何琨瑤偶爾還是在家中找到了這些很昂貴的物品。能推導出下一個結論，也是順理成章的事。

母親根本就沒打算給自己治療。

就算是何琨瑤，也通過電視知道這種先天畸形是可以治療的。可是母親她根本就不打算治好何琨瑤的畸形。母親只是單純地怕麻煩，怕用錢。

而且有個知道內幕的鄰居因為同情先天畸形的女兒，時不時地過來幫忙照看孩子。只要母親向她哭窮，就能以「為了撫養孩子」為由獲得一筆錢。既然如此，為什麼要治好自己的孩子呢？讓她繼續殘疾下去，繼續博得鄰居的同情，繼續獲得額外的收入，這樣不是更好嗎？

於是，何琨瑤更加討厭母親了，連帶著討厭她賜予自己的名字，這個靠玉石疊起來的過膩的名字。

後來有一天，何琨瑤聽那個鄰居說起，有一家的瘋兒子回來了。

那個瘋子在母親去世後精神錯亂，一見到女性就會往她的懷裡衝，就像是要回到母親的懷中一般。有一次對方沒答應，他就殺了人，被關了好幾年。現在治好了回來了，但還是讓人不安心。

聽著鄰居的閒聊，何琨瑤忍不住想像著，這個瘋子會不會又要發作，跑去殺人呢？如果真有這一天的話，他會不會選擇自己的母親呢？

3

那位鄰居是何琨瑤唯一的精神寄託。

她就像真正的母親一樣，關心著何琨瑤，噓寒問暖，給她帶來一些排遣用的百科書和一些裝飾精美的小禮物，像是手工編織的零錢包之類的。

小時候，陪在她的身邊講故事的，也是這位不知其名的鄰居。

國王與畫師的故事也是鄰居告訴她的。

一位身有殘疾的國王招募畫師給他作畫像。一位畫師將他畫成了威風凜凜的將軍，一位畫師則是如實地記錄下了他身體的殘缺。結果這兩位畫師都沒法讓國王滿意，最終落得個被殺的下場。只有最後一位畫師，畫出了讓國王萬分滿意的作品。

他的畫巧妙地將國王的缺點遮蓋住了。眼睛的殘疾用拿著獵槍閉眼瞄準來掩蓋，腿上的殘疾用他正單膝跪地來掩蓋。這幅畫既不迴避國王的殘疾，又畫出了國王狩獵時意氣風發的姿態。

聽完這個故事後，何琨瑤問鄰居，如果鄰居要給自己畫一幅畫會怎麼辦呢？鄰居只是神秘地笑了笑，讓她再等一個月。

於是何琨瑤滿心期待地等了一個月。

到了約定的那天，鄰居帶著禮物來了。

那是一件腹部開了個大口子的連衣裙，洞的邊緣是一條藏在蕾絲邊下的黑色拉鍊。何琨瑤好奇地穿上了，隨後鄰居將一個背後開了洞，裡面的棉花都被挖空的熊玩偶遞給了她，將疝整個放進去後，拉上了拉鍊。

何琨瑤不可思議地看著鏡子中的自己。現在看來，鏡中的那個女孩不過是個普通的小女孩罷了，甚至有點孩子氣。那時候熊玩偶還很大，和何琨瑤的身高差不多高，她歪著頭才能看到前方。不過她也不出門，會遮擋視線也沒什麼。

「等你長大了，阿姨再給你做。」

這個承諾她也遵守了。現在何琨瑤已經長到十四歲了，個頭也比熊玩偶高，再也不會被它擋住視線了。

在何琨瑤小的時候，她天真地認為鄰居是愛著自己的。可是隨著她逐漸長大，觀察能力與思考能力一點點建立起來，她也注意到了一些異常之處。鄰居的奉獻不太自然，超過了一般的同情與憐憫。而且她有時候會帶一些育兒的書來，自說自話地當起了她的母親。何琨瑤對此很感激，但不自然就是不自然，不會因為她給了自己好處就會有任何改變。

她大概猜到了答案，並向自己的母親求證。那是難得的母女二人的交流，話題卻是隔壁的鄰居。

「她啊？」說這話時，母親的眼裡充滿了不屑，「聽說她丈夫那裡不太行，結婚二十多年了都沒孩子。」

「既然你那麼討厭我，讓我去她家吧。」

「你以為我不想？我問過她了，看她那麼喜歡你，就問她要不要領養。結果她直接拒絕了。」

果然如此。

何琨瑤早已猜到會是這樣的答案，但在驗證其正確性的那一刻，還是有些傷感。鄰居喜歡的不是自己，而是暫時寄宿在自己身上的，她的孩子。所以她不會忍受自己的孩子真的身有殘疾，何琨瑤也永遠不會真的變成她家的女兒。

何琨瑤不過是她發洩母愛的道具罷了。

從那之後，她對鄰居的到來失去了熱情，而對方卻只是當成孩子的叛逆期，高興地在家裡炫耀，就好像何琨瑤是她的女兒一般。

4

母親遇害的那天，一切都來得非常突然。

何琨瑤甚至不知道發生了什麼。她只是聽到了外面的動靜，想開門看看發生了什麼，結果一開門就看到母親被綁在了椅子上，一個拿著刀的男人站在她的面前。

她立馬關上了門，什麼都不做，只是安靜地聽著。她不想騙自己說，自己因為害怕而失去了理性，她就這麼直接地告訴自己，這就是她一直以來希望看到的。

至於為什麼這個男人會在這時候上門，可能他根本就不知道母親有個女兒吧。都怪她對外宣稱孩子流產了，自己一直是一個人，所以除了那個鄰居之外根本就沒人知道她有個孩子。

真是自作自受。

外面的聲音持續了很久，久到都快半個小時了，光聽聲音也很難想像外面發生了什麼。差不多了吧？何琨瑤想著，偷偷地開了一條縫，然而她看到的，卻是那個人躺在了母親的懷中。

是那個瘋子！

何琨瑤再次關上了門。如果是這個瘋子的話，不知道什麼時候才會走，不如趁現在睡個覺。可她沒辦法睡著。

比起擔心，更多的是一種興奮。她在想自己會不會被鄰居接去，正式成為他們家的女兒。雖然何琨瑤明白他們喜歡的不是自己，但總也比現在的母親要好。

她在床上輾轉反側，想了好久，最後還是下床去看看外面的情況。

男人已經走了，母親還被綁在椅子上，看起來已經死了。

何琨瑤小心地走到她的面前，看到母親肚子上的刀。

她想著要伸手去拿，不小心碰到了椅子，結果母親一下子抬起頭來，被綁住的嘴巴裡發出嗚咽的聲音。

突如其來的變故嚇到了何琨瑤。那一瞬間她也不知道自己是怎麼想的，直接拔出了肚子裡的刀，然後再次捅了進去。

這次，母親是真的死了，帶著何琨瑤十四年的恨意，到地獄去了。

5

這就是何琨瑤記憶中的母親了。

何琨瑤並不後悔自己在那個晚上做出的衝動之舉。

因為她生下了畸形的女兒是事實，因為她只顧自己享受，不去照顧女兒是事實，因為她明明有挽救女兒的時機，卻因怕麻煩和貪財而放棄是事實，因為她不止一次想要送走自己的女兒也是事實。

可是在母親死後，就真的沒有人照顧她了。她的鄰居沒有再來，得知她有畸形的更遠的親戚朋友們也無視她的存在。

何琨瑤帶著身上這件鄰居給她的最後的，也是最重視的禮物，隻身一人離開了。

第四階層：八人的共同點

1

何琨瑤與崔安昌展廳。

原本在展廳中央的應該就是那條毒蛇了。之所以要用這樣的方式來傳遞密碼，除了防止他們不按照順序走之外，也是為了這條毒蛇而準備的吧。

如此一來，唐繼和更加確定了，這一切都是魔女的計畫。毒蛇是如此，把這個展廳留在最後也是如此。而且這個順序又與第一階層時各個房間的分佈順序完全一致，看來也是魔女早就策劃好的。

拉開了簾子後，何琨瑤與崔安昌的身體就這麼毫無遮攔地暴露在了眾人的面前。

展覽櫃裡相對而立的兩人，一人的肚臍部位鼓了個大大的囊，另一人的右手處缺少了一整條手臂。

丟下獨自一人癱坐在門口的何琨瑤，其餘三人就像什麼事都沒發生一般，看著兩人的介紹。

名字：何琨瑤

介紹：因為對生下自己的母親心懷恨意，在日常生活中將恨意放大到了扭曲的地步，最後終於爆發，目擊了母親遇害的場景後，還給垂死的母親補上一刀。

經歷：母親的回憶

名字：崔安昌
介紹：年輕時加入一個新人探險隊伍並在叢林中遇難，隊員全部死亡，只有他一人活了下來。認為自己背負了隊員們的生命的他，最終被生命的沉重所壓垮，扭曲了生存的意義。
經歷：遇難

魏雙雙滿意地叼起了菸斗。

「哼哼，在中國第一名偵探的面前，一切都已經解開了。好了，我們快點離開這裡吧，我已經迫不及待要去上一層了。」

「等等，我們還缺了一個數字。」

「你和那頭笨豬一樣笨，什麼都沒有就是0啊，答案就是2008，距今十四年前。也就是醜女的出生年份啊。好了，快走吧快走吧。」

魏雙雙沉浸在了第一次破解了魔女謎題的喜悅中，把其他所有人的事都給拋之腦後。也正因為如此，關於淩幽幽的那個謎題，魏雙雙像是忘了一般再也沒有提過了。

在她的催促下，唐繼和和淩幽幽先後離開了展廳，而魏雙雙則粗暴地拉起了何琨瑤的胳膊，將她拖到正中央的空展示臺那邊。她的神情甚是得意，因為她終於完全戰勝了機關塔裡一直和她作對的仇敵。

「等一下，在我們輸入密碼之前，還有一件事。我們可不能忘記還有一個問題沒有解開，那就是我們八人的共同點是什麼。」

2

扭曲。

除了身分不明的淩幽幽之外，所有人的介紹中都出現了這個詞語。

魏雙雙因為沉浸於偵探的角色而扭曲。

唐繼和因為戀人的死去而扭曲。

秦雨雯因為對姐姐的嫉妒而扭曲。

江如鶯因為自責心理而扭曲。

顧洛城因為虐待與被虐待而扭曲。

何琨瑤因為對母親的恨而扭曲。

崔安昌因為背負了生命的重量而扭曲。

這就是八人的共同點之一，但絕對不是答案。扭曲只是過程，扭曲導致的結果才是答案。

魏雙雙得意地說出了答案。

「不去管那頭笨豬，我們剩下的七人都有一個共同點，那就是——

「我們都是命案的目擊者。」

全場寂靜。

可很快就有了反對的聲音。反對聲的主人是唐繼和。

「等等，剛才的介紹中明明說了，殺死何琨瑤母親的就是她自己。」

「但那是意外吧？醜女只是碰巧進入了兇案現場，然後補了一刀罷了。不去管法學上的定義，在這裡她仍然屬於目擊者的範疇。」

凌幽幽也接著提問。

「可是之前雙雙偵探推理秦家的案子時，不是說秦雨雯是兇手嗎？」

「關於這個……」魏雙雙難得老實地承認了自己的錯誤，「是我推理錯誤了。」

不過她緊接著說道。

「但我現在重新審視了一遍案件，已經知道兇手是誰了！」

3

秦家宅雨中謎案有個被忽略的關鍵點，就是晚餐時的停電事件。

停電的原因在於電閘被關閉，原理根據現場調查可以發現，犯人是利用重物和冰塊拉掉電閘。在電閘下放上一塊冰塊，再用一根繩子吊著重物，繩子的一端放在電閘上，重物則放在冰塊上。等到冰塊融化後，重物就會拉掉電閘了。是個非常古典的手法。

問題在於製造停電的人和殺死秦雨霏的兇手是否為同一人。

線索之一是案發地點。

想要殺死秦雨霏的兇手，必然要知道秦雨霏在倉庫裡。這不是一個常見的地方，不是所有人都會知道的。唯一知道這件事的只有唐繼和和秦雨雯了。由腳印的推理，可以推理出前往倉庫的確實是秦雨雯，而且唐繼和當時在超市裡，擁有充分的不在場證明。

線索之二是在當天晚餐前，秦家俊和喬美玲夫婦在北側的房間裡談話。

根據喬美玲的證詞，當時的泥地上還沒有出現腳印，證明那時候還沒有人經過。可如果從那時候開始，兇手進入倉庫殺死秦雨霏再回來，時間上肯定來不及去設置機關。因為設置機關之後還要等待冰塊融化的時間，製作機關的人絕不會只放一塊很小的冰塊，因為繩子的長度不夠。

於是這就說明了，設置機關的人和殺死秦雨霏的人不是同一個。

如此一來又產生了新的矛盾，那就是電閘在後門處，如果設置機關的人在後門那裡，一定會看到兇手或是兇手的腳印，但實際上並沒有任何相關的報告。

魏雙雙對此很自信，就算是恐嚇秦家主人的犯人，也會因為擔心自己被懷疑為殺人犯而如實供述的，她相信自己有這個能力。

換句話說，那時候地上還沒有腳印。

腳印是在設置機關的人離開後才出現的。

可是這段時間秦雨雯絕對做不到殺人後返回。

於是答案就指向了一條全新的方向——秦雨雯並非是兇手，而是有一個共犯。當時所有的人都在家裡，因此共犯是來自外面的。

秦雨雯到了倉庫後邊的後門處，將外面的兇手放了進來，等到他行兇的時候，秦雨雯回到宅邸。等到大家發現不對，去找秦雨霏的時候，秦雨雯提前一步離開，為的就是鎖上外來兇手離去後沒辦法關上的後門。

至於那名兇手，很可能是當天在電話裡威脅秦國強的人。他一方面雇了常翠安偽裝成老鄉的訪客進入秦家，讓他去製造停電和在畫布上寫血字作為恐嚇的手段，另一方面則是買通了有共同目的的秦雨雯，在她的幫忙下親自作案。

之所以設計如此麻煩的手法，完全是為了擺脫嫌疑。他恨著秦國強是鐵板釘釘的事實，因此他故意做出類似恐嚇的事，為的就是掩蓋真正的殺人。當警方問起時，只要說出自己只是恐嚇了對方，並拿出證據就可以了，絕不會第二次受到懷疑。

秦雨雯的行為在法學上或許可以稱作共犯，但在這裡，仍屬於某種意義上的「目擊者」。

4

就算如魏雙雙所說，這個問題的答案似乎無論如何也無法與2008這個答案扯上關係。答案應該還是2008才對，那麼這個問題擺在這裡的目的是什麼呢？中間真的沒有什麼錯誤嗎？

不過淩幽幽似乎沒有想得那麼深入，她舉起手來，還沒等人同意就自告奮勇地在螢幕上輸入了密碼。隨著轟隆的聲響，博物館正在他們的腳下逐漸遠去。

看來是對了。

但這又加深了唐繼和的困惑，因為這不就說明，這個問題放在這裡完全沒有意義嗎？那麼這個問題為什麼會在這裡？還有就是，魏雙雙的那個答案莫非並不是正確答案？

終於，又到了他們所熟悉的處刑房間。魏雙雙迫不及待地站在了圓圈上，唐繼和和淩幽幽也各就各位。巧的是，剩下的一個位置剛好在魏雙雙的邊上。

何琨瑤低著頭站在了圓圈邊上，始終沒有上前一步。

「怎麼了？害怕了？終於害怕了嗎？可是不行，我一定會活到最後的，所以你們什麼時候死都只是時間問題。早點退場不好嗎？我可不想再看你這張臭臉了。」

「你說的沒錯。」

何琨瑤忽然開口了，遮住了魏雙雙的話。

「我知道這一層死的一定是我。」

她的聲音又恢復了正常，但是眼神中卻沒有一點光彩與生氣。現在的她，就像個人偶一般，失去了生命的活力。

「為什麼讓我現在死呢？我想過這個問題，有了點眉目，但也說不定是巧合。也許魔女只是覺得我會礙事，所以才早早地將我排除在外，只留下這個不合格的偵探吧。」

「都這時候了還想嘲諷我嗎？我已經不會輸了——」

何琨瑤無視了她。

「臨別之前，我想給大家一個禮物。我已經知道隨機死亡的原則是什麼了。每次經過一個階層時，機關塔會考察我們在這一階層裡某個動作的頻率，並依據這個頻率選擇死亡的人。」

某個動作的頻率？

魏雙雙狐疑地看著直視前方的何琨瑤。

「就是這樣了，祝大家好運，以及——」

何琨瑤站上了圓圈，同時那張冷漠的臉難得有了變化，那是異常憤怒的表情，那是早就被何琨瑤丟棄在那個窮鄉僻壤的地方，早已失去的憤怒的感情。

沒錯，就是單純的憤怒，沒有摻雜任何一點其他的感情，什麼都沒有。

何琨瑤只是這麼瞪視著右邊的魏雙雙，詛咒道。

「下一層死的就是你，而且我希望越淒慘越好。」

下一秒，何琨瑤的身體就被無數長長的尖刺刺穿了身體，連著她胸前的熊玩偶一起。

因為沒料到會從何琨瑤口中說出這種話來，魏雙雙直到很久之後才反應過來，對著那個已經沒有生命氣息的屍體高喊道：「我是不會死的！我肯定是最後的勝出者，因為我才是這場遊戲的偵探角色，而不是你！」

第五階層：魏雙雙偵探事件簿

1

「圖書館……的迷宮？」唐繼和下意識地喃喃道。

眼前是兩排略呈弧形的書架，在不遠處可以看到右邊有個缺口，而如果沿著直線往前看去，可以看到遠處被一片書架擋住了視線，而書架的右端同樣有個缺口，暗示那邊還有一條路可以走。是以圖書館為原型的圓形迷宮。

「哇，是迷宮欸！你們知道嗎？這種迷宮是有技巧的——啊——」

從剛才開始就一直悶悶不樂的魏雙雙突然發作了，她把淩幽幽的身體按到了書架上。書架上的書都是連在一起的裝飾品，所以書架因為撞擊而略微震動了一下。

「我怎麼可能會死？我才不會死！現在還剩下的三人裡，你第一個去死吧，笨豬！笨豬，笨豬！你的存在有什麼價值？像你這麼沒存在感的傢伙，在第一層就給我去死啊！」

她的雙手揑在淩幽幽的肩膀上，還在不斷地加大力度。就在這時，她的手臂被另外一隻手狠狠地抓住了。

「你的憤怒和她沒有關係吧？」

唐繼和護在了淩幽幽的身前。

「要你管？」

「不能因為何琨瑤已經死了，你就把怒氣都撒在她身上吧？」

魏雙雙什麼話也沒說，這不代表著她認為唐繼和說的是對的。正相反，她正想著如何用更惡毒的話去反駁他。

在兩人交鋒的時候，淩幽幽像沒事人一般，晃悠到前面去了。迷宮的左前方有一塊凹進書架的檯子，檯子上放著厚厚的一本書。

「欸？這是什麼提示嗎？」

聞言，魏雙雙隨即丟下唐繼和，快步走過去，將淩幽幽從檯子前推開後，一個人霸占了那裡。

淩幽幽想說什麼，但被唐繼和阻止了。

「算了，這裡就讓她去看吧，我們到前面去看看情況。」

對於唐繼和而言，他也迫切地希望，自己能有和淩幽幽獨處的機會。

2

可惡的傢伙！可惡的傢伙！可惡的傢伙！為什麼你們都不去死？明明在這裡能活下去的只有我一個人，為什麼你們不主動去死？

魏雙雙一邊在心裡罵著，一邊靠捶檯子來發洩自己的怒氣。

等到心中的憤怒消耗得差不多了，她才靜下心來，注視著檯子上放著的這本書。書的名字尤其吸引她的注意——《魏雙雙偵探事件簿》。

怎麼？莫非是歌頌中國第一名偵探功績的著作？

這不過是句嘲諷而已。因為魏雙雙心裡再清楚不過了，這裡絕不會有一本歌頌她豐功偉業的書。

可她還是一頁一頁地翻著。一切和自己有關的東西，她都想知道。

然而隨著頁數的推進，她感到的只有憤怒，和強烈的憤怒。她的眼睛瞪得很大，眉頭也扭在了一起，握著拳的右手敲桌子的頻率越來越快，強度越來越大。

這上面寫的分明是她的罪證。

3

九重島傳說殺人事件。

本案的兇手是何家的女僕。

在犯案的前一晚，女僕曾和魏雙雙聊天，說自己恨透了何家的人，還想到以九重島的傳說為藍本的殺人手法。本來女僕只是說著玩的，沒想到魏雙雙居然支持她犯罪，還說自己是不會干預的，會安安靜靜地等到她殺死了所有人，然後再出來指認兇手。女僕說過在懸崖下準備了一條船，那麼魏雙雙可以在懸崖上安排這齣解答篇，等解答篇一結束，女僕自白動機後，就能從先前準備好的繩索滑下去，乘船逃跑了。

這就是九重島殺人事件的真相。不過與計畫不同的是，在魏雙雙指出兇手，女僕通過繩索滑下去的時候，繫繩子的地方突然鬆了。

「何家人將她的前夫從懸崖上推下，造成了一系列悲劇的開端。如今殺害他們的兇手也在同一地點失足，這莫非是命運的安排？」

就這樣，魏雙雙將其變成了一齣戲劇性十足的悲劇，儘管繫繩子的地方，是她前一晚故意弄鬆的。

中國開膛手傑克事件。

本案的兇手原本只是因愛殺人。他沒想到會殺死自己的戀人，更沒想到斧頭的威力那麼大，將她的肚子都劃破了。

就在兇手準備自首的時候，被一個身分不明的神秘人攔下來了。

——你沒有錯，一切只是意外，對吧？

——你覺得員警會信你的說法嗎？如此對待屍體，可是大案要案的級別了。

——藏葉於林，不如多殺幾個，然後都剖開肚子，這樣你就成了中國開膛手傑克了，人們都會以為是變態殺的人，就不會懷疑到你頭上了。

——放心吧，我是員警，現場的痕跡我會幫你處理好的。

就這樣，中國開膛手傑克誕生了。他根本不知道，那個神秘人物就是魏雙雙。

魏雙雙一直在扮演著誤導者的角色，直到有一天，她看似突發奇想地說出兇手準備藏木於林的結論，此時再用早已準備好的證據和結論，如推理小說家一般發表自己設計好的推理，讓警方一舉抓獲了兇手。

校園謎案。

通過在學生間的調查，魏雙雙得知失蹤者許菲曾和好友尹雪暗示過自己的計畫。如此一來，許菲就不是失蹤，而是被殺害了，有人利用她想要殺害曹春麗的計畫，反過來殺死了她。

唯一知道這件事的只有尹雪一個人。

而且尹雪也有動機。她是個兩面三刀的人，對許菲也不是忠心耿耿。曾經她就因為做了讓許菲不爽的事而被懲罰了。許菲還是在大庭廣眾之下，讓尹雪受盡了屈辱。

魏雙雙認定尹雪就是兇手，但苦於沒有證據。

沒有證據，她可以製造證據，關鍵在於讓大家都深信尹雪就是殺害許菲的兇手。

於是魏雙雙開始在校園裡編造一些似有若無的謠言。

方法很簡單，她以偵探的身分潛入學校調查，然後中途以不小心說漏嘴的手段透露一些看起來關鍵的資訊。等到他們將其拼湊起來，就會成為一個看似正確的結論。

通過這種方法，很快，名為謠言的怪物就誕生了。

它越變越大，而且在資訊的不斷加入下，每天都在變樣。學校裡不喜歡尹雪的人越多，這個怪物的力量就越強大。

就這樣，學生們爭相謠傳關於尹雪的秘密——曾經和多個校外男生上過床，還是個喜歡玩SM的變態，據說許菲的男友也有份。她曾經賣過自己的身體，似乎價格還不菲。尹雪這人表面一套背後一套，背地裡一直在說其他同伴的壞話，說是「好希望她們去死啊」。還有還有，她的性格很陰暗，據說一直在看些血腥的東西，還在家裡拿附近的動物做實驗，嘗試牠們的疼痛極限，太殘忍了。

更有好事的學生把這些貼到了網上，沒想到自己的學校裡有變態之類的，結果越傳越廣。

尹雪本人怎麼也沒想到會和自己有關。如果是警方懷疑她還能解釋，但是謠言的源頭根本就抓不住。

一週後，尹雪不來上學了。

兩週後，校方宣佈尹雪決定退學。

就算這樣，網上對她的侮辱也根本止不住。一些和事件完全無關，只聽過一些隻言片語的人也在譴責她。不知道是誰洩露了她的社交網站帳號，使得她每天都能收到幾十條好友申請，而且內容全是一些不堪入眼的髒話。

一個月後，尹雪在家中自殺。

戀母殺人事件

在某地的城鄉結合部，婦女苗玉蘭遇害。當地警方懷疑是某個瘋子作案。這個瘋子擁有戀母情結，曾經也殺過人，最近病情好轉而放了回來，但時不時還會有些異常舉動，因此這次警方懷疑是他的病又復發了。

魏雙雙卻不這麼認為，她相信一定有別的解釋。剛好，她瞭解到苗玉蘭有個女兒何琨瑤在家，因為沒人照顧她的緣故，魏雙雙便以照顧為名義住在她的家中，順便調查案情。

經過反覆的實驗，魏雙雙堅信，何琨瑤對警方所說的「當時在房間裡睡覺所以沒聽到」的證詞絕對是假的。但是何琨瑤本身因身體條件無法作案，所以肯定有另一人在場。何琨瑤一定是兇手的幫兇，就算不是，至少也目擊了兇手是誰。

於是魏雙雙開始套話。一天過去了，兩天過去了，何琨瑤的反應依舊很平淡，這觸痛了她做為偵探的自尊心。

從第三天開始，她撕下了自己的偽裝，開始對何琨瑤拳打腳踢。附近沒有人真正關心她的死活，所以不管她發出怎樣的慘叫都不會有人來，更何況她根本不會慘叫。

每天的虐待就是為了讓她供出兇手是誰，可何琨瑤無論如何都不說，而且她還會一臉淡漠地嘲諷魏雙雙，這更讓她覺得不爽。

一週過去了，除了發現何琨瑤是個畸形兒之外，魏雙雙一無所獲。

要是在這裡踢破了她的肚子，讓她死了，就什麼也得不到了。魏雙雙只好悻悻而歸。

自己得不到的資訊也不可能告訴警方，因此直到最後，魏雙雙也沒向警方說出自己的推測。

雨中謎案。

魏雙雙發現秦家大小姐的命案純屬偶然。那時候她剛好被開進秦家的救護車所吸引，又因為角度的關係看到了倉庫邊聚集的人群。於是她通過推理出了倉庫裡發生了命案的事實。

這讓她興奮起來，因為這是魏雙雙當上偵探以來，第一次趕上新鮮的命案！九重島命案和開膛手傑克都是她一手策劃的，雖然收穫的名譽很多，但內心卻不可能激動。如果可能的話，她還是想體會破案時的激動感！

於是她衝進了秦家的大門，擋在了救護車前。

「喂！你在幹什麼，快讓開！」見喇叭和救護車的聲音都不起作用，駕駛員打開車窗喊道。

「你們沒看到嗎？這裡發生了命案，所有人都不准離開現場，我要在這裡調查全員的不在場證明！」

「可是車上有病人！你快讓開！」

副駕駛座上的人打開車門下來，可這正合了魏雙雙的意。她飛快地從那人的身旁繞過，從副駕駛座上了車，轉動車鑰匙後把鑰匙給拿走了。

「喂！你！」

魏雙雙對其視而不見，逕直打開後邊的門，不顧家屬憤怒而急切的神情，對他們說道：「現在，告訴我死者是誰，什麼時候發現的屍體，這段時間你們都在做些什麼。」

這場鬧劇後來總算是收場了。在隨後趕來的警方的配合下，救護車的駕駛員終於拿回了鑰匙。可這時已經沒有用了。在這段時間裡，秦家的主人秦國強在救護車上去世了。

機關塔之外的故事：見死不救之人B

1

當門鈴聲響起時，江文娟還以為是快遞來了。前幾天她買了幾本旅遊攻略，打算在下次出行前好好研究一下。

結果打開門，門前站著的卻是一位穿著偵探服的少女，看上去是高中生模樣。

「有件事可以請您幫忙嗎？如果您願意的話，一定會幫到本市所有人的。」

2

來者自稱是魏雙雙，是當地警方的非官方合作者。江文娟覺得很稀奇，因為她沒想到現實中居然真的有偵探，而且還是個高中生。

「看你不相信我的身分，這也難怪，一般人都會以為這是小說或是漫畫吧？不過我這裡有很多獨家資料，只有警方才有資格查閱。為了獲得你的信任，也是為了獲得你的幫助，這裡我就破例告訴你吧。」

於是，魏雙雙說起了關於本市發生的連續殺人事件。

第一名死者是幼稚園女生徐玥。

第二名死者是單身富婆趙潔。

第三名死者是上班狂紀蘭雪。

她們擁有不同的身分，不同的年齡，不同的社會經歷，不同的交際圈。

所以警方也好，一般大眾也好，沒有人將她們的死聯繫在一起。

但是魏雙雙不同，她是名偵探，所以發現了其中的聯繫——她們遇害的方式都是一樣的，而且還有一個共性。

她們是不同年齡段的女性。

「為什麼是年齡？」

「因為只有這樣，才能將徐玥囊括在內。徐玥只是個幼稚園的女生，不可能有任何仇人，如果兇手和她的父母有仇，那也應該殺害她的父母。」

「那也可能是兇手不殺直接相關的人，而是殺害目標最親近的人？」

或許是想起了自己的親身經歷吧，魏雙雙由衷地誇獎道。

「聰明。不過不成立。我剛才也說了，趙潔是單身，她的家產都是繼承來的。而且她是寵物狂，如果要問她最親近的對象是誰，那就一定是她的寵物了，而寵物不可能招連續殺人狂的怨恨。」

此話有理。江文娟繼續聽下去。

徐玥在一到十歲的年齡段內，趙潔是五十一到六十歲，紀蘭雪是三十一到四十歲。考慮到作案方式的共同點相對隱蔽，因此應該考慮到存在尚未發現的殺人案的可能性。於是魏雙雙特地調查了當地未解決的案件，從中篩查出疑似屬於連續殺人事件的案件。

最後魏雙雙發現，唯獨六十一到七十歲這個年齡段，還沒有任何一起疑似事件的發生。

江文娟是個聰明人，她立馬明白了魏雙雙來訪的目的。

「你想讓我當誘餌？」

「正是如此。」

「可是為什麼要選我？」

「因為我關注了一下被害的三人的手機使用情況，發現有幾個共同的應用軟體。我懷疑這也是兇手尋找被害人的途徑之一。但是我所說的『共同』並非是三人共同，而是其中兩個。說不定兇手是在不同的應用軟體上找人的。」

「可是，這種事選別人不也可以？」

魏雙雙露出真摯的眼神。

「因為你是唯一一個願意聽我說這些的人。之前我也找過別人，可她們都說這件事太危險了，甚至有的人根本就沒讓我進屋。」

江文娟快被說服了。她一直都是個熱心腸的人。

在幾個喜歡旅行的好友裡，江文娟一直都是帶頭者。她會安排好所有的行程，列出需要攜帶的物品的清單，在旅行地點也會根據不同人的情況協調行程。所以別看她已經六十六歲了，一些年輕人都很喜歡和她一起出去玩呢。

如果她的獻身能幫到警方的話也不壞。

「那我的安全呢？我是要誘導那個殺人犯上鉤吧？」

「你放心好了。我會通過我在警方內部的關係讓他們到場的。因為都把犯人引出來了，肯定需要警方去抓住他。如果成功的話，他們就會相信我的推理吧？」

看她自信的樣子，江文娟已經徹底相信她的話了。

兇手上鉤了。

讓江文娟用那兩個軟體，在上面故意洩漏自己的年齡，這個手段沒想到真的奏效了。

魏雙雙一心以為是自己的推理中了，卻絲毫沒有考慮過這可能只是巧合。

從江文娟彙報的聊天紀錄來看，無疑對面就是那個連續殺人案的兇手了。兩人約好晚上在公園的樹下見面，當然是個絕佳的作案時間。

魏雙雙安慰她，說是已經通知警方了，到時候警方會保證她的人身安全。

這當然是假的。

警方的人都快把她列入黑名單了，怎麼可能會幫她呢？她之前所說的情報也都是假的，頂多就只是猜測而已。至於會有警方保護？根本不可能。

只要能讓兇手出現，抓住他行兇的瞬間就可以了。至於誘餌的死活，對她而言根本不重要。

晚上九點，距離約定的時間還有一小時。魏雙雙讓江文娟早點到約定地點，誆騙她說是為了佈置陷阱的必要，還隨便指了幾個難得路過的路人，說是便衣員警。

「都交給我吧！我們一定會抓住兇手的！」魏雙雙保證道。

說完後，她便躲到附近的草叢裡，等著兇手的現身。因為時間還早，魏雙雙便在那裡發著呆，想著一會兒該怎麼保留證據。最好是用手機拍照，可在晚上手機拍照的效果並不好，而且還不能用閃光燈。

或許用也可以。

就在她這麼想著，將視線投向外面的時候，意外地看到在江文娟的身旁還有一個人影。那個人影似乎注意到了魏雙雙這邊的動靜，丟下江文娟，飛快地逃走了。

魏雙雙連忙站起身來，卻因為腿坐麻了而跌跌撞撞地走不動路。等她撐著樹恢復雙腿行動力的時候，那人早就跑沒影了。

「可惡！」

她衝了過去，果然看不到那人的去向。於是她回過頭，在江文娟的邊上蹲下。

「快……救護車……」江文娟抬起一隻手，另一隻手正握著腹部的刀柄。

她的眼睛裡閃著希望的光。

魏雙雙的眼裡也閃著同樣的光芒。

她握住江文娟的手，用興奮的語調逼問道。

「快告訴我，兇手長什麼樣！你一定看到了吧？你一定看到了！那麼近的距離不可能看不到！快告訴我兇手的特徵！快！快說話啊！他長什麼樣？臉是方的還是圓的？眼睛呢？有沒有傷口？身高？衣服的特點？快說話啊！肥婆！」

江文娟遲遲沒再開口，這惹惱了魏雙雙。她把所有的賭注都押在了江文娟身上，可不能就這麼毀了！

她起身，用力踢著江文娟的腹部和胸部。

「快說話！快說話！我讓你來這裡就是為了讓你引出兇手的！可你倒好，居然一句話都不說，那我要你來幹什麼？快說，快把兇手的特徵告訴我！快！」

當然，江文娟是不會開口的。

因為她已經沒有呼吸了。

半小時後，魏雙雙撥通了警方的電話。當她自報家門的時候，對方的第一反應是掛斷。

「先別掛，轉告你的上司，還記得我之前說的連續殺人事件嗎？那個兇手又行動了。我推測出來了他行兇的規律，也到了他下次會犯案的地方，可惜太晚了沒趕上，只看到了他的背影，身高大概和死者差不多高。至於地點，請你的上司自己去找。因為他不相信我的話，才會導致這樣的結局。真是無能，你們警方向來如此吧。」

說完，她掛斷了電話。

江文娟就這麼成了連續殺人事件的第四名被害者。

魏雙雙還在繼續追查著連續殺人事件，可是她再也沒有進展了。大概在一兩週之後，她就被困在了機關塔之中。

第五階層：缺失之物

1

「胡說八道！都是假的，都是假的！我可是中國第一名偵探，我所做的一切都是為了重振偵探事業的輝煌！現在的偵探都在查些不堪入目的小事，和跟蹤狂有什麼區別！偵探就應該親臨案發現場，在警方出現之前俐落地解決案件，然後嘲笑警方的無能！這才是真正的偵探！」

還餘下最後的版權頁。魏雙雙摸到了下方的空檔，本能告訴她，這下面藏著東西。

取代版權頁的是一段話。

好好想想何琨瑤的忠告，猜一下這一階層的死者會是誰？

如果想明白了，這個道具可以借你一用。

這是你最後的機會了，是成為主角，還是淪為配角？

不可能，魏雙雙在心中叫道。

她才是真正的主角，無論是淩幽幽還是唐繼和，都應該被她踩在腳下才對。做為主人公的偵探，怎麼可能會死在這一層呢？

她想起了何琨瑤臨死前所說的那段話，她不僅知道了機關塔的秘密，而且還說了下一階層死的就是魏雙雙。

這不可能，根本不可能，她相信自己一定會活到最後的，她有這個自信。

可是……

魏雙雙說不出話來，雙眼瞪視著暗格裡的某樣物品。

2

兩人在經過了兩個拐彎之後，因為害怕走得太遠繞不回去，便在那邊停了下來。本來唐繼和也只是想找個單獨和淩幽幽說話的機會，因此只要能躲開魏雙雙就好了，他也不在意具體要去哪裡。

「淩幽幽，我能問你一個問題嗎？」

「嗯？」

依舊是天真無邪的聲音。

淩幽幽此時正在端詳著一面書架，同時用手在書架上的書籍後面摸索著什麼。因為這些書架上的書都是假的，底座和書架是連在一起的，因此唐繼和並不明白淩幽幽這是在做什麼。

「淩幽幽，你沒有失憶吧？」

然而她沒有回答，而是擺弄著什麼，隨後兩人面前的書架像一扇門一般向後打開了。然後淩幽幽的手又動了一下，書架又嚴絲合縫地關上了。從外表來看，居然一點痕跡也看不出來。

「是不想回答我嗎？」

「不是。既然你都知道了，那我也沒必要回答了。」

冰冷的聲音，一點都不像是平時那個有些脫線的淩幽幽會發出的聲音。

第四階層的那個大廳，要想看出展品的分佈可以連線出八個數字，那麼其前提就是每個人的回憶都必須有人知道。因為淩幽幽的特殊本領，這項工作最後肯定會落到她的頭上，也就是說沒人知道淩幽幽究竟想了什麼。

如果淩幽幽確實失憶的話，那麼她就不應該知道哪些物件是屬於自己的，也就無從區分她和江如鶯的物品了。

可事實上，她可以區分出來。

淩幽幽根本就沒有失憶。

魏雙雙不知道有沒有看出來，但至少何琨瑤是看出來了，唐繼和不明白她為何要隱瞞。至於唐繼和自己，只是想私下裡向她確認罷了。

「為什麼要假裝失憶？你和我認識的那個小雨，真的沒有關係嗎？」

淩幽幽像是沒聽到一樣，喃喃地說著：「原來還可以控制方向和力度啊。」

隨後，唐繼和旁邊的書架的上半部分忽然飛快地彈了出來，在打到唐繼和的身體之前停了下來。淩幽幽過去抬了抬停在半空中的書架，說了句「還挺重的。」

「這個問題也不回答嗎？」

「因為你只說問一個問題嘛。」

將書架復原後，淩幽幽臉上的表情又恢復到了平常的模樣，笑著牽起了唐繼和的手。

「我們快回去把這個發現告訴雙雙偵探吧。」

「你們可真慢啊，笨豬和她的跟屁蟲，我的時間可是很寶貴的。」

魏雙雙正在原地等著。她的雙手背在了身後，笑容中帶著幾分危險的氣息。

「我們剛才發現了——」

「等一下。」

唐繼和伸手攔下了一旁想要跑上前去的淩幽幽。

「欸？為什麼？」

沒有什麼原因，只是唐繼和嗅到了一絲危險的氣息。他的眼睛正敏銳地捕捉著周圍的一切。很快，他注意到了檯子上的書被翻到了最後。魏雙雙把那本書看完了，然後呢？

沒來由的危機感讓他攔著淩幽幽往後退了一步。

「你們還不快過來？我可是有重要的線索。現在只剩下我們三人了，更要團結一致，對嗎？」

面對魏雙雙的笑容，唐繼和猛地轉身，同時抓住淩幽幽的手，帶著她往迷宮裡跑去了。

身後傳來了咂舌聲，以及魏雙雙不爽的聲音。

「那麼快就看穿了，有點本事嘛。」

淩幽幽一邊被拉著跑，一邊往身後看去。她看到魏雙雙正手持著匕首朝著他們跑去，從那雙眼睛裡，散發出強烈的殺意。現在的她與其說是偵探，不如說是冷酷的連續殺人魔。

或許她本來就是這樣的角色。

「怎麼回事？」

「你認識的那個魏雙雙會笑臉相迎地把她知道的線索告訴你嗎？」

至少唐繼和認識中的那個魏雙雙不會這麼做。她只想把所有線索都攬進自己的懷裡。

「不過沒想到，你會帶著我一起跑。」

「嗯？」

淩幽幽的聲音忽然沉了下來，如同剛才獨處時一樣。

「被消耗過體力的魏雙雙應該不是你的對手吧。如果丟下我讓我被魏雙雙殺死的話，你就可以趁虛而入，坐享漁翁之利了。」

「哼，就算她殺了你，也不會耗費多少體力吧。」

「真過分啊。可是這場遊戲只有一人能活下去。就算如此你還是想救我？」

「那也是之後的事了。」

連續過了幾個岔路後，總算看不到魏雙雙的身影了。但這裡畢竟是迷宮，說不準她會從別的岔路趕到面前，所以這裡還不能掉以輕心。

在唐繼和鬆開了手之後，淩幽幽趴在了面前的書架上，雙手在書籍的後面尋找著操控的按鈕。看著她的動作，唐繼和馬上明白了她的計畫是什麼。

「可以嗎？」

「橫穿迷宮肯定比繞圈子要快一些吧。」

見她如此胸有成竹的模樣，唐繼和一時之間說不出話來。等他想說些什麼的時候，發出的聲音卻只是輕笑。

「有什麼好笑的？」

淩幽幽的冰冷聲音和何琨瑤的還有些不同。何琨瑤的語氣雖然冷漠，但至少可以聽出裡面並非全無感情。可淩幽幽就不一樣，她的冷漠就是真正意義上毫無感情的冷漠了。

「我把剛才的問題反過來送給你吧。」

「嗯？什麼？」

「你也沒有出手吧？只是在旁邊看著。」

「我不懂你是什麼意思。」

「第一階層的畫布謎題，第三階層的地圖暗示，第四階層的數字密碼，你的作用還挺關鍵啊。其實你也沒有看起來那麼跟不上節奏吧？」

淩幽幽的聲音忽然又回到了天真無邪的狀態，這使得她的話更讓人不寒而慄。

「因為在這類遊戲裡，太引人注目是活不到最後的。」

4

淩幽幽發現的圖書館書架的秘密是他們快速穿越迷宮的一大武器。因為將哪個部位的書架進行轉動，轉動的速度等等都可以隨心所欲地操縱，因此穿過一層層書架的時間遠沒有想像中那麼久。而且淩幽幽對機關的操縱非常熟練，這應該也是她的特技。

雖然唐繼和也想幫忙，但是他摸到的就是一個類似旋鈕的物體，不知道該如何操縱。這樣反而會拖慢他們前行的時間，因此最後唐繼和還是決定全權交給淩幽幽了。

一開始兩人還是很順利的，然而他們忽視了一點是，迷宮的魅力就在於路線的曲折，有時候一條路線可以通到很後面的位置。因此雖然唐繼和他們在飛快地橫穿迷宮，但實際上他們和魏雙雙之間的位置關係並沒有拉開太遠。有時候他們從倒下的書架上經過時，魏雙雙也正巧走過這片區域。

幾次和魏雙雙擦肩而過之後，唐繼和提高了警惕。在淩幽幽操作機關的時候，他會在旁邊警戒。等到書架落下來之後，唐繼和也會第一個爬上去，保證前方的安全後再把淩幽幽接過去。

連著好幾圈都沒有見到魏雙雙的身影了。就在唐繼和思索她會在哪裡，同時回頭去拉淩幽幽的手幫她爬過來的時候，淩幽幽的身體忽然倒了下來。

「呀——」

淩幽幽回頭看見一雙手抓住了自己的腳踝。

不用說，一定是魏雙雙來了。唐繼和立馬有了動作，他一躍而上，眼疾手快地抓住了那隻握著匕首的右手。魏雙雙的力氣大得驚人，就連唐繼和也很難和她抗衡。

就算是在危機之中，唐繼和的大腦也保持著冷靜。他迅速分析當前的狀況，認為第一要務是讓淩幽幽恢復自由。於是他另一隻手也抓住了魏雙雙的右手，兩隻手一起向側方用力，匕首的尖端就這麼直直地刺進了她的左手手腕裡。

在疼痛之中，魏雙雙叫喊著鬆開了手，於是淩幽幽立馬收回了自己的腿，順著倒下的書架到了對面。

「淩幽幽，靠你了。」

不需要多解釋什麼，淩幽幽馬上明白了他的意思。她朝向對面，放下了對面的書架，然後一路往前。

魏雙雙的右手因為緊握著匕首的緣故，因此只能垂著鮮血淋漓的左手。她的臉因痛苦而扭曲了，可她還是站了起來，對著擋在書架上的唐繼和怒吼道：

「這和你沒關係吧，為什麼連你也要來妨礙我？」

和我沒關係？我們這三個人裡，只有一個人能活著離開吧？」

「那就和我一起殺了淩幽幽啊！你還不明白嗎？她才是那個最危險的人！」

唐繼和再清楚不過了，淩幽幽是個表裡不一的人。正如魏雙雙所言，淩幽幽或許才是機關塔裡最危險的人。

但是他也有自己的打算。他保護淩幽幽是因為不忍心看到她——和自己的初戀女友一模一樣的她——受到任何傷害，但他也沒有完全相信淩幽幽。就算魏雙雙沒有提醒，他也會注意淩幽幽的一舉一動。

所以他和淩幽幽之間會怎麼樣，完全不用魏雙雙來操心。

「只要我還活著，你就傷害不了淩幽幽。」

見雙方無法交流，魏雙雙也不打算解釋了。反正如果要活下去，這兩個人都必須要死。誰先誰後也無所謂了。於是她二話不說，直接衝上去猛地揮下匕首。唐繼和的眼睛迅速捕捉到了魏雙雙的動作，飛快地側身躲開了她的攻擊。

趁著魏雙雙攻擊後的空檔，唐繼和一把抓住了她的右手手腕，同時給了她的腹部一個肘擊。隨後，在她失去防備的剎那間，唐繼和猛地將其撞開來。

忽然受到強烈衝擊的魏雙雙被撞到了書架上，在她起身之前，唐繼和就已經來到了她的身前。魏雙雙想用匕首來抵擋，卻反而被唐繼和所利用。他的一隻手抓緊了魏雙雙前來遮擋的左手上的傷口，另一隻手則趁著魏雙雙因疼痛而失去力氣的瞬間，將她右手握著的匕首刺進了她的腹部。

「嗚……」

唐繼和的目的只是拖慢魏雙雙的移動速度，為淩幽幽儘快找到出口爭取時間。魏雙雙的腹部受傷應該已經足夠了，可沒想到她遠比唐繼和想得要堅強。

魏雙雙是不會輕易放棄的，因為她是中國第一的名偵探，或許還是當今世界上排名第一的名偵探。因此她絕不能死在這裡，死在一個無關緊要的配角身上。

不服輸的魏雙雙，直接把匕首拔了出來。她忍住腹部的疼痛，出其不意地給唐繼和來了一發高抬腿，用膝蓋擊中了他的腹部。趁著對方彎腰抱著腹部的時候，魏雙雙將右手高高抬起，用盡全力，朝著唐繼和的身體刺下去。

可沒想到在她的手臂下落的過程中，被一股強大的衝擊力擊中了手肘。關節處的疼痛感讓她無力拿著匕首，只能眼看著匕首落在了唐繼和的手上，然後朝著自己的視野中心而來。

「啊——」

魏雙雙捂著左眼，發出淒慘的叫聲。

「我的眼睛，我的眼睛……啊——」

接著，唐繼和的手握在了她的肩膀上，將她的身體撞上了書架，同時用匕首反覆地捅著她的肚子，像是要把她的身體搗爛一般。不知道捅了多少下之後，唐繼和終於放開了她。魏雙雙的身體失去了力氣，她彎著腰，慢慢地從書架上滑下去。

這下應該殺了她吧。

如此一來，機關塔裡就只剩下兩人了。

唐繼和如釋重負一般長舒一口氣，然後帶著奪過來的匕首沿著淩幽幽留下來的道路而去。

5

如魏雙雙所說，淩幽幽才是機關塔裡最危險的人物。從第四階層開始，唐繼和就在懷疑身分了。

現在唐繼和仍然願意暫且陪她一段時間。他從來都是一個賭徒，因此他願意在淩幽幽的身分上再賭一把。

但是真正的賭徒從來不是靠的運氣。此刻，唐繼和早已準備好了，一旦回去之後淩幽幽有任何可疑的會傷害他的舉動，他一定也會毫不留情地殺了她。雖然不願意這麼做，但是淩幽幽畢竟不是小雨，該動手的時候，他也一定會動手的。

想到這裡，唐繼和握緊了手中的匕首。

6

很快，唐繼和就到出口了。

通往出口的路只有一條。可在這條路的邊上，還有一條從出口延伸過去的死路。作為迷宮，這處設計未免有些失敗，因為既然到了出口這裡，怎麼也不會再去走那條死路了。

不過此刻唐繼和無暇去顧及這些。他叫來了淩幽幽，將手中的匕首拿給她看，同時觀察著她的反應。

沒有任何多餘的想法，淩幽幽只是瞥了一眼就移開了目光。

「這就是魏雙雙拿著的匕首吧？你殺了她？」

「是的。」

「太好了，這下就少了一個麻煩呢。不過事情有點糟糕了，你去看一下出口就知道了。」

隨後，淩幽幽再也沒有對這把匕首表現出任何興趣，也完全沒有提及只剩他們兩人的事，就只是帶著他去了出口的鐵門。

唐繼和收起了匕首，決定暫時還是相信淩幽幽。

到了鐵門前，唐繼和試著去拉鐵門，卻立馬注意到了不對勁的地方。

這扇鐵門沒有門把手。

原本是門把手的地方，留著一個缺口。缺口周圍還有一圈略微凹下去的同心圓，如同軌道一樣，軌道上還有個小夾子。

他們需要某樣物品代替門把嵌入門上的機關，而且這樣東西應該就在迷宮裡。

「原來如此，這就是這層的謎題嗎？」

唐繼和沉思道，他很快就想到了答案，回頭看向來時的方向。

「你也發現了吧？」淩幽幽的笑臉中滲出一股冷意，「是她的**菸斗**。」

殞命

1

要是早知道解開謎題的道具是魏雙雙的菸斗，那麼唐繼和在殺死她的時候就應該從她的屍體上找出來。

雖然他不免有些自責，但好在只要原路返回去取就可以了。淩幽幽並沒有把來時的路徑恢復成原樣，因此唐繼和可以很方便地往回去尋找魏雙雙的屍體。

然而，當唐繼和到了這條路的起點時，卻沒有發現魏雙雙的身影。但是毫無疑問，這就是她殞命的地方才對，因為地上有一大灘血跡，而且血跡朝著一個方向延伸過去。

他沿著血跡走了一段，卻在走了大概十多步的時候戛然而止，再也看不到了。

難道說，那時候沒有殺死魏雙雙，她自己爬起來包紮了傷口後走了？因為受傷的緣故她可能沒有力氣爬上爬下了，所以她還是按照傳統的方法在迷宮裡尋找著出口。

念及這一點，唐繼和猛然意識到如果魏雙雙到了出口那邊的話，那麼淩幽幽一個人就危險了。必須要快點回去才行。

2

左邊的視野沒有了，左手也已經麻木了，肚子上的疼痛感雖然還在，可漸漸地也適應了。

魏雙雙比唐繼和想像的還要堅強，而且堅強得多。她心中有條信念在一直支撐著她，那就是她魏雙雙是中國第一名偵探，絕不能死在這裡。

偵探永遠是在最後登場的人物，永遠能絕處逢生，哪怕是以別人的犧牲為代價。

因此，主人公的位置，她是絕對不會讓給任何人的。不管是何琨瑤，還是淩幽幽。

她右手撐著牆，一步一步地朝前走著。拐過一個彎後，前方的景色終於有了變化。不再是兩邊一樣的書架了，左前方是一片開闊的地方，一扇鐵門就立在一道向上的階梯前。無疑，這裡就是出口了。

而且，那個人——那個帶著純潔笑容的惡魔——此刻就站在那裡。

淩幽幽回過頭來，見到是魏雙雙來了，開心地揮起手來打起了招呼。

「啊，是名偵探來了。我還以為你已經死了呢。不對，應該是用『您』嗎？」

「別再裝了。你沒有看起來那麼笨，連我都被你的表象騙了。你也是個偵探吧，要不然就是類似於偵探的人物，和何琨瑤一樣。」

「嗯？」淩幽幽看上去饒有興致地聽著她的話。

「這一路上來，破解謎題的功臣只有兩個人。一個是何琨瑤，一個就是你了。我一直把何琨瑤當成是我的宿敵，想贏過她，卻偏偏忘了你。你要麼旁敲側擊地提示我真相，要麼就是看似不經意地使用你強大的記憶力，好幫我們渡過難關。由此看來，你這頭笨豬才是這裡最像是偵探的人物啊。」

「所以呢。」

[illegible]有偵探才有資格活到最後和魔女對峙。如果有你在，那麼被犧牲掉的就會是我，所以[illegible]」。無論如何。」

肚子偵探的傢伙啊——」

雙沒有給凌幽幽說完的機會。她直接雙腳發力，朝著凌幽幽的方向猛衝過去。而後者卻一點防備也沒有，反而將右手伸進書架裡。

接著，就是一聲鈍響，魏雙雙看到的視野忽然晃蕩起來。直到中間的書架緩緩收回去之後，她才意識到發生了什麼。

可是如此重量的書架打在了魏雙雙本就受了傷的腹部，原本的傷口此刻更是撕裂開來，鮮血正不斷地從中湧出，沾滿了她的雙手。

劇烈的疼痛讓她只能跪倒在地上。可她魏雙雙絕不是如此脆弱的人，就算肚子再痛，她也想再一次站起來。

凌幽幽當然不會給她這樣的機會。這次她將左手也放進了書架裡。緊接著，在魏雙雙的身後，和剛才同一高度的書架唰地打過來，直接將她打倒在地上。

「雖然我早就料到了這樣的結局，我還是希望唐繼和剛才就能殺了你，這樣至少沒那麼痛苦了。我本來不想這麼做的，但是何琨瑤和顧洛城，還有許許多多被你殺死的人，他們的恨意都傳達到了我的心裡，所以我就只好替他們出一口惡氣了。」

「你在說什麼鬼話，你這頭笨豬。我可是——」

沒等魏雙雙說完，一旁的書架以極快的速度落地，砸中了她的小腿和膝蓋。

淒厲的慘叫聲剎那間響徹整個迷宮。

就算如此，在慘叫之後，趴在地上的魏雙雙仍然屈著雙手，想要向前爬一般，仰起頭來看著凌幽幽。

「我才是中國第一名偵探，不會是何琨瑤，也絕對不可能是你。可是為什麼，明明我才是偵探，我會為這個世界帶去秩序，帶去正義。我接受死亡，可我應該死在和犯罪組織頭目的較量中，而不是死在這裡。所以我，我一定要——」

她的聲音越來越虛弱，斷斷續續的話語漸漸地已經連不成一句話了。

淩幽幽走到了她的面前，臉上什麼表情也沒有，像是機器人一般。她盯著魏雙雙的臉，總算說出了一句話來。就連這句最後的告別，也是冰冷而沒有感情的。

她將右手伸進了右邊的書架裡。

「因為我不是偵探，你更不可能是。」

最後，魏雙雙的眼中只看到一個黑色的影子。在她想明白淩幽幽這句話的含義之前，就在炸裂般的疼痛中失去了意識。

3

當唐繼和回到出口時，淩幽幽已經趴在魏雙雙的屍體上尋找菸斗了。在外套的右側口袋裡，她總算將菸斗翻了出來，隨後高高興興地跳上了倒著的書架，然後像小孩子一般站在高處向自己揮手。

毫無疑問，魏雙雙先他一步到了出口，然後死在了淩幽幽的手上。

兩排書架分別砸在了她的小腿處和頭部。看著周圍鮮血四濺的場景，唐繼和很快就想像到當時發生了什麼。

[illegible]魏雙雙確實死了。機關塔裡只剩下他們兩人了。

[illegible]麻。」

著匕首的動作被對方發覺了，於是唐繼和只好裝模作樣地放鬆下來，實際上已準備好了躲開對方的攻擊。

「我可不會用書架砸你的腦袋。」

凌幽幽還是用那種說笑般的語氣，帶著菸斗往出口那邊去了。

那裡應該沒有像書架這樣可以被凌幽幽利用的武器，因而唐繼和稍微安心了點，快步跟了上去。

「所以是你獨自一人殺了魏雙雙嗎？」

「是我們兩個一起。別忘了魔女的任務是合作。光靠你一人是殺不死魏雙雙的，而光靠我顯然也做不到，一點傷也沒有還帶著匕首的她，一定能劃破我的喉嚨。」

「你到底是什麼人？為什麼你要隱瞞自己的過去？為什麼你要裝作什麼都不知道？為什麼你和小雨長得那麼像？你究竟是誰？是小雨的雙胞胎姐妹嗎？還是別的什麼人？」

像是不耐煩一般，凌幽幽回過頭來看著他，用視線打斷了他的逼問。

「如果我說我就是那個小雨，你會信嗎？」

不會，絕對不會。

唐繼和認識的那個小雨，絕對不會這樣面無表情地殺死一個人。

凌幽幽沒有再回答他的問題，而是將菸斗置於缺口上。鐵門緩緩打開了，最後一道階梯在他們的面前緩緩展開。

在他們的前方，是最後一次抉擇了。剩餘的兩人中，最後能活下來的人是誰？是唐繼和，還是凌幽幽？

第五階層：偽隨機死亡

1

第五階層的處刑房間，只有兩個位置。

唐繼和和淩幽幽只是看著前方，兩人都沒有要往前走的意思。

唐繼和的手緊緊地握著匕首，卻沒有準備動手。這不僅僅是因為淩幽幽很像自己初戀的女孩，更是因為他不確定淩幽幽究竟是怎樣的人。

就在他考慮著該怎麼做的時候，淩幽幽朝他這邊轉過身來，然後毫無徵兆地撲通一下，跪在了他的面前。

「我已經輸了，最後能活下來的人，一定是你。」

「嗯？」

唐繼和下意識地舉起手，把匕首亮了出來。

「因為這東西的緣故？」

「算是一部分。你就是那個冷酷無情的**連續殺人事件的兇手**，所以就算在這裡把我殺了，我也沒有一點意外。」

共同點並非是命案的目擊者，魏雙雙的那套理論太牽強了，根本就是在強詞真正的共同點，是我們都是**連續殺人事件的關係人**，要麼是目擊者，要麼是共犯，就是兇手。」

唐繼和沒有認同，也沒有反駁，而是拋出了一個問題。

「我們遇到的案件，莫非都是連續殺人事件的一部分？」

「正是如此。不過只是可能性的推測，算不上是推理。

「首先是我們最不熟悉的江如鶯。

「在第四階層的展品介紹欄上我們得知她因為惡作劇而導致朋友的死亡，在第一階層的廚房裡，我們看到的那具屍體手上戴著婚戒。而在連續殺人事件之中，有個被害者因為室友突然帶了男朋友回來，手上還戴著戒指，因而氣得離家出走，最後慘遭連續殺人事件的兇手殺害。

「那麼是否可以認為，江如鶯和紀蘭雪就是連續殺人事件中的這對室友呢？」

唐繼和默不作聲地聽著。一個段落結束後，他才開了口。

「開場就不是很有力啊。但你說這只是猜測吧？那我就洗耳恭聽。」

「在雨中謎案裡，魏雙雙推測有兇手之外的人利用機關關閉電閘，如果她再深入一些，就會發現那個機關並非是已使用的狀態，因為繩子和重物都沒有連在一起。犯人當然不會事後再去收拾，這樣也不會被人發現了。因此應該是從一開始這個機關就沒有被使用過。

「也就是說這個人雖然計畫使用延時裝置，但因為各種原因而**沒能使用**。

「至於這個原因，就是因為準備使用這個延時裝置的人，是**崔安昌**。」

這句話連唐繼和都沒有想到。

他頗感意外，腦子裡回想著當時的場景。

「崔安昌？為什麼他會在……」

他不說下去了，而是陷入了思考。

「**常翠安就是崔安昌**。他的人生經歷中也有**為他人催債**的經過，或許這就是他以訪客的身分潛入秦家的原因。

「他的雇主恐怕是讓他用延時裝置使餐廳停電，然後在餐廳的畫上製造血字。可是雇主失誤了，因為他沒想到崔安昌的右手是無法使用的假肢。但事已至此，只能試試看了。事實也正如他所想的，崔安昌根本沒辦法繫上繩索，於是就變成了他只能**親自**關閉電閘。」

唐繼和也想起來了，在停電之前常翠安確實不在餐廳裡。

「既然崔安昌無法使用右手，為什麼雇主還要讓他這麼做？」

「因為他們根本沒有見面，雇主只是單方面地提供了計畫書和道具而已。為了安全起見，我想這不是那麼難以理解的事。只是他可能做夢也沒有想到，幫他做這件事的人居然會是個殘疾人。」

「可這代表了什麼呢？」

「這代表了，直到停電為止，**不可能**有人通過後門。」

這是唐繼和親身經歷過的事件，可他此刻卻像是無關者在聽故事一樣，饒有興致地聽著。見淩幽幽不說了，他甚至催促著讓她說下去。

「因此後門的腳印，是在**停電之後**出現的。

當時發現秦雨霏不見之後，大家不是讓秦雨雯去找嗎？後來大家發覺秦雨霏可能在倉庫接過去了，那麼秦雨雯呢？她在二樓看到倉庫那邊人很多，會不會從距離最近的直接過去呢？她故意消除腳印的原因，是不是發覺了兇手的身分，為了保……到這串腳印上呢？
……的問題是，後門處不是兇手入侵的途徑，那麼兇手就一定是最初就在倉庫裡了。
……是說，兇手是你的可能性最大。如果沒有秦雨雯這個更有嫌疑的人，下一個被懷疑的就是你了吧。」

唐繼和沒有承認，也沒有反駁。但他在聽的時候若有所思地點著頭。

在第一階層的時候，秦雨雯曾經向他自白，有件事是她做的。當時他也明白這是什麼意思。她想自白說那串腳印是她故意留下來吸引警方目光的。

可是唐繼和早就明白了。那串腳印既然不是他留下來的，那麼會做這種事的人在那個家裡也只有一個，那就是秦雨雯。

「繼續吧。你肯定還有別的話想說吧。」

淩幽幽默默地點點頭，隨後接著往下說。

「接著是校園謎案。通過魏雙雙對其調查的敘述，我發現了幾個共同點。

「秦雨雯的高中，週四的校慶日，邀請唐繼和宣傳大學。

「校園謎案裡，許菲所在的學校週四是校慶日，最後一節課是班會課，而且第二天是運動會。

「這難道只是單純的巧合嗎？

「如果不是的話，那是否暗示了，秦雨雯和顧洛城很可能是**同一個學校**的，而被邀請的唐繼和那天也在學校裡面呢？他會不會也像顧洛城那樣，碰巧撞上了目標，然後殺了她呢？」

「有點勉強啊。」

唐繼和說道，但他並沒有糾結在這上面，而是淡然地問何琨瑤和他又有什麼聯繫。

「沒有直接的證據，但我覺得已經足夠了。因為何琨瑤的母親苗玉蘭，和秦雨霏、曹春麗的死法是一樣的，和徐玥、趙潔、紀蘭雪以及江文娟的死法也是一樣的。」

聽到這句結論，唐繼和忍不住笑了出來。

「真是薄弱，完全稱不上是證據。」

「沒錯，因為我們被困在機關塔內，無法得知這些案件的細節，更無法提供完整的推理。或許正因如此，全知全能的魔女為我們**提供了線索**。」

剛才的聲音還很弱氣的淩幽幽，在談及魔女時，語氣忽然變得強硬了起來。

「還記得魔女的規則吧？在機關塔內，**魔女不會準備任何帶有傷害性質的道具**。

「在我們不斷往上爬的過程中，也見到過很多類似利器的東西吧？但這些都不具有攻擊性，比如塑膠的蛋糕刀，比如看似斧頭的鑰匙。而我用來殺死魏雙雙的武器，本身也並非帶有傷害的性質。

「那麼為什麼，魏雙雙會拿著**匕首**呢？

「那把匕首是通過怎樣的途徑進入機關塔的呢？

「想到這裡，我就發現魔女的規則中故意設計了一個漏洞——**物品還可以被『攜帶』進來**。」

淩幽幽給的提示已經足夠充分，唐繼和本人也明白了她的意思，儘管他沒有說出來。

「大家都帶來了什麼東西呢？

「魏雙雙是菸斗，江如鶯和秦雨雯都是戒指，顧洛城是遊戲機，何琨瑤是熊玩偶，崔安昌、我自然知道我帶的是什麼，那麼剩下的，就只有你了。

那類人會把匕首當作最重要的物品呢？一定不是善類吧。」

一般鼓起了掌。

我也不想反駁什麼了。既然遊戲到了這個階段，也差不多該暴露了。沒錯，匕首確實是我的東西。連續殺人事件也確實是我所為。可是這和我們目前的處境有麼關聯？」

「當然有，關鍵在於**動機**。」

3

動機——

魏雙雙的調查中始終沒有提及的內容就是動機，而動機在連續殺人事件中往往和被害人的共同點相關。

將年齡當作共同點，自然是發現不了動機的。

不過該不該誇魏雙雙還擁有一些作為偵探的洞察力呢？年齡確實與正確答案相去不遠了。

「所有的被害人，都是循著**某人的人生軌跡**而死的。

「你在某個重要人物死後，心中對於生與死的價值觀完全崩壞了。通過死亡來交換生命，真是抽象的想法。」

從唐繼和在短時間內流露出的慌張神色來看，淩幽幽無疑是猜中了答案。

「徐玥被選中了，因為她在附近的公園玩滑梯。

「曹春麗被選中了，因為她獨自一人在體育用品倉庫裡，被當成是體育社團的人。

「秦雨霏被選中了，因為她正準備結婚。

「紀蘭雪被選中了，因為她靠工作來實現自我價值。

「苗玉蘭被選中了，因為她喜歡逛街購物。

「趙潔被選中了，因為她喜歡養寵物。

「江文娟被選中了，因為她喜歡旅行。

「所有人，都是按照小雨跟你說的她所期望的**人生軌跡**而被選中的！」

確實如此……

唐繼和在心中認同道。

他殺死這些人，而且是通過慢慢放走她們的血這一殘忍的方式，只為了實現一個願望……

「何琨瑤的目擊內容給了我提示。她說她看到兇手躺在她母親的懷中，當時她懷疑是那個戀母的瘋子幹的。但實際上，這是連續殺人事件的兇手所為，他這麼做是在——」

「**聽他們心跳的聲音**，就像那時候我在教室裡，聽小雨的心聲一樣。」

唐繼和接上了淒幽幽的話。

「那時候的我太震撼了，我聽到了一個脆弱的，無力的聲音。在她死後，那病弱的心跳聲始終侵入我的睡夢中，讓我沒法安寧。所以我才想，要繼續去聽心跳的聲音。但光是如此沒有意義，於是我想，如果能以這種方式實現小雨的願望，讓她活下去……」

他因為小雨的死而扭曲了生死觀，正如魔女給他的介紹。

所以他每次殺人之後，都會在被害人的身旁，聽她們的心跳逐漸停止的聲音。唯獨兩次意外，一次是苗玉蘭，他從沒聽說過苗玉蘭家中還有個孩子，再留下去太危險了；一次是江文娟，[illegible]也看到了對面的樹叢中有個陰影，一度懷疑是員警在暗中埋伏自己。

[illegible]忍了，並非是你說得多有道理，而是我不想糾結在這些小事上。

[illegible]自己辯護一句，我是真的喜歡秦雨霏，不想殺害她的。可是我們越是幸福，

她。如果那天我們沒有去倉庫的話，或許就不會發生這種事了。」

他的臉上，完全看不出悔意。

因為他已經殺了太多了。對於死亡，他的內心已經沒有太大的波瀾了。

他很輕鬆地提了個問題。

「這些我都承認了，可是我還是想問，這和我們現在的處境有什麼關係？為什麼你一定會輸？」

「你還沒明白嗎？既然機關塔是以這起連續殺人事件為主軸，那麼相對應的，**隨機死亡的原則**，就與這起事件相關。」

4

隨機死亡的原則。

這是何琨瑤一直在思考的問題。當然，這個問題除了崔安昌之外，她沒有跟任何人說過。

而且她在第三階層的時候，就已經得到了答案。

在何琨瑤臨死之前，她送給了大家一個臨別禮物，告訴大家這個原則和「**某個動作**」有關。

這個動作是什麼呢？

唐繼和那時候自然也想過這個問題。

秦雨雯、顧洛城、崔安昌、何琨瑤。

他們之中完全看不出什麼特別之處。唯一的可能性就是他們都被當做是那個階層的謎題，

但是第一階層被當作謎題的人是顧洛城和魏雙雙，而非秦雨雯。

那麼，這個「動作」會是什麼呢？

凌幽幽在回答這個問題之前，回顧了整個機關塔的經過。

第一階層。他們八個人被分成四個房間。何琨瑤和崔安昌很快地解開了謎題，在最後一個房間等著大家。然後魏雙雙與凌幽幽組合、唐繼和與秦雨雯組合先後解開謎題來到顧洛城和江如鶯的房間，並在那裡發現了江如鶯的屍體。接著，四人解開了密室之謎，和何琨瑤與崔安昌會合。最後，為了解開最後的謎題，唐繼和與秦雨雯回到了最初的房間，並在那裡結合。

第二階層。六個人被分成了三組。何琨瑤與崔安昌、唐繼和與凌幽幽分別解開謎題到了上一層，而魏雙雙卻因為顧洛城的緣故而被困在了房間裡。惱羞成怒的魏雙雙對顧洛城施加暴力。最後，在外面四人的幫助下才解開了謎題，救出了魏雙雙。

第三階層。崔安昌在外面控制著毒氣的機關，讓其餘四人進入購物廣場迷宮。最後崔安昌從外面封住了出口，於是其餘四人在購物廣場迷宮裡另尋出路。

第四階層。因為唐繼和想保護凌幽幽的心情，而讓魏雙雙的矛頭對準了何琨瑤。再加上這一階層的展品設置的關係，暴露了何琨瑤一直以來都想隱瞞的秘密。

第五階層。魏雙雙受到暗示，決定殺死另外兩人，尤其是凌幽幽。於是在唐繼和與凌幽幽的聯合之下，終於殺死了魏雙雙。

在魔女看來，所謂人類，只要分析清楚了他們的個性與行為模式，就能模擬出他們的行動。這雖然是個宏大的計算，但是在魔女手中就很簡單了。於是機關塔裡的一系列謎題也表明，魔[illegible]料到了他們會這麼做，並且將其設置為了謎題。

[illegible]機死亡的規則，是不是也能從中推測出來呢？

[illegible]為什麼會有廁所裡的第二個謎題？需要用尿來啟動機關，看似與顧洛城

會不會有更深的含義？

一階層裡，唐繼和與秦雨雯的結合，魔女真的沒有料到嗎？第一階層選擇的地點是中存在的塞西爾國際大酒店，房間號都與他們原來住的那間一模一樣，這難道是單純的巧合嗎？還是魔女早就設計好了，秦雨雯在進入這個房間後，會有想要與唐繼和結合的想法？

比如第二階層裡，顧洛城和魏雙雙會分到同一組也是一種必然。那麼讓魏雙雙被困在房間裡，魔女是不是故意引誘她去踢打顧洛城呢？

比如第二階層裡，上面的六張椅子又是為何準備的呢？莫非是為了讓他們休息？讓誰休息呢？只有可能是魏雙雙。

比如第三階層裡，為什麼中間是一棵逼真的假樹，這是否會讓某人於潛意識之中想起某些事呢？

比如第三階層裡，毒氣的作用是什麼？顯然魔女不可能一下子要了他們的命，那麼毒氣又是為誰而準備的？崔安昌去放下假肢的時候，必然會讓毒氣洩漏一段時間，顯然這也是魔女的安排。

比如第三階層裡，為何最後兩個地點之間的距離那麼近？何琨瑤與唐繼和因為心事各自留下，而魏雙雙又不得不等著慢吞吞的淩幽幽，這其中的目的就是為了讓淩幽幽拖慢大家的速度，而且最後不至於運動過度吧。

比如第四階層裡，何琨瑤的秘密是她唯一的弱點，也是她最為恐懼的對象。那麼，為何要如此刺激她呢？

一旦明白了這些問題的答案，一切就會變得很清楚了。

隨機死亡的原則，就是根據**心跳的頻率**。

「每一階層結束後，會根據所有人在這一階層裡的**平均心率**，選出最高的人賜予他死亡。」

就連唐繼和也因為這一結論而感到意外，他從未想到居然是心跳決定著所有人的生死。但如此想來，確實所有的疑點都能解釋了。

「第一階層，讓秦雨雯對著雕像撒尿是為了讓她感到害羞，佈置成旋轉餐廳的樣子讓她想起求婚的場景也是同樣的道理。

「最後的絕招，是你們唯一沒去過的賓館房間。這也是設計好的，因為何琨瑤與崔安昌是不能攀登牆壁的，高傲的魏雙雙不可能去做這種事，我跟在魏雙雙的身後自然也不會去，因此唯一可能的只有你們兩個。這麼做也是為了增加你們在一起的時間，因為和心愛的人在一起時，心跳是會加快的。

「當你們到了賓館房間後，會發現那裡正是你們準備結合的那個房間。浪漫主義的秦雨雯一定會想在那裡完成未完成的夙願，所以你們一定會在那裡結合。而性行為也會讓人心跳加快。

「這一層唯一的難點是顧洛城，因為顧洛城一見到喜歡的女性就會意淫，性幻想也有類似的心跳加快作用，很有可能干擾秦雨雯的判定，因此魔女設計了密室，設計了第二階層的伏筆，目的就是阻止顧洛城過早和其他人接觸，防止他的心跳頻率超過秦雨雯。

「到了第二階層就簡單了，顧洛城無疑是最有可能被選中的，魏雙雙的暴力刺激也有促進要擔心的是在發覺自己被困之後，魏雙雙會不會因為害怕和絕望而加速心跳，干比，魔女才會在脫離房間之後設置了供她休息的座椅，目的就是平和她的只要在場的女性還在，他就始終處於興奮狀態。
階層的工具是毒氣，其本質是為了讓人心跳加速。這一層的危險在於購物廣場迷宮，四人四處攀爬，可能會因為勞累而心跳加快。但這不是問題，一方面是購物廣場迷宮內自動扶梯的比例很高，不只是因為它單向的特性方便設計迷宮，更是為了省力。

「此外，那個時候何琨瑤和我都已經發現隨機死亡的原則了。所以何琨瑤會第一個提出要留在圓圈裡，而我則是限制了魏雙雙的速度，讓她盡可能悠閒地過去。最後兩點之間距離很近可能也是一種針對魏雙雙的防衛措施。

「第四階層的何琨瑤，則是利用了她的弱點，讓她感到極端的恐懼。魏雙雙的羞辱也是一大促進因素。

「到了第五階層，魏雙雙一定會死。不管是因為她出於對何琨瑤的咒語的憤怒，還是她本身也成了謎題的一部分。

「於是最後，就只剩下我們兩個了。我是一個普通的女生，而你是一個已經見慣了死亡，一直在冷眼旁觀的沒有感情起伏的殺人魔。誰會被選中，已經可想而知了吧？」

有點道理。

唐繼和心想，自己的情緒確實從來沒有波動過，也一刻沒感覺到自己的心跳加快過。相比之下，淩幽幽是個女生，或許曾有那麼一剎那有過情緒的波動吧，比如在殺死魏雙雙的時候。

可是他還有些放心不下。

那時候淩幽幽在魏雙雙的屍體上翻找菸斗的樣子，怎麼看都太過冷靜了，一點也看不出她的感情波瀾。

像是看穿了唐繼和的心事一般，淩幽幽接著說道：

「魔女的行事風格我們也見過了，那就是力求爭取完美。從她設計好每個人在何時死亡這點就能看出來。於是我就在想，這個順序有沒有什麼意義在裡面？雖然是個無聊的嘗試，但我還是從各種角度進行了思考。最後沒想到真的得出了結論。」

江如鶯
秦雨雯
顧洛城
崔安昌
何琨瑤
魏希仙
淩幽幽
唐繼和

淩幽幽按照死亡順序依次報出所有人的名字。

「這些名字怎麼了？」唐繼和忍不住問道。

「試著想一下名字的拼音吧，然後按照對角線的順序……」

鶯 jiangruying
yuwen

…hang
nek**u**nyao
魏希仙 weixi**x**ian
凌幽幽 lingyo**u**you
唐繼和 tangji**he**

「紀蘭雪……難道說——」
「這或許只是一個巧合，魔女只是碰巧發現了我們的名字剛好可以組成她朋友的名字，於是便按照這個規則來確定死亡順序，以此來悼念她的朋友。
「這麼想來，魔女應該就是**江如鶯**了。」
原來魔女早就在他們的中間了，只是以屍體的形式。
可是唐繼和仍然有些難以想像，這種事情真的有可能嗎？
「我知道你在懷疑什麼，可這是最合理的推斷了。為什麼只有她是屍體，為什麼她是第一個出局的人，為什麼魔女會用我們的名字拼出她朋友的名字。」
魔女是江如鶯的話，確實一切都說得通了。
她飲恨自殺，並轉生成了魔女，將所有與事件有關係的人都集合起來，辦了一個惡趣味的遊戲為朋友復仇。博物館裡的介紹也說了，江如鶯是因自責心理而扭曲的，或許在自責的同時，她也在「推脫責任」。通過持之以恆的調查，她將目光盯上了同一起連續殺人事件的其他關係人。
「也就是說，如果要讓這個文字遊戲成立，必須要我死在你之前才行。」
凌幽幽強調般地說道，然後低下頭去，以一副悉聽尊便的姿態說下去。

「我該說的都說完了，接下來，該如何處置我就隨你了。是要在這裡把我殺了，還是和我一起站上處刑臺，都是同樣的結果。」

唐繼和試著去尋找漏洞，但是越這麼想，越覺得淩幽幽的話中看不出半點可疑之處。尤其是最後的文字遊戲，對於追求完美的機關魔女而言，是絕對不可能破壞的。

而且他是個賭徒，每次犯罪也都是一次賭博，因為他殺人根本就沒有計畫，只要有對上眼的目標，觀察一陣子之後，就會挑個合適的時間動手。有時候，甚至根本沒有觀察。

在這裡，他也一直按照魔女的指示往上爬，他不知道在這一層會不會選中自己，他同樣是在賭博。

因此在這最後關頭，賭一把似乎也不賴。

更何況正如淩幽幽所說，自己活下來的可能性是最大的。

唐繼和猶豫著，一隻腳踏上了圓圈。

淩幽幽也起身，隨他一起站到了圓圈上。

可是下一秒，唐繼和卻將腳收了回來。

「怎麼了？」

「我只是在想……」

淩幽幽一句話也沒提過自己的事。

她用排除法推理得出攜帶匕首的是他，可是淩幽幽自己帶了什麼呢？她完全沒有說過。

為什麼在第四階層的博物館展廳裡，只有淩幽幽是血水？

幽幽要假裝失憶？

長得那麼像？

連續殺人事件有關的話，那麼淩幽幽呢？

和連續殺人事件有關，因為她是這一切的源頭，可是淩幽幽卻不是。

上在這一層，唐繼和目睹了魏雙雙被殘忍殺害的屍體，當時淩幽幽也沒有任何感情波動。

這真的正常嗎？

包括在處刑房間裡。就算她不這麼說，唐繼和依舊會陪著她站上圓圈。為什麼偏偏她要說這些話呢？是因為她讀不懂唐繼和的意思嗎？所以她才按照計畫，通過這段推理來讓唐繼和接受。

這麼想來，雖然前後的反差有點大，但是淩幽幽確實很奇怪。只是之前的淩幽幽只會讓人覺得有點脫線，而現在的淩幽幽雖然變了個樣子，但依然有種怪怪的感覺。

莫非，她根本**聽不懂**別人的話？

聽懂是個很值得品味的詞語。人與人之間的交流能成立的基礎在於聽懂對方的話，但是如果按照程式來根據關鍵字回答對方的問題，就算對話也能成立，那麼這個程式是否能算作是「聽懂」了對方的話呢？

「既然你說你一定會死在我前面，那麼被魔女選中而死，和被我殺死，又有什麼區別呢？」

緊接著，唐繼和以迅雷不及掩耳之勢，飛快地出刀，將匕首刺進淩幽幽的喉嚨。

隨後，匕首卡在了她的喉嚨裡。

果然，如唐繼和的猜想一樣。如此一來，所有的疑惑都解開了。

有什麼人的心率能比一個殺了許多人內心再無波瀾的殺人魔更穩定呢？

答案很簡單了。

淩幽幽，是**機關人偶**。

「真是不聽話啊，被魔女大人殺死可要比我溫柔許多。」

凌幽幽的右手脫落下來，露出了裡面的鑽頭。在唐繼和的匕首刺中凌幽幽喉嚨的那一剎那，飛速旋轉的鑽頭就在他的右胸上開了個洞。

在唐繼和倒地之後，凌幽幽的左手也脫落下來，裡面露出的是一把經過折疊的刀子。刀子在身體外重新組合，成了一把鋒利的大刀，兩下就把他的雙手給斬斷了。

鮮血橫飛的昏暗房間，或許這才是真正意義上的處刑房間。

就算自己的身體被切成了塊，就算劇烈的疼痛從四面八方襲來，唐繼和還是一點情緒上的波動也沒有。

他看著俯視自己的凌幽幽，心中僅有一個簡單的想法——

——這具身體，準確來說是裡面的血水，果然是你的。

——小雨，沒想到真的能見到你。

「小雨……你的真名就是凌幽幽吧？你的夢想，我已經幫你實現了。還滿意嗎？我送給你的禮物。」

他看到自己的手伸了上來，摸到了凌幽幽的臉。那是冰冷的，如機器一般的臉。

「你喜歡的那個凌幽幽早就死了。你為了她而殺死的那些人，也已經死了。他們的人生早那一刻，再也回不來了。」

是永遠的停止了，無論你用怎樣的手段，她的生命都不會再延長了。」

留下了許多血洞，他空洞的眼神望著黑色的穹頂。恍惚之中，他彷彿看到

身影出現在了面前。不是那個機關人偶，而是真正的淩幽幽。

「小雨……我想……」

在唐繼和失去意識之前，機關人偶淩幽幽停下了手中的動作，隨後一個無機質的聲音從她的體內直接傳了出來——而非通過嘴巴。

「淩幽幽，執行死亡程式。淩幽幽已死亡。」

機關塔之後的故事：死去的靈魂

偌大的觀眾席上，只坐著一位少女。

少女身穿黑色無袖連衣裙，戴著寬大的魔女帽子，手中持著一把骷髏頭的法杖，穿著黑白條紋襪的腿蹺在前排的座位上，此刻她正用法杖的骷髏在扶手上敲打著節拍。

「師傅，覺得怎麼樣？」

機關魔女・卡莉——前世是江如鶯——忽然現身在少女的身後。

「別這麼稱呼本小姐。」

「是您救了我，給了我第二次的生命。」

「那也應該稱呼本小姐為恩人吧。不說這個了，最後凌幽幽是機關人偶會不會有點犯規。雖然本小姐是早就知道了。」

所謂機關魔女（カラクリの魔女），並非是製造機關（カラクリ）的含義，她所製造的機關塔也和她的魔法沒有任何關係。她和自己的恩人，也就是萬聖魔女・凌小靈一樣，是操縱系的魔法——只不過凌小靈操縱的是亡靈，而卡莉操縱的是機關人偶（カラクリ）。

機關塔裡的何琨瑤，似乎在最後看出了「機關（カラクリ）」一詞的真正含義，也明白了凌幽幽就是那個人偶吧，不過這都不重要了。

[illegible]對凌小靈的質問，卡莉一本正經地辯解道。

[illegible]行動那麼複雜，雖然大體上我能預測他們會作何選擇，但細節問題就算是魔女也[illegible]來確保機關塔的運行可是再正常不過了。

[illegible]規，因為我在機關塔裡也準備了很多線索啊。[illegible]，第二階層的時候有非常真實的聲音出現吧，這東西也是按照他們的動作而自動觸[illegible]，這不就暗示了機關人偶像人類一樣發出聲音甚至對話是可行的嗎？然後，第四階層的時候也有一條很真實的蛇出現吧？這條蛇的觸感和行動可是和真正的蛇一模一樣，這不就暗示了，就算是人類的觸感和行動，在魔女的手裡也是可行的？」

「光是這些可不夠。」

「當然不夠。第一階層的時候，當六個人集中在一起之後，是誰把回去的開關打開的？何琨瑤之前也發現了一個奇怪的開關吧？那就是我留下的線索之一。這個奇怪的開關只有淩幽幽能打開，將她的手變形之後。

「第二階層的時候，為什麼魏雙雙一定和顧洛城一組？其中的必要條件就是淩幽幽堅決要和唐繼和一組吧？

「第三階層的時候，淩幽幽的用處，更是不用我來提了，為了保證崔安昌一定是死者，而不被魏雙雙這個莽夫干擾，淩幽幽的協調作用是必不可少的。

「第四階層的時候，暗示就更加明顯了。我提出的規則是這樣的——所有出現在這裡的人物，只有本體與一件附屬品。本體是指肉體的成分與肉體之外必要的衣物，附屬品是指參與者最想要的物品。我只說了肉體的成分和『必要的』衣物吧？也就是說，對淩幽幽而言，**肉體成分**就是血水。那麼那具身體，就是**附屬品**了。

「同樣是第四階層，最初的那個數字密碼的謎題，更是直接的暗示。

「我已經埋了那麼多線索，難道還不夠嗎？」

「反正夠不夠，也不是本小姐說的算。」

凌小靈起身，似乎是要離開了。

「師傅，您這就要走了嗎？」

「別這麼稱呼本小姐。還有，本小姐是去迎接客人的。她應該要來了。」

凌小靈所說的客人，卡莉也明白。

那是魔女法庭的調查官，為的是調查卡莉的機關塔。

按照魔女法庭的規定，魔女不可以干涉人類。一旦違反了這條規則，就會被送上魔女法庭，甚至被處死。

還沒等凌小靈去迎接，這位客人就到了劇場。

來者是一位披散著長髮的少女，她長著妖精翅膀，穿著一襲清純的白裙，裙襬處漸變出翠綠色。

「失禮了。魔女法庭派我來調查這裡的機關塔，聽說機關魔女．卡莉在此殺害人類，不知道是否有其事。」

「確實。」

就連凌小靈都沒有想到，卡莉居然這麼爽快地承認了。

「可是魔女法庭的規則——」

「我才不管什麼規則不規則。」

卡莉的聲音不再像剛才那樣裝腔作勢了。可以看出來，接下來她說的話都是發自心聲。

「我是為了給朋友報仇，至少一開始是這樣的。所以我開始調查她的死因，因此找到了魏[illegible]理套到了一些情報。可是調查的結果卻讓我越來越絕望。

[illegible]殺人事件嗎？是的，但又不是。這完全就是一起起悲劇而已。

唐繼和的罪行，居然為了和他結婚而幫他包庇罪行；崔安昌和魏雙雙眼睜

娟死在了唐繼和手上卻沒有幫忙，甚至沒有報警；何琨瑤目擊了唐繼和的犯罪，

聲不響地等著他完成犯罪，最後還補上了一刀；唐繼和在殺害曹春麗的時候，被許菲撞上了，這是個揭發罪行的好機會，可是顧洛城卻殘忍地殺害了許菲。

「我感到很憤怒，唐繼和是個賭徒，他的手段並不高明，可他之所以一直逍遙法外，就是因為這些人的存在。

「是啊，這是一起連續殺人事件，或許歸根結底只會攬到唐繼和一個人的頭上。可是其他人呢？那些有意無意包庇兇手的人，那些見死不救的人，那些趁機撈好處的人，這些人又該怎麼算呢？

「確實，秦雨雯是一個極端，崔安昌與魏雙雙是一個極端，何琨瑤與顧洛城是一個極端，就連這起連環殺人事件的兇手唐繼和也是一個極端。但是如果他們都不是極端呢？

「在這個世界上，一起惡性事件的發生，罪魁禍首固然可恨，可其他人呢？那些因為私利替犯人說話的人，那些就算看到惡性事件的發生也雙手一攤稱與自己無關的人，那些把理性與客觀當成幌子為這些惡人辯護的人，那些在惡性事件中為獲得利益因而放棄尊嚴的人，那些因為中間的利益而加害於受害人的人，這些人的罪又該怎麼算呢？」

「可是這違反了規則，干涉人類是魔女界絕對不允許的事。請你跟我到魔女法庭解釋一下。」

卡莉轉過身來，帶著希冀的目光看著凌小靈。

如果是凌小靈，或許會為她說話吧。

凌小靈走到了兩人中間，卻沒有看向任何一個人。

「魔女也好，人類也罷，都是有規則的。這個世界並不是非黑即白的二元論，但是規則卻是二元的。因此才會有難以界定的灰色地帶。你口中的那些惡人，正是處在灰色地帶上的人。他們是普通人，他們做著助紂為虐的事，卻很難因此受到懲罰。這些本小姐都理解。但本小姐還是寄希望於，會有一些普通人，做著規則之內的懲惡揚善的事。」

凌小靈轉身朝向調查官，看著那雙碧綠色的眼睛。

「你應該能理解本小姐的話吧。當然，像今天這般，大規模的殺戮是不會再發生了。因為他們確實都是『極端』，本小姐覺得你也應該能寬容一下吧。」

調查官的視線落到了一旁的地上。從她的眼中，似乎能看出一點悲傷的神色。

「規則之外的善與惡都是存在的。一旦他們觸犯了規則本身，再由規則去糾正就是了。」

調查官久久也沒有說話。

就在卡莉忍不住想讓她乾脆把自己帶走的時候，調查官忽然開口了。

「主人，請你明白一點——如果還有下次像這樣大規模干涉人類世界並造成死亡的話，就不會是我來這裡負責調查了。」

說罷，調查官行了一禮後便離開了。

「主人？」

「沒什麼，她也是和你一樣被本小姐喚醒的。」

當然，凌小靈沒有說這麼做的理由，卡莉也不會知道了。

[illegible]而也不可能知道，這位調查官的名字，是安眠魔女‧幽幽。

[illegible]而向凌小靈表達了感謝，然後便消失了。

[illegible]這樣運轉的，所以這個世界永遠也不會變成更好的世界，也不會變成更壞

[illegible]完這句話後，凌小靈也離開了劇場。

[illegible]蕩蕩的劇場中，只剩下了冰冷的機關塔仍在不斷運行著。

完

第七屆【金車・島田莊司推理小說獎】決選入圍作品評語

（本文涉及謎底與部分詭計，請在讀完全書後再行閱讀）

日本推理小說之神／島田莊司

隨機死亡／凌小靈

這次同樣也有三部高水準的作品入選最終候選作品。就這個意涵來說，這次同樣也是收穫豐富的一年。不過，雖然明白每一部作品結構的精妙所在，但這些作品所具有的文學性，如果沒能直接接觸文體，便難以感受得到。能在短時間做出高完成度翻譯的機械尚未問世，因此以現狀來看，要針對這方面來評價，還有所困難。

二十一世紀應該出現的「本格」形態，從以前就常有人推測及談論，追求這樣的作品，尤其是這次，報名的眾多作品中的時間，都已來到電腦科技網路高度普及整個社會的時代，但我們[illegible]這些作品進行選評的機制，卻依然守舊，在這種略顯諷刺的狀況下，不禁感到進退兩難。

[illegible]作品同樣也擁有很複雜的未來型態事件構造，若依照現狀的選評方法，要做出正確的[illegible]困難。島田賞日後一再舉辦，將會有愈來愈多的作品出現以高水準的複雜思維想[illegible]評的一方日後或許也得思考如何讓自己進化。不過，科技在這方面的進展

殺人劇的舞臺，是一座名為「機關塔」的五層樓建築，故事的安排是從底下樓層開始提示謎題，解開謎題後，相關集團就能往上前進一層，而眾人也都乖乖遵照主宰者的意思走。

然而，支配者向眾人宣告，若光是這樣的進展，那就像是情人在談情說愛一樣無聊，所以每次解開謎題，就會從聚集的眾人當中隨意挑選一人奪走其性命。

這座塔堪稱是所謂的「死亡之塔」，在以前功夫電影的顛峰時代，有一部電影《死亡遊戲》，是早逝的李小龍最後主演的作品，當中只有李小龍的格鬥場面拍攝，是在他生前完成的，所以其他場面都是由外觀長得像他的演員當替身拍攝而成。這部故事同樣也是從一樓依序打倒強敵，逐漸往上面樓層走的安排，而最強的敵人就在最頂樓。想到這部電影，從中感覺到一股懷念感，不過，爬高塔完成任務的故事，是中國人的偏好嗎？

在這部小說中，設計出機關塔的人，心中存有怨恨，而且她認為殺人者以及目睹殺人卻懶得採取行動的人，其犯罪的輕重一樣，她想讓這些怠惰的人們知道自己的罪過，其背後暗藏了這名人物一流的正義。

而且這名人物在藉由完成好的裝置，在五層樓高的塔內展開這齣報復劇之前，就已從天橋上跳下自殺，她早已不再是人類的肉體，故事最後還安排了如此具衝擊性的高潮。

對於該稱之為「新本格」，對某種圖表式結構的信仰，似乎也成為說這個故事的動機，就這層意涵來看，這可說是擁有日本新型推理小說潮流ＤＮＡ的作品，不過，反倒是聚集在塔內的犧牲者表現出的那種順從的感受性，讓人感受到這種基因的機械感，對其結構縝密的完成度感到佩服，但同時也感覺到些許的不協調。不過，這確實是一部很用心的作品，傾向遊戲偏好的優秀構成力，也包含在這部故事中，所以博得相當的評價。

棄子／傳真

某位富豪向偵探提出委託，說他想找尋懷了他的孩子就此失蹤的昔日愛人，以及他那理應已誕生在這世上的孩子。感覺像是挑戰美國私家偵探小說尋人模式的一部習作，但內容別有一番趣味，且結構複雜，能從中感覺出新鮮感，令人佩服。

就像美國的冷硬派是以錢德勒的馬羅為代表人物一樣，大多是以充滿魅力的第一人稱文體為賣點，但這部作品的文體擁有何種程度的魅力，以目前的審查法還無法得知，所以針對這項判斷，我無法多做陳述。不過，感覺它具備了必要的魅力。

這部作品複雜的整體配置、詭計相關的用心構成、讓推理小說變得更有趣的新點子、描述青春期沉重悲劇的筆觸，都看得出作者的自負。

整體可大致分為兩部分，接受委託而四處調查的偵探報告書，道出這個故事的外在面，而故事的背面，則是以賀倫這位登場人物陳述自己人生的方式所構成。乍看之下似乎沒半點關係的兩個世界，以某個詭計為連接點，其實是連接在一起的兩份報告書，此事一直來到故事尾聲才明朗化。

長時間無法查明的原因，是因為賀倫使用某個犯罪手段，一直頂替別人的身分，儘管如此麻煩，他也沒任何怨言，可見他的人生有許多問題，充滿了悲哀，令他很想拋下這一切。而為了加以治癒，對已經不可能謝罪的人格進行謝罪，賀倫甚至還借助了劇團人工演出的人際關係。這樣的複雜構造相當出人意表，是全新的體驗，所以獲得了很高的評價。

／王元

〇四〇年代，電腦社會已達到從前發想這項科技的高手們所假想的追求目標。在都市生活中會面臨繁雜的日常步驟，例如早起、打開窗戶或窗簾、沖咖啡、準備早餐、準備乾淨的內衣、為了走出房間而開門、等電梯、從高樓層公寓的一樓坐進自駕車、輸入目的地——。

這類的事雖然沒有逐一寫進作品中，不過，我們人類的身體，尤其是雙手，可能都從這些繁雜的日常工作中解脫了。若是這樣，從事這些作業或判斷所需要的人類記憶或是思考判斷的部分功能，很可能會退化。再者，存在於工作周遭的各種器械操作，也會由比人們的思考線路早一步運作的網路假想各種可能性，盡善盡美地串聯在一起，所以人們只要以口頭下達最低限度的指示，就能輕鬆行動。

或者，根本連開口下達指示都不需要。吃完早餐後，對自己的房間下達開門命令的那一刻，電腦可能就會依據那個時刻和服裝等因素，從無數的模式中挑選出這種條件的日子下，指示者該採取的行動，完美整理出接納未來的態勢。指示者的心情也可能會中途改變，只要能假想這種情況，就不需要特別擔心這套系統了。

如此的時代到來，人類的判斷力和簡單機械的操作能力，究竟還剩下多少呢？或是說，對原始的動作還記得多少呢？遇到停電這種青天霹靂的情況時，在超高樓層醒來的人們，真的能靠自己的力量走到地面上嗎？這可說是個耐人尋味的假設提問。

在這種時代，人們會做出「殺人」的行徑嗎？電腦社會容許這種事發生嗎？話說回來，奪走別人性命這種原始的行為，其動機還能保有充分的合理性嗎？而描寫這一連串行為，並加以說明，人稱的「本格推理小說」又會如何改變？能繼續成立嗎？還是會失去意義？或者是這當中有個很根本的疑問，在這種社會下的人類，取得像國王般的命令權，以及一個絕對服從的社會，是擁有特權嗎？還是說，人類是藉由設計完善的機械而得以巧妙生存，就像瓶子裡的螞蟻？

話說回來，「本格推理」這個繁雜的話語，是向誰送出的娛樂？到底想取悅誰？電腦社會，還有生活其中的人，如果已變得對殺人的成就不感興趣，那麼，一部描寫始末，絞盡腦汁想擺脫嫌疑的小說，沒人會樂在其中。至少瓶子裡的螞蟻不會。這樣還寫得出小說嗎？由誰來寫？為誰而寫？

享受殺人計畫的人，其腦力與記憶有關。人的內心，是經由固定在「記憶」這個硬碟中的眾多經驗而得以產生，它對未來幾乎沒有半點預測能力，令人吃驚，所以娛樂才有可能成立。那麼，對電腦網路來說，殺人的紀錄也許根本不會令其感到激動或興奮，就只像公司的記帳簿一樣，是宛如散文般的數字羅列。

街道上滿是監視器，數量幾乎無限多，犯人真的有辦法做出像《希臘棺材之謎》這種大規模的詭計嗎？在這個以迷你麥克風將家裡所有對話全部記錄成聲音檔的時代，真的有辦法做到完全犯罪嗎？

在這能事先判斷出某人是否有犯罪傾向的時代，真的有辦法犯罪嗎？在警察大規模展開大數據分析的時代，重刑犯有可能藏身十多年嗎？

日本展開了名為新本格的創作風潮，規定要在像孤島或暴風雪山莊這種警察搜查權到不了[illegible]也展開密室遊戲，這是最佳舞臺，但在這種時代，玩家們在封閉的館內互相監視、檢查[illegible]器，比較自己與其他參加者的步數，應該就能查出對方的所在地吧。[illegible]設置在房內的智慧電表，也能推測在犯案後誰使用過廁所。

片３Ｄ列印機輕鬆製作出構成密室的裝置，就能展開更進一步的構想。如外加上時間軸構想的４Ｄ列印機，那麼構成密室的材料便可能擁有形狀記憶，可出無限個類似的工具。

如果在這樣的時代，還是想帶進「本格推理」有趣的視線以及感受性，那就必須遠離同時代登場人物的感受性，想想那些在科技還不夠成熟的情況下徘徊，身處過去的人。也就是說，只能從這個智慧型的社會中，強行創造出數十多年前的視線。

於是作者說，唯一的解決辦法，就是大膽的轉換「時間軸」。將故事舞臺搬回沒有數位機器以及無法上傳資料的非網路時代。

因此，登場人物要在科技成熟的近未來，召集所有人來到日本新本格喜愛的典型設定內，並準備「數位排毒」這個煞有其事的說法，當作召集的理由。

被小船載到孤島的棧橋登陸，蓋在島上的建築密室內配有各自的寢室，在此待上幾天，並施予特殊療法，從體內排出這種異常成熟的科技毒素。

硬是把螞蟻放進小瓶子裡的作者如此宣告道：

「這五天的時間，我會幫助各位從科技的影響力中獲得解放，重拾自己的身心。在這五天的時間裡，各位生活的這座島上沒電也沒網路。基於衛生考量，只有自來水能用。」

說起來，二〇四〇年代的人們，被安排回到日本新本格發生時的一九八〇年代，但作者的意圖在這樣的時代下還沒滿足，接著又提出五項要求。

「第一，在數位排毒期間，各位都不能交談，也不能與他人有身體接觸或是目光交會。

第二，這五天只能吃素。一天二餐，午餐後便不再進食。

第三，這段期間禁止讀書、做筆記、聽音樂。

第四，請勿化妝、使用有氣味的保養品。此外，請勿佩戴裝飾品，請穿我提供的白色衣褲。

第五，不准殺生。謹此。」

這麼一來，就遠遠越過電腦出現、新本格勢力抬頭之前，回到了美國班傑明．富蘭克林在雷雨天放風箏的時代之前了。

這個具有革命性意義的故事最重要的關鍵，就表現在登場人物抵達棧橋時的場面。不知為何，陸續登陸的人物眼中，並沒出現描述者。這部作品獨特的構想，也就是故事的骨幹，在這裡開始顯現。

就這樣，登場人物聚集島上，事件描寫就此展開，但理應充滿戲劇性的描寫群卻莫名的冰冷、沒有起伏，尤其是對人的描寫，缺乏想吸引讀者的文藝厚度和樂趣。這也算是自《殺人十角館》以來，日本新本格作家們刻意接納讀者一再提到的批評，而展露出的巧妙算計。

換言之，提起日本的《殺人十角館》所暗藏的問題，會對迂腐的批判帶有一種諷刺的意味，展現出頑強的必然性，這令選評者深有所感。

像這樣展開說明，會一路通向驚人的結局，不過就某個意涵來說，寫這部小說的人完全按照自己的預料，覺得這樣的始末很有趣，而將螞蟻放入瓶中的特殊存在。這樣的展露方式前所未聞，肯定能讓許多讀者大吃一驚。

展現嶄新、傑出構想的超級新人，既不是臺灣人，也不是中國人，而是來自一直在我們熱[illegible]關注的目光之外的馬來西亞，一位來自南方國度的才華出眾之人。此事超乎選評者的意料之[illegible]大的喜悅，也對此充滿期待。

[illegible]說是在二十一世紀這個全新的時期下，與島田賞第一屆得獎作品《虛擬街頭漂[illegible]出在電腦時代下「本格」全新的可能性，是很傑出的思考實驗。

以這部作品的出現為契機，馬來西亞是否會成為新的「本格推理」創作王國呢？有了這個國家的加入，亞洲是否能向世界展現，我們能成為「二十一世紀本格推理」的領導者，敲響清亮的鐘聲呢？這部優秀的作品，讓來自日本的人懷抱這樣的期待和夢想。

國家圖書館出版品預行編目資料

隨機死亡 / 淩小靈著. -- 初版. -- 臺北市 : 皇冠,
2021.09 [民110].　面; 公分. --(皇冠叢書; 第4970
種) (JOY ; 227)

ISBN 978-957-33-3786-7 (平裝)

857.7　　　　110014117

皇冠叢書第4970種
JOY 227

隨機死亡

作　　者—淩小靈
發 行 人—平雲
出版發行—皇冠文化出版有限公司
臺北市敦化北路120巷50號
電話◎02-27168888
郵撥帳號◎18420815號
皇冠出版社(香港)有限公司
香港銅鑼灣道180號百樂商業中心
19字樓1903室
電話◎2529-1778　傳真◎2527-0904
總 編 輯—許婷婷
責任編輯—陳思宇
美術設計—葉馥儀、李偉涵

著作完成日期—2019年
初版一刷日期—2021年9月

法律顧問—王惠光律師

讀者服務傳真專線◎02-27150507
電腦編號◎406227
ISBN◎978-957-33-3786-7
Printed in Taiwan
本書定價◎新台幣320元/港幣107元